山田社
日檢書

ここまでやる、だから合格できる　　竭盡所能，所以絕對合格

絕對合格 全攻略！

新制日檢 必背 かならずあんしょう 必出 かならずでる 閱讀

N2

吉松由美・田中陽子・西村惠子・
山田社日檢題庫小組

◉ 合著

前言
Preface ———

愛因斯坦說
「人的差異就在業餘時間。」
業餘時間生產著人才

從現在開始，每天日語進步一點點，

可別小看日復一日的微小累積，它可以水滴石穿，讓您從 N5 到 N1
都一次考上。

多懂一種語言，就多發現一個世界，多一份能力，多一份大大的薪水！

還有適合 25 開本的全新漂亮版型，好設計可以讓您全神貫注於內
文，更能一眼就看到重點！

也方便放入包包，以便利用等公車、坐捷運、喝咖啡，或是等人的
時間，走到哪，學到哪，一點一滴增進日語力，無壓力通過新制日檢！

「還剩下 5 分鐘。」在考場聽到這句話時，才發現自己來不及做完，
只能猜題？

沮喪的離開考場，為半年後的戰役做準備？

不要再浪費時間！靠攻略聰明取勝吧！

閱讀題的出題範圍廣泛不易掌握？其實答案都有跡可循。本書告訴
您只要能掌握題目的類型及考點，找答案就能又快又精準。例如：

題目問 筆者はどのように考えているか。

> ▶ 詢問作者的想法，為「**主旨題**」。

> ▶ 抓住中心段落，總結出主旨。答案經常在最後一段的結論。

| 題目問 | ～どんなことが～か。 |

▶ 從「どんなこと」可知是詢問「what」的「**細節題**」。

▶ 答案可能在跟問題句近似或相關的關鍵詞及詞組裡。

| 題目問 | <u>それ</u>とは、なにか。 |

▶ 看到用來表示文章中出現的某個情報的指示詞，可知是「**指示題**」。

▶ 從指示詞前後的文章得到提示並找出答案。

| 題目問 | ～はなぜ～か。 |

▶ 尋問原因，為「**因果關係題**」。

▶ 尋找因果相關詞語如「というわけで（所以）」、「したがって（因此，從而）」等。

| 題目問 | 筆者は～を見て、どうおもったか。 |

▶ 問什麼是人物的心情，為「**心情題**」。

▶ 從動作、表情、語言等讀懂人物的心情。

| 題目問 | 他の～と比べてどのようなことが言えるか。 |

▶ 須推斷後續內容，為「**推斷題**」。

▶ 在文章中找到相關依據，並根據已知的信息推理。

| 題目問 | 「　」に入る言葉は何か。 |

▶ 看到文章挖空，為「**填空題**」。

▶ 觀察「　」的位置在句首、句中或句尾，掌握前後句的關係、邏輯進行填空。

| 題目問 | どんな点が同じなのか。 |

▶ 詢問符合不符合，為「**正誤判斷題**」。

▶ 找出選項的關鍵字，在文章中確定對應的句子。

不僅如此，日檢閱讀還有更多破解密技！讓本書成為您的秘密武器，教您考過日檢的最強戰略有：

★ 日檢題型完全模擬，金牌教師群帶您命中考題！
★ 8 種題型秘傳攻略，最高速的策略解題法！
★ 考題日中對照翻譯，一秒解決您的困惑！
★ 中日雙語題解，閱讀能力大進級！
★ 延伸同級單字、文法，應考技能全方位滿足！

【本書特色】

100% 充足
題型完全掌握

本書考題共有 3 大重點：完全符合新制日檢的出題形式、完全符合新制日檢的場景設計、完全符合新制日檢的出題範圍。本書依照新日檢官方出題模式，完整收錄 3 回閱讀模擬試題，幫助您正確掌握考試題型，100% 充足您正需要的練習，短時間內有效提升實力！

為了掌握最新出題趨勢，《絕對合格 全攻略！新制日檢 N2 必背必出閱讀》特別邀請多位金牌日籍教師，在日本長年持續追蹤新日檢出題內容，分析並比對近 10 年新、舊制的日檢 N2 閱讀出題頻率最高的題型、場景等，盡心盡力為 N2 閱讀量身定做攻略秘笈，100% 準確命中考題，直搗閱讀核心！

100% 準確
命中精準度高

100% 擬真
臨場感最逼真

本書出題形式、場景設計、出題範圍，完全模擬新日檢官方試題，讓您提早體驗考試臨場感。有本書做為您的秘密武器，金牌教師群做為您的左右護法，完善的練習讓您不用再害怕閱讀怪獸，不用再被時間壓迫，輕鬆作答、輕鬆交卷、輕鬆取證。100% 擬真體驗考場，幫助您旗開得勝！

本書分析了日檢考題的破解小技巧，並統整出 8 大題型，包含心情題、指示題、細節題等，另外還會告訴您刪去法、重要關鍵字搜尋法、混淆辨識法等各種解題術，為您對症下藥，快速解題。100% 有效的重點式攻擊，立馬 K.O 閱讀怪獸！

100% 有效
破解出題祕技
完全攻略

100% 吸收
日、中翻譯對
照＋雙語題解

本書 3 回模擬考題皆附考題的中文翻譯對照，以及金牌教師的日文、中文詳細題解。做題目後如果有不懂的段落，只要翻閱後面翻譯就能完全解惑；而藉由閱讀日文、中文兩種題解，則可一舉數得，增加您的理解力及翻譯力，並了解如何攻略閱讀重點。100% 吸收輕鬆不費力，練好您的閱讀力！

閱讀測驗中出現的單字和文法往往都是解讀的關鍵，因此本書細心的補充 N2 單字和文法，讓您方便對應與背誦。每一單元還有同級文法比較，另建議搭配《精修版新制對應絕對合格！日檢必背單字 N2》和《精修版新制對應絕對合格！日檢必背文法 N2》，建構腦中的 N2 單字、文法資料庫，學習效果包準 100% 滿意！

做完閱讀測驗後，本書以活潑的小專欄帶您深入日本。內容包括找房子、看醫生、倒垃圾等生活大小事，並配合逗趣的插圖，用翻閱雜誌般的 100% 趣味，讓讀者輕鬆認識您所不知道的日本！另外再加碼補充相關活用例句，幫您累積更多生活語彙！

不論是參加日本語能力考試 N2 的考生還是中高階日文的學習者，本書提供您最扎實的內容，和最全方位的日語學習，絕對讓您的日語實力突飛猛進！

目錄
contents

一、什麼是新日本語能力試驗呢

1. 新制「日語能力測驗」

從2010年起實施的新制「日語能力測驗」（以下簡稱為新制測驗）。

1－1 實施對象與目的

新制測驗與舊制測驗相同，原則上，實施對象為非以日語作為母語者。其目的在於，為廣泛階層的學習與使用日語者舉行測驗，以及認證其日語能力。

1－2 改制的重點

改制的重點有以下四項：

1 測驗解決各種問題所需的語言溝通能力

新制測驗重視的是結合日語的相關知識，以及實際活用的日語能力。因此，擬針對以下兩項舉行測驗：一是文字、語彙、文法這三項語言知識；二是活用這些語言知識解決各種溝通問題的能力。

2 由四個級數增為五個級數

新制測驗由舊制測驗的四個級數（1級、2級、3級、4級），增加為五個級數（N1、N2、N3、N4、N5）。新制測驗與舊制測驗的級數對照，如下所示。最大的不同是在舊制測驗的2級與3級之間，新增了N3級數。

N1	難易度比舊制測驗的1級稍難。合格基準與舊制測驗幾乎相同。
N2	難易度與舊制測驗的2級幾乎相同。
N3	難易度介於舊制測驗的2級與3級之間。（新增）
N4	難易度與舊制測驗的3級幾乎相同。
N5	難易度與舊制測驗的4級幾乎相同。

＊「N」代表「Nihongo（日語）」以及「New（新的）」。

3 施行「得分等化」

　　由於在不同時期實施的測驗，其試題均不相同，無論如何慎重出題，每次測驗的難易度總會有或多或少的差異。因此在新制測驗中，導入「等化」的計分方式後，便能將不同時期的測驗分數，於共同量尺上相互比較。因此，無論是在什麼時候接受測驗，只要是相同級數的測驗，其得分均可予以比較。目前全球幾種主要的語言測驗，均廣泛採用這種「得分等化」的計分方式。

4 提供「日本語能力試驗Can-do自我評量表」（簡稱JLPT Can-do）

　　為了瞭解通過各級數測驗者的實際日語能力，新制測驗經過調查後，提供「日本語能力試驗Can-do自我評量表」。該表列載通過測驗認證者的實際日語能力範例。希望通過測驗認證者本人以及其他人，皆可藉由該表格，更加具體明瞭測驗成績代表的意義。

1－3　所謂「解決各種問題所需的語言溝通能力」

　　我們在生活中會面對各式各樣的「問題」。例如，「看著地圖前往目的地」或是「讀著說明書使用電器用品」等等。種種問題有時需要語言的協助，有時候不需要。

　　為了順利完成需要語言協助的問題，我們必須具備「語言知識」，例如文字、發音、語彙的相關知識、組合語詞成為文章段落的文法知識、判斷串連文句的順序以便清楚說明的知識等等。此外，亦必須能配合當前的問題，擁有實際運用自己所具備的語言知識的能力。

　　舉個例子，我們來想一想關於「聽了氣象預報以後，得知東京明天的天氣」這個課題。想要「知道東京明天的天氣」，必須具備以下的知識：「晴れ（晴天）、くもり（陰天）、雨（雨天）」等代表天氣的語彙；「東京は明日は晴れでしょう（東京明日應是晴天）」的文句結構；還有，也要知道氣象預報的播報順序等。除此以外，尚須能從播報的各地氣象中，分辨出哪一則是東京的天氣。

　　如上所述的「運用包含文字、語彙、文法的語言知識做語言溝通，進而具備解決各種問題所需的語言溝通能力」，在新制測驗中稱為「解決各種問題所需的語言溝通能力」。

新制測驗將「解決各種問題所需的語言溝通能力」分成以下「語言知識」、「讀解」、「聽解」等三個項目做測驗。

語言知識	各種問題所需之日語的文字、語彙、文法的相關知識。
讀　解	運用語言知識以理解文字內容，具備解決各種問題所需的能力。
聽　解	運用語言知識以理解口語內容，具備解決各種問題所需的能力。

作答方式與舊制測驗相同，將多重選項的答案劃記於答案卡上。此外，並沒有直接測驗口語或書寫能力的科目。

2. 認證基準

新制測驗共分為N1、N2、N3、N4、N5五個級數。最容易的級數為N5，最困難的級數為N1。

與舊制測驗最大的不同，在於由四個級數增加為五個級數。以往有許多通過3級認證者常抱怨「遲遲無法取得2級認證」。為因應這種情況，於舊制測驗的2級與3級之間，新增了N3級數。

新制測驗級數的認證基準，如表1的「讀」與「聽」的語言動作所示。該表雖未明載，但應試者也必須具備為表現各語言動作所需的語言知識。

N4與N2主要是測驗應試者在教室習得的基礎日語的理解程度；N1與N2是測驗應試者於現實生活的廣泛情境下，對日語理解程度；至於新增的N3，則是介於N1與N2，以及N4與N5之間的「過渡」級數。關於各級數的「讀」與「聽」的具體題材（內容），請參照表1。

■ 表1 新「日語能力測驗」認證基準

級數	認證基準
	各級數的認證基準，如以下【讀】與【聽】的語言動作所示。各級數亦必須具備為表現各語言動作所需的語言知識。

		認證基準
困難 *	N1	能理解在廣泛情境下所使用的日語 【讀】・可閱讀話題廣泛的報紙社論與評論等論述性較複雜及較抽象的文章，且能理解其文章結構與內容。 ・可閱讀各種話題內容較具深度的讀物，且能理解其脈絡及詳細的表達意涵。 【聽】・在廣泛情境下，可聽懂常速且連貫的對話、新聞報導及講課，且能充分理解話題走向、內容、人物關係、以及說話內容的論述結構等，並確實掌握其大意。
	N2	除日常生活所使用的日語之外，也能大致理解較廣泛情境下的日語 【讀】・可看懂報紙與雜誌所刊載的各類報導、解說、簡易評論等主旨明確的文章。 ・可閱讀一般話題的讀物，並能理解其脈絡及表達意涵。 【聽】・除日常生活情境外，在大部分的情境下，可聽懂接近常速且連貫的對話與新聞報導，亦能理解其話題走向、內容、以及人物關係，並可掌握其大意。
	N3	能大致理解日常生活所使用的日語 【讀】・可看懂與日常生活相關的具體內容的文章。 ・可由報紙標題等，掌握概要的資訊。 ・於日常生活情境下接觸難度稍高的文章，經換個方式敘述，即可理解其大意。 【聽】・在日常生活情境下，面對稍微接近常速且連貫的對話，經彙整談話的具體內容與人物關係等資訊後，即可大致理解。
* 容易	N4	能理解基礎日語 【讀】・可看懂以基本語彙及漢字描述的貼近日常生活相關話題的文章。 【聽】・可大致聽懂速度較慢的日常會話。
	N5	能大致理解基礎日語 【讀】・可看懂以平假名、片假名或一般日常生活使用的基本漢字所書寫的固定詞句、短文、以及文章。 【聽】・在課堂上或周遭等日常生活中常接觸的情境下，如為速度較慢的簡短對話，可從中聽取必要資訊。

＊N1最難，N5最簡單。

3. 測驗科目

新制測驗的測驗科目與測驗時間如表2所示。

■ 表2　測驗科目與測驗時間 ＊①

級數	測驗科目（測驗時間）			
N1	語言知識（文字、語彙、文法）、讀解（110分）		聽解（60分）	→ 測驗科目為「語言知識（文字、語彙、文法）、讀解」；以及「聽解」共2科目。
N2	語言知識（文字、語彙、文法）、讀解（105分）		聽解（50分）	→
N3	語言知識（文字、語彙）（30分）	語言知識（文法）、讀解（70分）	聽解（40分）	→ 測驗科目為「語言知識（文字、語彙）」；「語言知識（文法）、讀解」；以及「聽解」共3科目。
N4	語言知識（文字、語彙）（30分）	語言知識（文法）、讀解（60分）	聽解（35分）	→
N5	語言知識（文字、語彙）（25分）	語言知識（文法）、讀解（50分）	聽解（30分）	→

　　N1與N2的測驗科目為「語言知識（文字、語彙、文法）、讀解」以及「聽解」共2科目；N3、N4、N5的測驗科目為「語言知識（文字、語彙）」、「語言知識（文法）、讀解」、「聽解」共3科目。

　　由於N3、N4、N5的試題中，包含較少的漢字、語彙、以及文法項目，因此當與N1、N2測驗相同的「語言知識（文字、語彙、文法）、讀解」科目時，有時會使某幾道試題成為其他題目的提示。為避免這個情況，因此將「語言知識（文字、語彙、文法）、讀解」，分成「語言知識（文字、語彙）」和「語言知識（文法）、讀解」施測。

＊①：聽解因測驗試題的錄音長度不同，致使測驗時間會有些許差異。

4. 測驗成績

4-1 量尺得分

　　舊制測驗的得分，答對的題數以「原始得分」呈現；相對的，新制測驗的得分以「量尺得分」呈現。

　　「量尺得分」是經過「等化」轉換後所得的分數。以下，本手冊將新制測驗的「量尺得分」，簡稱為「得分」。

4-2 測驗成績的呈現

　　新制測驗的測驗成績，如表3的計分科目所示。N1、N2、N3的計分科目分為「語言知識（文字、語彙、文法）」、「讀解」、以及「聽解」3項；N4、N5的計分科目分為「語言知識（文字、語彙、文法）、讀解」以及「聽解」2項。

　　會將N4、N5的「語言知識（文字、語彙、文法）」和「讀解」合併成一項，是因為在學習日語的基礎階段，「語言知識」與「讀解」方面的重疊性高，所以將「語言知識」與「讀解」合併計分，比較符合學習者於該階段的日語能力特徵。

■ 表3　各級數的計分科目及得分範圍

級數	計分科目	得分範圍
N1	語言知識（文字、語彙、文法）	0～60
	讀解	0～60
	聽解	0～60
	總分	0～180
N2	語言知識（文字、語彙、文法）	0～60
	讀解	0～60
	聽解	0～60
	總分	0～180

N3	語言知識（文字、語彙、文法）	0〜60
	讀解	0〜60
	聽解	0〜60
	總分	0〜180
N4	語言知識（文字、語彙、文法）、讀解	0〜120
	聽解	0〜60
	總分	0〜180
N5	語言知識（文字、語彙、文法）、讀解	0〜120
	聽解	0〜60
	總分	0〜180

　　各級數的得分範圍，如表3所示。N1、N2、N3的「語言知識（文字、語彙、文法）」、「讀解」、「聽解」的得分範圍各為0〜60分，三項合計的總分範圍是0〜180分。「語言知識（文字、語彙、文法）」、「讀解」、「聽解」各占總分的比例是1：1：1。

　　N4、N5的「語言知識（文字、語彙、文法）、讀解」的得分範圍為0〜120分，「聽解」的得分範圍為0〜60分，二項合計的總分範圍是0〜180分。「語言知識（文字、語彙、文法）、讀解」與「聽解」各占總分的比例是2：1。還有，「語言知識（文字、語彙、文法）、讀解」的得分，不能拆解成「語言知識（文字、語彙、文法）」與「讀解」二項。

　　除此之外，在所有的級數中，「聽解」均占總分的三分之一，較舊制測驗的四分之一為高。

4－3　合格基準

　　舊制測驗是以總分作為合格基準；相對的，新制測驗是以總分與分項成績的門檻二者作為合格基準。所謂的門檻，是指各分項成績至少必須高於該分數。假如有一科分項成績未達門檻，無論總分有多高，都不合格。

新制測驗設定各分項成績門檻的目的，在於綜合評定學習者的日語能力，須符合以下二項條件才能判定為合格：①總分達合格分數（＝通過標準）以上；②各分項成績達各分項合格分數（＝通過門檻）以上。如有一科分項成績未達門檻，無論總分多高，也會判定為不合格。

　　N1～N3及N4、N5之分項成績有所不同，各級總分通過標準及各分項成績通過門檻如下所示：

級數	總分		分項成績					
			言語知識 （文字・語彙・文法）		讀解		聽解	
	得分範圍	通過標準	得分範圍	通過門檻	得分範圍	通過門檻	得分範圍	通過門檻
N1	0～180分	100分	0～60分	19分	0～60分	19分	0～60分	19分
N2	0～180分	90分	0～60分	19分	0～60分	19分	0～60分	19分
N3	0～180分	95分	0～60分	19分	0～60分	19分	0～60分	19分

級數	總分		分項成績			
			言語知識 （文字・語彙・文法）・讀解		聽解	
	得分範圍	通過標準	得分範圍	通過門檻	得分範圍	通過門檻
N4	0～180分	90分	0～120分	38分	0～60分	19分
N5	0～180分	80分	0～120分	38分	0～60分	19分

※上列通過標準自2010年第1回(7月)【N4、N5為2010年第2回(12月)】起適用。

　　缺考其中任一測驗科目者，即判定為不合格。寄發「合否結果通知書」時，含已應考之測驗科目在內，成績均不計分亦不告知。

4-4 測驗結果通知

依級數判定是否合格後，寄發「合否結果通知書」予應試者；合格者同時寄發「日本語能力認定書」。

■ N1, N2, N3

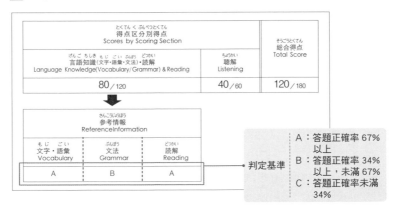

■ N4, N5

得点区分別得点 Scores by Scoring Section		総合得点 Total Score
言語知識(文字・語彙・文法・読解) Language Knowledge(Vocabulary/Grammar) & Reading	聴解 Listening	
80 / 120	40 / 60	120 / 180

参考情報 ReferenceInformation		
文字・語彙 Vocabulary	文法 Grammar	読解 Reading
A	B	A

判定基準

> A：答題正確率 67%以上
> B：答題正確率 34%以上，未滿 67%
> C：答題正確率未滿 34%

※ 各節測驗如有一節缺考就不予計分，即判定為不合格。雖會寄發「合否結果通知書」但所有分項成績，含已出席科目在內，均不予計分。各欄成績以「＊」表示，如「＊＊／60」。

※ 所有科目皆缺席者，不寄發「合否結果通知書」。

N2 題型分析

測驗科目（測驗時間）				試題內容	
			題型	小題題數 ＊	分析
語言知識、讀解 (105分)	文字、語彙	1	漢字讀音 ◇	5	測驗漢字語彙的讀音。
		2	假名漢字寫法 ◇	5	測驗平假名語彙的漢字寫法。
		3	複合語彙 ◇	5	測驗關於衍生語彙及複合語彙的知識。
		4	選擇文脈語彙 ○	7	測驗根據文脈選擇適切語彙。
		5	替換類義詞 ○	5	測驗根據試題的語彙或說法，選擇類義詞或類義說法。
		6	語彙用法 ○	5	測驗試題的語彙在文句裡的用法。
	文法	7	文句的文法1（文法形式判斷） ○	12	測驗辨別哪種文法形式符合文句內容。
		8	文句的文法2（文句組構） ◆	5	測驗是否能夠組織文法正確且文義通順的句子。
		9	文章段落的文法 ◆	5	測驗辨別該文句有無符合文脈。
	讀解 ＊	10	理解內容（短文） ○	5	於讀完包含生活與工作之各種題材的說明文或指示文等，約200字左右的文章段落之後，測驗是否能夠理解其內容。
		11	理解內容（中文） ○	9	於讀完包含內容較為平易的評論、解說、散文等，約500字左右的文章段落之後，測驗是否能夠理解其因果關係或理由、概要或作者的想法等等。
		12	綜合理解 ◆	2	於讀完幾段文章（合計600字左右）之後，測驗是否能夠將之綜合比較並且理解其內容。
		13	理解想法（長文） ◇	3	於讀完論理展開較為明快的評論等，約900字左右的文章段落之後，測驗是否能夠掌握全文欲表達的想法或意見。
		14	釐整資訊 ◆	2	測驗是否能夠從廣告、傳單、提供訊息的各類雜誌、商業文書等資訊題材（700字左右）中，找出所需的訊息。

聽解 (50分)	1	課題理解	◇	5	於聽取完整的會話段落之後，測驗是否能夠理解其內容（於聽完解決問題所需的具體訊息之後，測驗是否能夠理解應當採取的下一個適切步驟）。
	2	要點理解	◇	6	於聽取完整的會話段落之後，測驗是否能夠理解其內容（依據剛才已聽過的提示，測驗是否能夠抓住應當聽取的重點）。
	3	概要理解	◇	5	於聽取完整的會話段落之後，測驗是否能夠理解其內容（測驗是否能夠從整段會話中理解說話者的用意與想法）。
	4	即時應答	◆	12	於聽完簡短的詢問之後，測驗是否能夠選擇適切的應答。
	5	綜合理解	◇	4	於聽完較長的會話段落之後，測驗是否能夠將之綜合比較並且理解其內容。

＊「小題題數」為每次測驗的約略題數，與實際測驗時的題數可能未盡相同。此外，亦有可能會變更小題題數。

＊有時在「讀解」科目中，同一段文章可能會有數道小題。

＊符號標示：「◆」舊制測驗沒有出現過的嶄新題型；「◇」沿襲舊制測驗的題型，但是更動部分形式；「○」與舊制測驗一樣的題型。

資料來源：《日本語能力試驗JLPT官方網站：分項成績‧合格判定‧合否結果通知》。2016年1月11日，取自：http://www.jlpt.jp/tw/guideline/results.html

N2 Part1 讀解對策

閱讀的目標是，從各種題材中，得到自己要的訊息。因此，新制考試的閱讀考點就是「從什麼題材」和「得到什麼訊息」這兩點。

考試時建議先看提問及選項，再看文章。

❶ 解題重點

問題⑩

⇨ 理解內容（短文）

在讀完包含生活與工作之各種題材的說明文或指示文等，約 200 字左右的文章段落之後，測驗是否能夠理解其內容。預估有 5 題。

文章中常出現慣用語及諺語。也會出現同一個意思，改用不同詞彙的作答方式。

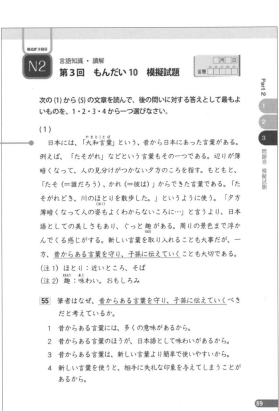

提問一般用「筆者にとって～とは何か」（對作者而言…是什麼？）、「筆者はなぜそう思ったのか」（作者為何那麼想？）的表達方式。

⇨ 理解內容（中文）

在讀完包含內容較為平易的評論、解說、散文等，約 500 字左右的文章段落之後，測驗是否能夠理解其因果關係或理由、概要或作者的想法等等。預估有 9 題。

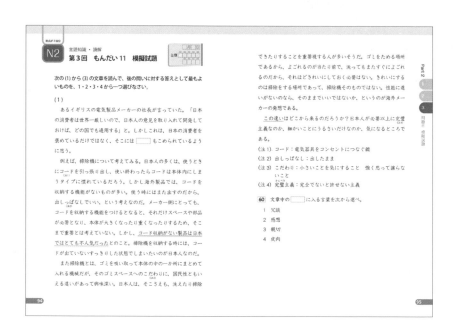

文章以生活、工作、學習等為主題的，簡單的評論文、說明文及散文。提問一般用造成某結果的理由「～原因は何だと述べているか」、文章中的某詞彙的意思「～とは何か」、作者的想法或文章內容「筆者が一番言いたいことはどんなことか」的表達方式。文章結構多為「開頭是主題、中間說明主題、最後是結論」。

選擇錯誤選項的「正しくないものどれか」也偶而會出現，要仔細看清提問喔！

問題⑫

⇨ 綜合理解

閱讀二、三篇約 600 字的文章，測驗能否將文章進行比較整合，並理解內容。主要是以報章雜誌的專欄、投稿、評論等為主題的簡單文章。預估有 2 題。

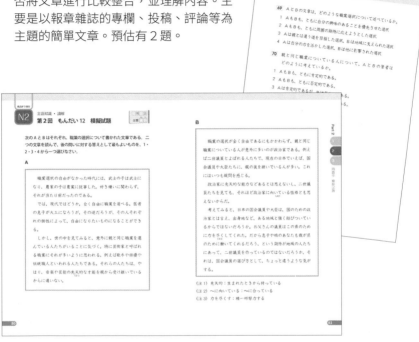

提問一般是比較兩篇以上文章的「共同點」及「相異點」，例如「～について、AとBの筆者はどのように考えているか」（關於…，作者 A、B 有何意見）。

由於考驗的是整合、比較能力，平常可以多看不同報紙，比較相同主題論述的專欄、評論文並理解內容。

問題⑬　⇨ 理解想法（長文）

閲讀一篇約 900 字的長篇文章，測驗能否理解作者的想法、主張等，還有能否知道文章裡的某詞彙某句話的意思。主要以一般常識性的、抽象的社論及評論性文章為主。預估有 3 題。

文章較長，應考時關鍵在快速掌握談論內容的大意。提問一般是用「～とは、どういうことだ」（…是什麼意思？）、「筆者は、～についてどのように考えているか」（作者針對…有什麼想法？）、「～のはなぜか」（…是為什麼？）。

有時文章中也包含與作者意見相反的主張，要多注意！

問題⑭　⇨ 釐清資訊

主要以報章雜誌、商業文書等文章為主。測驗是否能夠從廣告、傳單、手冊、提供訊息的各類雜誌、商業文書等資訊題材（700 字左右）中，找出所需的訊息。預估有 2 題。

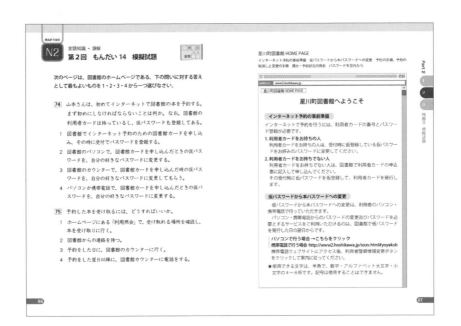

表格等文章一看很難，但只要掌握原則就容易了。首先看清提問的條件，接下來快速找出符合該條件的內容在哪裡。最後，注意有無提示「例外」的地方。不需要每個細項都閱讀。

平常可以多看日本報章雜誌上的廣告、傳單及手冊，進行模擬練習。

② 題型解題訣竅 - 8 大題型

這不是一個有限的框架，而是奠定一個厚實的閱讀基礎！讓您在 8 大題型的基礎上套用、延伸或結合，靈活應用在各種題目或是閱讀資訊上。測驗前，先掌握 8 大題型，建構解題原則，提升閱讀力！讓您面對任何題目都能馬上掌握最關鍵的解題訣竅，大幅縮短考試時間，正確答題！

題型 1 主旨題

主旨可以指作者寫作的意圖，作者要告訴我們的觀點、論點、看法。

—— 答題方法 ——

掌握段落的要點

閱讀整篇文章，大致掌握文章寫了什麼

再次閱讀每一段落

匯集要點

▼

掌握段落與段落之間的關連

▼

抓住中心段落

| 從段落的連接上找 | 從位置上找 | 分析文章中的詳寫點，探尋文章的中心 |

▼

根據中心段落，總結出主旨

▼

關鍵文法、句型，確定正確答案

▼

看文章的出處、作者信息

✓ 掌握段落的要點

1 閱讀整篇文章，**大致掌握文章寫了什麼**。

2 **再次閱讀每一段落，** 那時要注意：

✓ 作者要傳達什麼訊息給讀者，作者寫了什麼。

✓ 看到述說意見時劃上單線。

✓ 看到重點意見時劃上雙線。

3 **匯集要點。** 把劃上雙線的重點匯集起來，並進行取捨。

✓ 可以捨去的部分：開場白、比喻、引用、理由、修飾詞。

✓ 需要匯集的部分：不斷重複的事情、意思承接前一段的內容、意思跨到下一段落的內容。

✓ 掌握段落與段落之間的關連

為了便於把握文章之間的關係，再次閱讀每一段落時，**用一句話歸納一個段落的意思**。

✓ 抓住中心段落

▪ 中心段落是為了突出文章的中心思想，抓住它就能準確的概括作者要告訴我們的觀點、論點、看法了。

▪ **中心段落就是文章的主旨所在。** 因此，找準了它就就特別重要了。

1 從段落的連接上找出來。

✓ 如果意見只集中在一個段落，那麼這一段落就是中心段落。

✓ 如果意見集中在多個段落，那麼最重要的意見是在哪一個段落，該段落就是中心段落。

2 從位置上找出來。

✓ 表示主旨的中心段落，一般是在文章的開頭或結尾。

✓ **特別是最後一段落，往往都是主旨所在的地方。**

3 **分析文章中的詳寫點**，探尋文章的中心。

✓ 一般表現中心的材料，作者是會用筆墨詳加敘寫。

✓ 有時作者對真正要表現的中心用墨甚少，但對次要訊息卻很詳細，這時要找出作者詳寫此人此事的意圖，發現這一意圖也就找到了文章的中心了。

✓ 根據中心段落，總結出主旨

▪ 找到中心段落，據此再加入其他段落的重要內容，並加以彙整。

▪ 用言簡意賅的**一句話概括出文章的主旨**。

✓ 關鍵文法、句型，確定正確答案

▪ 找到表達觀點的關鍵文法、句型，確定正確答案。

▪ 例如「～ではないか（不就是…嗎？）」就是「私は～と思っています（我是…的看法）」。

✓ 看文章的出處、作者信息

這類訊息跟主旨大都有內在的關連，可以幫助判斷文章的主旨，更能提高答題的準確性。

細節題

細節提是要看考生是否對文章的細節能理解和把握。

───────── 細節項目 4W2H ─────────

when ▶ いつ（時間）[什麼時候發生的] ▶ 時間

where ▶ どこ（場所、空間、場面）[在哪裡發生的] ▶ 場所

who ▶ だれ（人物）[誰做的？誰有參予其中？] ▶ 人

what ▶ なに（物・事）[是什麼？目的是什麼？做什麼工作？] ▶ 物

how much ▶ どれくらい [做到什麼程度？數量如何？水平如何？費用多少？] ▶ 多少

how ▶ どのように、どうやって（手段、様子、程度）[怎麼做？如何提高？方法怎樣？怎麼發生的？] ▶ 手段

───────── 問題形式 ─────────

● 〜何をする〜 ……………………………（…做什麼…？）
● 〜いつ〜しますか ………………（…什麼時候…做呢？）
● 〜どんなことを〜 …………………（…什麼事情…？）
● 〜どうすれば〜 ……………………（…怎麼做…？）
● 〜どうすると言っていますか ………（…說該怎麼做呢？）
● 〜何だと述べていますか …（…說的是下面的哪一個呢？）

答題方法

```
從關鍵詞、詞    ▶    從句子的結    ▶    從文章的結
組給的提示去          構來找出答             構來找出答
找答案。            案。                案。
```

✓ 從關鍵詞、詞組給的提示去找答案

1 答案可能在跟問題句相同、近似或相關的關鍵詞或詞組裡。

2 看到近似的關鍵詞或詞組，必須用心斟酌、仔細推敲。

3 題目如果是關於 4W2H，就要注意文章裡表示 4W2H 的詞。

✓ 從句子的結構來找出答案

1 **透過關鍵詞找到答案句**，再經過簡化句子結構，來推敲答案。

2 答案的主語是 **who**（だれ→人），**what**（なに→物），**how**（どうやって→手段）等問題時，從句子結構來找答案，是非常有效的方法。

3 文章中如果有較難的地方，可以做句子結構分析：

❶ ✓主語＋述語。
　✓主語＋補語＋述語。
　✓主語＋目的語＋述語。
　✓主語＋間接目的語＋直接目的語＋述語。

❷ ✓主題＋主語＋述語。

✓主題＋主語＋補語＋述語。
✓主題＋主語＋目的語＋述語。
✓主題＋主語＋間接目的語＋直接目的語＋述語。

❸ **其他還有：修飾語、接續語、獨立語。**

✓問題的關鍵詞不一定與原文一模一樣，而往往出現原文的同義釋義、反義詞、或者同義詞和近義詞。

✓有時還要注意句子的言外之意。

✓帶著問題閱讀原文，找到答案後再從選項中尋找出相應的內容，就可以順利解題。

✓ 從文章的結構來找出答案

1 **略讀整篇文章**，也就是先快速瀏覽各個段落，掌握每一段大概的內容與段落之間的脈絡，判斷文章結構，進而確實掌握細節。

2 看清楚題目，注意文章裡表示 4W2H 的關鍵詞。可以**試著問自己，4W2H 各是什麼**：發生了什麼事（what）、在什麼地方發生（where）、什麼時候發生（when）、影響到誰或誰參與其中（who）、如何發生（how）和發生的程度（how much），透過這些重要線索，就能迅速地找到答案。

3 例如題目問場所，就注意文章裡跟選項，表示場所的關鍵詞，就能迅速地找到答案。

題型3 指示題 表示コ・ソ・ア・ド及前後文所指。

單詞

詞組

指示的內容

長文

一個段落

指示詞的作用

1 用來表示文章或會話中出現的某個人、某句話或某個情報。也就是，替換前面出現過的詞。

2 指示詞是替換曾經敘述過的事物時
➡ **答案在指示詞之前。**

3 指示詞用來表示預告時 ➡ **答案在指示詞之後。**

● ———答題方法——— ●

答案在指示詞之前

指示詞用在避免同樣的詞語重複出現的情況。因此，所指示的事物就從指示詞前面的文章開始找起，甚至更前面的文章。

※ **大部分的指示詞，所指的內容都在前面。**

步驟 ▶ 從指示詞**後面**內容**得到提示**。 ▶ 從指示詞**前面**的文章**找答案**。 ▶ 最後把答案跟指示詞調換，也就是將答案代入原文，確認意思是否恰當。

答案在指示詞之後

有時文章或段落的開頭就是指示詞。例如：「こんな話を聞いた（聽過這麼一件事）」。

這時指示詞所指的內容就在後面。

這樣的指示詞起著「何を言うのだろう（想說什麼呢）」的作用，這是作者為了引起讀者的注意力而用的手法。

步驟 ▶ 從指示詞**前面**內容**得到提示**。 ▶ 從指示詞**後面**的文章**找答案**。 ▶ 最後把答案跟指示詞調換，也就是將答案代入原文，確認意思是否恰當。

因果關係題

因果關係題是指從文章裡提到的人事物之間，因果聯繫來提問的題目。

常見的提問方式

- 〜のはどうしてですか ……………（…是為什麼呢？）
- 〜なぜだと考えられますか ‥（…可知是為什麼呢？）
- 〜のはなぜですか …………………（…是為什麼呢？）
- 〜はどんな〜からか ……（…是因為什麼樣的…呢？）
- 〜なぜ〜ませんか ………………（…為什麼…不呢？）
- なぜ〜ましたか ……………………（為什麼做…呢？）
- 〜どんなことの理由か ……（…什麼事情為理由？）
- 〜なんのために〜か …………（…為了什麼…呢？）

答題方法

題目中經常會出現表示因果關係的詞語

▼

從關鍵詞、詞組、句子來判斷因果關係，
確定正確答案

▼

以助詞「で（因為）」當線索，
找出因果關係，確定正確答案

▼

從句子中去歸納出因果句，從結果句來找出原因句

▼

隱性的因果，也就是沒有明顯的因果關係關鍵詞時

✔ 題目中經常會出現表示因果關係的詞語

1 先仔細閱讀題目，根據關鍵詞等，再回原文中去找出它的對應詞。

2 確實掌握關鍵詞，或因果相關所在的段落內容。

3 注意原文中表示因果關係的詞語。

✔ 從關鍵詞、詞組、句子來判斷因果關係，確定正確答案

1 直接在文章裡抓住關鍵詞、詞組、句子，就可以選出正確答案。因為答案就在其前後。

2 N2閱讀的因果關係題，有時也有直接的、明顯的在文章中出現關鍵詞、詞組及句子，來表示因果關係。

3 相關指標字詞：「から（因為）」、「からこそ（正因為）」、「ために（為了）」、「～は～という（就是因為…）」、「これは～からである（這是因為…）」。

4 先看題目是問什麼原因，再回到文章中相應的因果關係關鍵詞。

5 然後去文章裡面速讀找到因果關係關鍵句，再把句子簡化，最後判斷答案。

6 正確答案經常是原文詞句的改寫。因此，要對表示因果關係詞特別敏感。

✔ 以助詞「で（因為）」當線索，找出因果關係，確定正確答案

1 「で」在表示因果關係時，雖然語氣輕微、含糊，但還是可以作為因果關係句的線索詞。

2 利用仔細推敲「で」前後的文章，來判斷「で」是否為因果關係意思。

✔ 從句子中去歸納出因果句，從結果句來找出原因句

1 找出結果的接續詞：「それで（因此）」、「それゆえ（所以）」、「だから（因此）」、「ですから（因為）」、「したがって（因此，從而）」、「によって（由於）」、「というわけで（所以）」、「そういうわけで（這就是為什麼）」。

2 要能夠知道哪些地方預示著考點出沒，因此，看到提示結果的接續詞，就知道原因就在它們的附近。

● 隱性的因果，也就是沒有明顯的因果關係關鍵詞時

1 從文章內容進行分析、判斷。

2 看到表達原因說明情況意義的「のである」、「のです」，大都也可充分判斷為是有因果關係的邏輯在內。

3 找出題目的關鍵詞，再看前後文，答案句往往就在附近。

4 題目句如果有括號，一般是引用原句，也可以當作一種線索詞。例如：「半分しか使わない」のははなぜですか（為何「只使用一半」呢）。

心情題

注意對作者心情、態度的表達詞，例如：正面評價「よかった（太好了）」；負面評價「困った（糟糕）」、「しまった（完了，不好了）」等。

— 答題方法 —

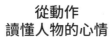

什麼是人物的心情

▼

從動作讀懂人物的心情

▼

從語言讀懂人物的心情

▼

什麼是心情描寫

✓ 什麼是人物的心情

- 要讀懂人物的心情，必須深入理解、體會文章的內容。
- 心情就是心的想法，除了直接在字面上說明之外，是無法用肉眼看出來的。
- 怎麼讀懂人物的心情，可以從**動作**跟**語言**著手。

✓ 從動作讀懂人物的心情

- 從**態度、行動**著手。人物的心情，是透過態度來表現的。人物個性鮮明的態度、動作往往能傳神地體現出人物的心情。
- 從**表情**著手，人物的內心感情，最容易從表情透露出來。譬如，人物對正在進行的談話不滿意，就會有厭惡的表情；心平氣和的時候，就會有溫和安詳的表情。

✔ 從語言讀懂人物的心情

- 人物的語言最能反映了人物的內心世界。

- 從**形容聲音的文詞**去揣摩：當我們從臉部表情、動作、言辭都無法掌握對方心態時，往往可從一些與聲音有關的詞語去揣摩其喜怒哀樂等情緒變化。可以說，聲音是洞察人心的線索。

グラグラ	大笑
✔ ガンガン	生氣
しくしく	抽答的哭

- 從**說話口氣、措辭**去揣摩：從說話口氣，就可以揣摩人物的喜怒哀樂等情緒變化。

✔ 什麼是心情描寫

- 心情描寫就是將人物內心的喜、怒、哀、樂呈現出來。方法可分直接描寫跟間接描寫。

1 從直接描寫去揣摩。

✓ 直接描寫人物的想法、感受、打算等。是人物感情、情緒的自然流露。

✓ 直接描寫人物的心願或思想感情，如能詳細準確地描繪出來，就是人物內心的最好寫照。

2 從間接描寫去揣摩。

✓ 從人物如何看風景或事物等描寫，來刻畫人物的心情。

✓ 從人物如何行動等描寫，來刻畫人物的心情。

題型 6 推斷題　細節推論、後續行為、結果推斷

推斷題又叫推理題

1 以文章中的文字信息為依據，以具體事實為前提，來推論文章中的具體細節。

2 主要根據字面意思，推斷後續內容及結果等深層信息的題目。

3 需要考生在文中找到相關依據，還要根據已知的信息走一步推理的過程，才能得出答案。

推斷題跟細節題不同之處

細節題
答案一般可以在文章中找到。

推斷題
需要用到簡單的邏輯推理，更多是還需要排除法，甚至是計算的。

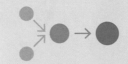

答題方法

推斷不是臆斷

必需基於文章的信息（事實依據）能夠推斷出來的。

必須利用相關部分的背景知識，甚至常識推理

只要說得不夠完善、含糊不清、故意誇大、隱瞞事實或無中生有，都不正確。而正確的答案看起來都讓人很舒服的。

捕捉語言線索，按圖索驥

與細節題不同的是，推理題在找到原文中對應點之後考察的是學生對於文中信息的總結概括，或者正反向推理的能力。

不需要推得太遠

但做題時也不需要推得太遠，基本上考察的還是對原文信息的概括和總結的能力。

題型 **7**
填空題

顧名思義，就是在文章某處挖空，應該填入選項 1,2,3,4 哪個詞或哪一句話。
考法大多是句型搭配、接續詞跟意思判斷。

問題形式

- 「　」に入れる文はどれですか（「　」裡面應該填入以下哪一句）。

- 「　」に入る言葉として最も適したものを選べてください（請選出最適合填入「　」的選項）。

- 「　」に入る言葉を次から選べてください（請從中選出應填入「　」的選項）。

位　　置

句首
填空題

- 填空的地方在句子開頭或段落開頭。

- 填空的位置如果在全文第一句，這時前方就沒有任何參照句。

- 填空位置如果是某一個段落的第一句。一般來說會跟前段內容形成內容上的銜接。

句中
填空題

空的位置在一個句子的中間，或兩個句子的中間。

句尾
填空題

填空的位置在句子的結尾。

✅ 句首填空題

- 常見的填空考法有：句首句型搭配、句首接續詞。

訣竅

1 透過**句型推斷**，選擇搭配的句型。

2 **掌握前後句關係**，如果稍有模糊就容易造成語意的不清楚，進而不容易判斷出空格處接續詞的選擇。

3 注意**句子跟句子之間的邏輯關係、連貫關係**，並仔細比較，選擇接續詞。

4 **讀懂緊接著空格後面的意思**，大多是一句或兩句，並根據後面的文章意思找到答案，進行填空。

ポイント 注意邏輯關係接續詞，例如：順接、逆接、並列、添加、對比、選擇、說明、補足、轉換、因果、條件、程度、轉折、讓步、時間等。

［順接］
したがって（因此）、ゆえに（因此）、それゆえに（因而）、それなら（那麼）、それでは（那麼）、そうすれば（那樣的話）、そうしなければ（如果不是那樣的話）、そうすると（那樣的話）、そうしないと（不那樣的話）。

［逆接］
しかしながら（可是）、だけど（可是）、けれども（但是）、それでも（儘管如此）、ものの（但是）、とはいうものの（話是這麼說，但…）、それなのに（雖然那樣）、にもかかわらず（可是）、それにもかかわらず（儘管）。

［並列、添加］
および（以及）、ならびに（和）、かつ（且）、**最初に**（首先）、**次に**（接著）、**同様に**（同樣的）、**同じように**（一樣的）、**それにしても**（即使如此）、**それから**（接著）、しかも（而且）、おまけに（再加上）、さらに（更）、そのうえ（而且）、加えて（加上）、その上で（在這基礎上）。

［對比、選擇］
一方（另一方面）、**他方**（另一方向）、**逆に**（反而）、**反対に**（相反的）、**反面**（另一面）、そのかわり（另一方面）、それより（比起那個）、それよりも（比起那個）、それよりは（比起那個）、**確かに**（確實地）、しかし（但是）。

〔說明、補足〕

なぜなら（原因是）、その理由は（理由是）、というのは（因為）、というのも（就是）、なぜかというと（原因就是）、どうしてかというと（理由就是）、なんでかというと（原因就是）、だって（因為）、なお（還有）、ただ（只是）、ただし（但是）、もっとも（可是）、ちなみに（順帶一提）、実は（其實）、そもそも（原本）、そのためには（為此）、それには（為了）。

〔轉換〕

それでは（那麼）、ところで（那麼）、さて（那麼、且說）、では（那麼）、ときに（可是、我說）。

〔因果〕

ので（因為）、のに（因為）、から（因為）、ために（為了）、そのために（為了）、それで（因此）、ように（為了能）、だから（因此）。

〔條件〕

たら（要是）、なら（如果…的話）、ば（如果）、と（就要）、すると（這樣的話）、では〈ては〉（如果那樣）、それでは（要是那樣的話）。

〔轉折〕

しかし（可是）、のに（卻）、が（可是）、でも（但是）、けれども（不過）、ただ（只是）、それなのに（儘管那樣）。

〔讓步〕

でも〈ても〉（即使）、とも（儘管）。

〔時間〕

それから（之後）、そして（然後）。

✓ 句中填空題

▪ 常見的填空考法有：根據文法結構、句中句型搭配、句中意思判斷。

訣竅

a 找出句中語法結構、句型關係來填空。

b 細讀前後句之間的句義、關係，抓住文章所給的全部信息，準確理解文章意思，不能出現漏讀或誤讀。

c 根據前後句子之間的意思，可推出兩句間的邏輯關係，加以判斷後，選出正確的接續詞、呼應形式等填空。

d 最好先掌握作者意圖，而不能僅根據一般常識或看法。

✅ 句尾填空題

- 常見的填空考法有：句尾句型搭配、句尾意思判斷（根據上文的意思，判斷後句）。

訣竅

1 仔細地閱讀前文，就像用放大鏡，字斟句酌的瞭解文本，仔細地分析文章，理解句義。

2 **句尾空格判斷大多是利用句型結構關係，再據此推論填空後句。** 例如空格前是「あまり」，就到選項裡找否定意思的呼應形式「ない」；例如空格前是「たぶん」，就到選項裡找推測意思的呼應形式「だろう」等等。

呼應式解題法主要運用在句型搭配邏輯填空題中，解題步驟主要是：

第一步 閱讀選項，藉助關鍵詞或句之間關係，確定邏輯關係。

第二步 根據邏輯關係，尋找空格的呼應點，確定空格含義。

第三步 根據空格含義，辨析句型搭配的呼應形式得出答案。

3 也可以把自己覺得正確的答案，放入文章裡驗證是否符合邏輯，如果是的話，那就是正確答案了。

ポイント

常見的呼應形式

推測形式

たぶん～だろう（也許…吧）、きっと～だろう（一定是…吧）、きっと～と思う（我認為一定是…）。

否定形式

しか～ない（只有…）、まだ～ない（還沒…）、あまり～ない（不怎麼…）、それほど～ない（並不那麼…）。

過去形式

もう～た（已經…了）。

假定形式

もし～たら（如果…的話）。

題型 8
正誤判斷題

正誤判斷題，要確實掌握不正確的敘述。又叫是非題。意思就是非黑即白的選擇，沒有折中的答案。

- 正誤判斷題做起題來總是讓人很糾結，因為考生經常無法快速找到每個選項對應的內容，因此難以判斷真假。
- 正誤判斷題要問的是選項跟文章所敘述或作者所提出的是否符合，還是不符合，或文章中沒有提到的資訊。
- 一般針對的是文章的主題、主旨或細節。

提問方式

一正三誤
一誤三正

問題形式

- 正しいものはどれですか（哪一項是正確的）。
- 上と同じ意味の文を選びなさい（選出與上述相同的項目來）。
- しなくてもよいことは、下のどれか（不進行也可以的是下面哪一項）。

───── 答題方法 ─────

1
詳細閱讀並理解問題句

先注意問題是問正確選項，還是錯誤選項。

2
確實掌握問題句

要注意在判斷正誤時，必須嚴格根據文章的意思來進行理解和推斷，不可以自己提前做假設，所有的答案都來自文章裡。

3
找出選項的關鍵詞並理解整個陳述的含意

利用關鍵詞，在文章中確定對應的句子，這就是答案的位置了。

4 根據答題所在的位置，再以不同方式解題

1 解答的材料都在某個句子裡。

√ 答題時，先看選項，圈上關鍵詞並理解整個陳述的含意。找到答案句，認真仔細地閱讀並進行比較，選出答案。

√ 仔細查看文章中的關鍵語所在句子中的含意，必要時應查看關鍵詞所在句子前後的含意，區分是與選項符合或不符合、相衝突或不相衝突。

2 解答的材料在某個段落裡。

√ 如果四個選項的材料，都集中在某個段落裡，這時候眼睛就不用跑太遠，答題時從選項中的線索詞從原文中找到相關的句子，與選項進行比較進而確定答案。

√ 建議平常背單字就要跟可以替換的單字或詞組一起背，答案一定跟文章裡的某個段落或是某一句話有類似意思或同意替換的。

√ 文法跟句型也是一個很重要的線索，利用它來判斷答案所在相關句子，是肯定或否定的意思。

3 解答的材料在整篇文章裡。

√ 也就是四個選項的材料分散在全篇文章裡，答題時要有耐心。

√ 看選項，知道文章類型或內容。

√ 先看選項，再回去找答案。一邊閱讀文章一邊找需要的答案，可以增加答題速度。

√ 掌握段落的要點，用選項線索找關鍵字、句。

√ 找關鍵字、句還是沒辦法得到答案，看整句、再看前後句，段落主題句。

√ 有些問題，無法從字面上直接找到答案，需要透過推敲細節，來做出判斷。

√ 如果遇到難以判斷的選項，可以留到後面解決，先處理容易判斷的選項。

③ 本書使用說明

Part 2
試題

可根據言語知識、讀解的 150 分鐘測驗時間，扣除文字、語彙、文法的部分，為自己分配限制讀解試題的作答時間。

Part 3
解題

試試看再答一次，接著搭配單字、文法解析，並對照翻譯，檢視自己對文章意思的理解度，最後按「題型解題訣竅」和「日中解題說明」一步一步透徹解析問題。

(題目與翻譯) ....

日文文章 ●

文中出現的單字 ●

標示文中出現的 N2 文法 ●

文章中譯 ●

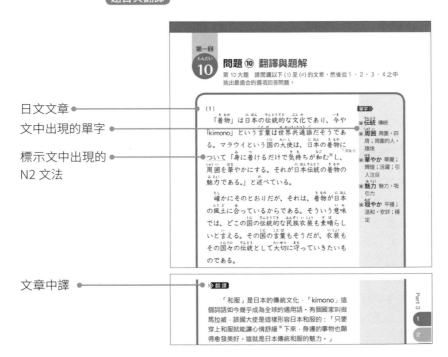

題型解題訣竅 ·····································

每題都幫您整理出題型類別、考點、關鍵解法，以及答案在文章中的位置，並靈活運用 Part1 讀解對策中「題型解題訣竅：8 大題型」。

Step 1 先看提問及選項。

Step 2 回頭看文章內容。

Step 3 回到問題選項，從**「題型解題訣竅：8 大題型」**找到適用的解題法。

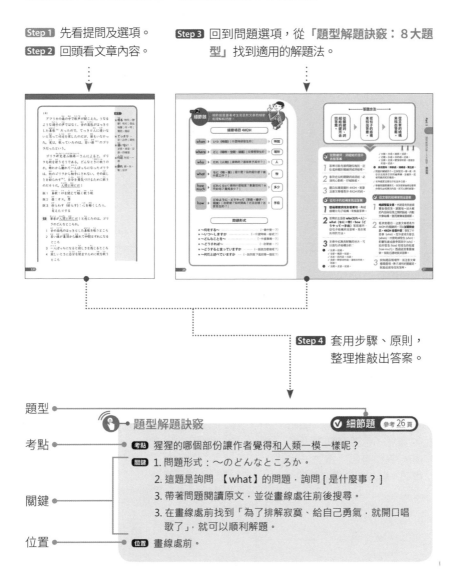

Step 4 套用步驟、原則，整理推敲出答案。

題型 ●─────────

🔊 **● 題型解題訣竅**　　　　　✔ **細節題**（參考 26 頁）

考點 ●───── **考點** 猩猩的哪個部份讓作者覺得和人類一模一樣呢？

關鍵 ●───── **關鍵** 1. 問題形式：～のどんなところか。

　　　　　2. 這題是詢問 【what】的問題，詢問 [是什麼事？]

　　　　　3. 帶著問題閱讀原文，並從畫線處往前後搜尋。

　　　　　3. 在畫線處找到「為了排解寂寞、給自己勇氣，就開口唱歌了」，就可以順利解題。

位置 ●───── **位置** 畫線處前。

解題與文法

日、中文解題

文中出現的 N2 文法，
附上中譯、例句、接續
詳盡說明。

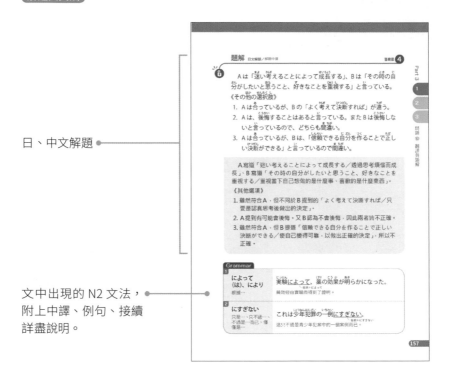

專欄

相似文法間的錯綜複雜關
係，直接用圖解方式，幫您
一一破解，並運用關鍵字整
合、濃縮龐大資訊，加強記
憶。讓您不浪費時間在考題
前糾結其中差異，讓文法從
「複雜」變成「直覺」記憶。

圖解＋比較說明

小知識：暮らしと文化

掌握日本最新生活資訊，感受日本獨有的品味和文化，除了開闊國際觀，更能提升閱讀日文文章的敏銳度，加快答題速度。

日本實用生活資訊與文化

實用句子

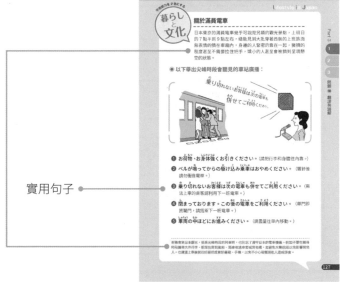

JLPT・Reading
日本語能力試驗　試題開始

測驗前，請模擬演練，參考試前說明。讀解
範圍是第 10 到第 14 大題。

150 分鐘測驗時間，請記得扣除文字、語彙、
文法的部分再調整安排！

解答用紙

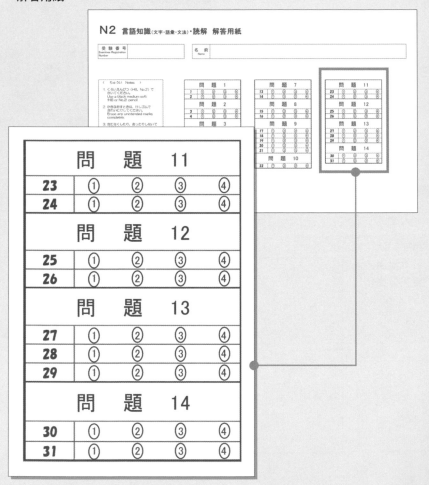

N2

言語知識（文字・語彙・文法）・ 読解

（150 分）

注　　意
Notes

1. 試験が始まるまで、この問題用紙を開けないでください。
   Do not open this question booklet until the test begins.

2. この問題用紙を持って帰ることはできません。
   Do not take this question booklet with you after the test.

3. 受験番号と名前を下の欄に、受験票と同じように書いてく
   ださい。
   Write your examinee registration number and name clearly in each box below as
   written on your test voucher.

4. この問題用紙は、全部で＿＿＿ページあります。
   This question booklet has __ pages.

5. 問題には解答番号の　1　、　2　、　3　… が付いています。解答
   は、解答用紙にある同じ番号のところにマークしてください。
   One of the row numbers　1　,　2　,　3　… is given for each question. Mark your answer
   in the same row of the answer sheet.

受験番号　Examinee Registration Number	

名　前　Name	

次の(1)から(4)の文章を読んで、後の問いに対する答えとして最もよいものを、1・2・3・4から一つ選びなさい。

(1)

　「着物」は日本の伝統的な文化であり、今や「kimono」という言葉は世界共通語だそうである。マラウイという国の大使は、日本の着物について「身に着けるだけで気持ちが和む※し、周囲を華やかにする。それが日本伝統の着物の魅力である。」と述べている。

　確かにそのとおりだが、それは、着物が日本の風土に合っているからである。そういう意味では、どこの国の伝統的な民族衣装も素晴らしいと言える。その国の言葉もそうだが、衣装もその国々の伝統として大切に守っていきたいものである。

※　和む：穏やかになる

55 この文章の筆者の考えに合うものはどれか

1 「着物」という文化は、世界共通のものだ

2 日本の伝統的な「着物」は、世界一素晴らしいものだ

3 それぞれの国の伝統的な衣装や言語を大切に守っていきたい

4 服装は、その国の伝統を最もよくあらわすものだ

（2）

　最近、若者の会話を聞いていると、「やばい」や「やば」、または「やべぇ」という言葉がいやに耳につく※1。もともとは「やば」という語で、広辞苑※2によると「不都合である。危険である。」という意味である。「こんな点数ではやばいな。」などと言う。しかし、若者たちはそんな場合だけでなく、例えば美しいものを見て感激したときも、この言葉を連発する。最初の頃はなんとも不思議な気がしたものだが、だんだんその意味というか気持ちが分かるような気がしてきた。つまり、あまりにも美しいものなどを見たときの「やばい」や「やば」は、「感激のあまり、自分の身が危ないほどである。」というような気持ちが込められた言葉なのだろう。そう考えると、なかなかおもしろい。

※1　耳につく：物音や声が聞こえて気になる。何度も聞いて飽きた
※2　広辞苑：日本語国語辞典の名前

56　筆者は、若者の言葉の使い方をどう感じているか。

1　その言葉の本来の意味を間違えて使っているので、不愉快だ。

2　辞書の意味とは違う新しい意味を作り出していることに感心する。

3　その言葉の語源や意味を踏まえて若者なりに使っている点が興味深い。

4　辞書の意味と、正反対の意味で使っている点が若者らしくておもしろい。

（3）

　日本の電車が時刻に正確なことは世界的に有名だが、もう一つ有名なのは、満員電車である。私たち日本人にとっては日常的な満員電車でも、これが海外の人には非常に珍しいことらしい。

　こんな話を聞いた。スイスでは毎年、時計の大きな展示会があり、そこには世界中から多くの人が押し寄せる^{※1}。その結果、会場に向かう電車が普通ではありえないほどの混雑状態になる。まさに、日本の朝の満員電車のようにすし詰め^{※2}の状態になるのだ。すると、なぜか、関係のない人がその電車に乗りにくるというのだ。すすんで満員電車に乗りにくる気持ちは我々日本人には理解しがたいが、非常に珍しいことだからこその「ちょっとした新鮮な体験」なのだろう。

※1　押し寄せる：多くのものが勢いよく近づく

※2　すし詰め：狭い所にたくさんの人が、すき間なく入っていること。

57 関係のない人がその電車に乗りにくるとあるが、なぜだと考えられるか。

1　満員電車というものに乗ってみたいから

2　電車が混んでいることを知らないから

3　時計とは関係ない展示が同じ会場で開かれるから

4　スイスの人は特に珍しいことが好きだから

（4）

　アフリカの森の中で歌声が聞こえた。うなるような調子の声で
はなく、音の高低がはっきりした鼻歌^{※1}だったので、てっきり人
に違いないと思って付近を探したのだが、誰もいなかった。実は、
歌っていたのは、若い雄^{※2}のゴリラだったという。

　ゴリラ研究者山極寿一<ruby>やまぎわじゅいち</ruby>さんによると、ゴリラも歌を歌うそうであ
る。どんなときに歌うのか。群れから離れて一人ぼっちになったゴ
リラは、他のゴリラから相手にされない。その寂しさを紛らわせ^{※3}、
自分を勇気づけるために歌うのだそうだ。人間と同じだ！

※1　鼻歌：口を閉じて軽く歌う歌

※2　雄：オス。男

※3　紛らわす（紛らす）：心を軽くしたり、変えたりする

[58]　筆者が人間と同じだ！と感じたのは、ゴリラのどんなところ
　　か。

　1　音の高低のはっきりした鼻歌を歌うところ

　2　若い雄が集団から離れて仲間はずれになるところ

　3　一人ぼっちになると寂しさを感じるところ

　4　寂しいときに自分を励ますために歌を歌うところ

(5)

　以下は、田中さんが、ある企業の「アイディア商品募集」に応募した企画について、企業から来たはがきである。

　田中夕子様

　　この度は、アイディア商品の企画をお送りくださいまして、まことにありがとうございました。田中様のアイディアによる洗濯バサミ[※1]、生活に密着[※2]したとても便利な物だと思いました。

　　ただ、商品化するには、実際にそれを作ってみて、実用性や耐久性[※3]、その他色々な面で試験をしなければなりません。その結果が出るまでしばらくの間お待ちくださいますよう、お願いいたします。1か月ほどでご連絡できるかと思います。

　　それでは、今後ともよいアイディアをお寄せくださいますよう、お願いいたします。

※1　洗濯バサミ：洗濯物をハンガーなどに留めるために使うハサミのような道具

※2　密着：ぴったりと付くこと

※3　耐久性：長期間、壊れないで使用できること

59 このはがきの内容について、正しいものはどれか。

　1　田中さんが作った洗濯バサミは、便利だが壊れやすい。

　2　田中さんが作った洗濯バサミについて、これから試験をする。

　3　洗濯バサミの商品化について、改めて連絡する。

　4　洗濯バサミの商品化について、いいアイディアがあったら連絡してほしい。

N2

言語知識・讀解

第1回　もんだい 11　模擬試題

模式が3回分

月　日

答題
60 61 62 63 64
65 66 67 68

Part 2

1

2

3

問題⑪ 模擬試題

次の (1) から (3) の文章を読んで、後の問いに対する答えとして最もよいものを、1・2・3・4から一つ選びなさい。

(1)

　「オノマトペ」とは、日本語で「擬声語（ぎせいご）」あるいは「擬態語（ぎたいご）」と呼ばれる言葉である。

　「擬声語」とは、「戸をトントンたたく」「子犬がキャンキャン鳴く」などの「トントン」や「キャンキャン」で、物の音や動物の鳴き声を表す言葉である。これに対して「擬態語」とは、「子どもがすくすく伸びる」「風がそよそよと吹く」などの「すくすく」「そよそよ」で、物の様子を言葉で表したものである。

　ほかの国にはどんなオノマトペがあるのか調べたことはないが、日本語のオノマトペ、特に擬態語を理解するのは、外国人には難しいのではないだろうか。擬態語そのものには意味はなく、あくまでも日本人の語感※1 に基づいたものだからである。

　ところで、このほど日本の酒類業界が、テレビのコマーシャルの中で「日本酒をぐびぐび飲む」や「ビールをごくごく飲む」の「ぐびぐび」や「ごくごく」※2 という擬態語を使うことをやめたそうである。その擬態語を聞くと、未成年者や妊娠している人、アルコール依存症※3 の人たちをお酒を飲みたい気分に誘うからという理由だそうである。

確かに、日本人にとっては「ぐびぐび」や「ごくごく」は、いかにもおいしそうに感じられる。お酒が好きな人は、この言葉を聞いただけで飲みたくなるにちがいない。しかし、外国人にとってはどうなのだろうか。一度外国の人に聞いてみたいものである。

※1　語感：言葉に対する感覚

※2　「ぐびぐび」や「ごくごく」：液体を勢いよく、たくさん飲む様子を表す言葉

※3　アルコール依存症：お酒を飲む欲求を押さえられない病気

60 次の傍線部のうち、「擬態語」は、どれか。

1　ドアをドンドンとたたく。

2　すべすべした肌。

3　小鳥がピッピッと鳴く。

4　ガラスがガチャンと割れる。

61 外国人が日本の擬態語を理解するのはなぜ難しいか。

1　擬態語は漢字やカタカナで書かれているから。

2　外国には擬態語はないから。

3　擬態語は、日本人の感覚に基づいたものだから。

4　日本人の聞こえ方と外国人の聞こえ方は違うから。

62 一度外国の人に聞いてみたいとあるが、どんなことを聞いて みたいのか。

1 「ぐびぐび」と「ごくごく」、どちらがおいしそうに感じられ るかということ。

2 外国のテレビでも、コマーシャルに擬態語を使っているかとい うこと。

3 「ぐびぐび」や「ごくごく」のような擬態語が外国にもあるか ということ。

4 「ぐびぐび」や「ごくごく」が、おいしそうに感じられるかと いうこと。

（2）

　テレビなどの天気予報のマーク※1は、晴れなら太陽、曇りなら雲、雨なら傘マークであり、それは私たち日本人にはごく普通のことだ。だがこの傘マーク、日本独特のマークなのだそうである。どうやら、雨から傘をすぐにイメージするのは日本人の特徴らしい。私たちは、雨が降ったら当たり前のように傘をさすし、雨が降りそうだな、と思えば、まだ降っていなくても傘を準備する。しかし、欧米の人にとっては、傘はかなりのことがなければ使わないもののようだ。

　あるテレビ番組で、その理由を何人かの欧米人にインタビューしていたが、それによると、「片手がふさがるのが不便」という答えが多かった。小雨（こさめ）程度ならまだいいが、大雨だったらどうするのだろう、と思っていたら、ある人の答えによると、「雨宿り※2をする」とのことだった。カフェに入るとか、雨がやむまで外出しないとか、雨が降っているなら出かけなければいいと、何でもないことのように言うのである。でも、日常生活ではそうはいかないのが普通だ。そんなことをしていては会社に遅刻したり、約束を破ったりすることになってしまうからだ。さらにそう尋ねたインタビュアーに対して、驚いたことに、その人は、「そんなこと、他の人もみんなわかっているから誰も怒ったりしない」と言うではないか。雨宿りのために大切な会議に遅刻しても、たいした問題にはならない、というのだ。

　「ある人」がどこの国の人だったかは忘れてしまったが、あまりのおおらかさ※3に驚き、文化の違いを強く感じさせられたことだった。

※1　マーク：絵であらわす印

※2　雨宿り：雨がやむまで、濡れないところでしばらく待つこと

※3　おおらかさ：ゆったりとして、細かいことにとらわれない
　　　様子

63　(傘マークは) 日本独特のマークなのだそうであるとあるが、
なぜ日本独特なのか。

1　日本人は雨といえば傘だが、欧米人はそうではないから

2　日本人は天気のいい日でも、いつも傘を持っているから

3　欧米では傘は大変貴重なもので、めったに見かけないから

4　欧米では雨が降ることはめったにないから

64　その理由とは、何の理由か。

1　日本人が、傘を雨のマークに使う理由

2　欧米人が雨といえば傘を連想する理由

3　欧米人がめったに傘を使わない理由

4　日本人が、雨が降ると必ず傘をさす理由

65　筆者は、日本と欧米との違いをどのように感じているか。

1　日本人は雨にぬれても気にしないが、欧米人は雨を嫌ってい
　　る。

2　日本人は約束を優先するが、欧米人は雨に濡れないことを優先
　　する。

3　日本には傘の文化があるが、欧米には傘の文化はない。

4　日本には雨宿りの文化があるが、欧米には雨宿りの文化はな
　　い。

（3）

　日本の人口は、2011年以来、年々減り続けている。2014年10月現在の総人口は約1億2700万で、前年より約21万5000人減少しているということである。中でも、15〜64歳の生産年齢人口は116万人減少。一方、65歳以上は110万2000人の増加で、0〜14歳の年少人口の2倍を超え、少子高齢化がまた進んだ。（以上、総務省^{※1} 発表による）

　なんとか、この少子化を防ごうと、日本には少子化対策担当大臣までいて対策を講じているが、なかなか子供の数は増えない。

　その原因として、いろいろなことが考えられるだろうが、その一つとして、現代の若者たちの、自分の「個」をあまりにも重視する傾向があげられないだろうか。

　ある生命保険会社の調査によると、独身者の24％が「結婚したくない」あるいは「あまり結婚したくない」と答えたということだ。その理由として、「束縛^{※2} されるのがいや」「ひとりでいることが自由で楽しい」「結婚や家族など、面倒だ」などということがあげられている。つまり、「個」の意識ばかりを優先する結果、結婚をしないのだ。したがって、子供の出生率も低くなる、という結果になっていると思われる。

　しかし、この若者たちによく考えてみて欲しい。それほどまでに意識し重視しているあなたの「個」に、いったいどれほどの価値があるのかを。私に言わせれば、空虚な存在に過ぎない。他の存在があってこその「個」であり、他の存在にとって意味があるからこその「個」であると思うからだ。

※1　総務省：国の行政機関

※2　束縛：人の行動を制限して、自由にさせないこと

66 日本の人口について、<u>正しくない</u>のはどれか。

1　2013 年から 2014 年にかけて、最も減少したのは 65 歳以上の人口である。

2　近年、減り続けている。

3　65 歳以上の人口は、0 ～ 14 歳の人口の 2 倍以上である。

4　15 ～ 64 歳の人口は 2013 年からの 1 年間で 116 万人減っている。

67 <u>その一つ</u>とは、何の一つか。

1　少子化の対策の一つ

2　少子化の原因の一つ

3　人口減少の原因の一つ

4　現代の若者の傾向の一つ

68 筆者は、現代の若者についてどのように述べているか。

1　結婚したがらないのは無理もないことだ。

2　人はすべて結婚すべきだ。

3　人と交わることが上手でない。

4　自分自身だけを重視しすぎている。

次のAとBはそれぞれ、決断ということについて書かれた文章である。二つの文章を読んで、後の問いに対する答えとして最もよいものを、1・2・3・4から一つ選びなさい。

A

　　人生には、決断しなければならない場面が必ずある。職を選んだり、結婚を決めたりすることもその一つだ。そんなとき、私たちは必ずと言っていいほど迷う。そして、考え、決断する。一生懸命考えた末決断したことだから自分で納得できる。結果がどうであれ後悔することもないはずだ。

　　だが、本当に自分で考えて決断したことについては後悔しないだろうか。そんなことはないと思う。しかし、人間はこうして迷い考えることによって成長するのだ。自分で考え決断するということには、自分を見つめることが含まれる。それが人を成長させるのだ。決断した結果がどうであろうとそれは問題ではない。

B

　　自分の進路などを決断することは難しい。結果がはっきりとは見えないからだ。ある程度、結果を予測することはできる。しかし、それは、あくまでも予測に過ぎない。未来のことだから何が起こるかわからないからだ。

そんな場合、私は「考える」より「流される」ことにしている。その時の自分がしたいと思うこと、好きなことを重視する。つまり、川が流れるように自然に任せるのだ。

深く考えることもせずに決断すれば、後で後悔するのではないかと言う人がいる。しかし、それは逆である。その時の自分に正しい選択ができる力があれば、流されても後悔することはない。大切なのは、信頼できる自分を常に作っておくように心がけることだ。

69 AとBの筆者は、決断する時に大切なことは何だと述べているか。

1 AもBも、じっくり考えること

2 AもBも、あまり考えすぎないこと

3 Aはよく考えること、Bはその時の気持ちに従うこと

4 Aは成長すること、Bは自分を信頼すること

70 AとBの筆者は、決断することについてどのように考えているか。

1 Aはよく考えて決断しても後悔することがある、Bはよく考えて決断すれば後悔しないと考えている。

2 Aはよく考えて決断すれば後悔しない、Bは深く考えずに好きなことを重視して決断すれば後悔すると考えている。

3 Aは迷ったり考えたりすることで成長する、Bは決断することで信頼できる自分を作ることができると考えている。

4 Aは考えたり迷ったりすることに意味がある、Bは自分の思い通りにすればいいと考えている。

次の文章を読んで、後の問いに対する答えとして最もよいものを、1・2・3・4から一つ選びなさい。

　先日たまたまラジオをつけたら、子供の貧困※1 についての番組をやっていた。そこでは、毎日の食事さえも満足にできない子供も多く、温かい食事は学校給食のみという子供もいるということが報じられていた。

　そう言えば、最近テレビや新聞などで、「子供の貧困」という言葉を見聞きすることが多い。2014年、政府が発表した貧困調査の統計によれば、日本の子供の貧困率は16パーセントで、これはまさに子供の6人に1人が貧困家庭で暮らしていることになる。街中に物があふれ、なんの不自由もなく明るい笑顔で街を歩いている人々を見ると、今の日本の社会に家庭が貧しくて食事もとれない子供たちがいるなどと想像も出来ないことのように思える。しかし、現実は、華やかに見える社会の裏側に、いつのまにか想像を超える子供の貧困化が進んでいることを私たちが知らなかっただけなのである。

　今あらためて子供の貧困について考えてみると、ここ数年、経済の不況※2 の中で失業や給与の伸び悩み※3、またパート社員の増加、両親の離婚による片親家庭の増加など、社会の経済格差が大きくなり、予想以上に家庭の貧困化が進んだことが最大の原因であろ

う。かつて日本の家庭は1億総中流※4と言われ、ご飯も満足に食べられない子供がいるなんて、誰が想像しただろう。

　実際、貧困家庭の子供はご飯も満足に食べられないだけでなく、給食費や修学旅行の費用が払えないとか、スポーツに必要な器具を揃えられないとかで、学校でみじめな思いをして、登校しない子供が増えている。さらに本人にいくら能力や意欲があっても本を買うとか、塾に通うことなどとてもできないという子供も多くなっている。そのため入学の費用や学費を考えると、高校や大学への進学もあきらめなくてはならない子供も多く、なかには家庭が崩壊※5し、悪い仲間に入ってしまう子供も出てきている。

　このように厳しい経済状況に置かれた貧困家庭の子供は、成人しても収入の低い仕事しか選べないのが現実である。その結果、貧困が次の世代にも繰り返されることになり、社会不安さえ引き起こしかねない。

　子供がどの家に生まれたかで、将来が左右されるということは、あってはならないことである。どの子供にとってもスタートの時点では、平等な機会と選択の自由が約束されなければならないのは言うまでもない。誰もがこの「子供の貧困」が日本の社会にとって重大な問題であることを真剣に捉え、今すぐ国を挙げて積極的な対策を取らなくては、将来取り戻すことができない状況になってしまうだろう。

※1　貧困：貧しいために生活に困ること
※2　不況：景気が悪いこと

※3　伸び悩み：順調に伸びないこと

※4　1億総中流：1970年代高度経済成長期の日本の人口約1
　　　億人にかけて、多くの日本人が「自分が中流だ」と考える「意
　　　識」を指す

※5　崩壊：こわれること

71　誰が想像しただろうとあるが、筆者はどのように考えている
　　か。

　1　みんな想像したはずだ。

　2　みんな想像したかもしれない。

　3　誰も想像できなかったに違いない。

　4　想像しないことはなかった。

72　貧困が次の世代にも繰り返されるとは、どういうことか。

　1　貧困家庭の子供は常に平等な機会に恵まれるということ。

　2　親から財産をもらえないことが繰り返されるということ。

　3　次の世代でも誰も貧困から救ってくれないということ。

　4　貧困家庭の子供の子供もまた貧困となるということ。

73　筆者は、子供の貧困についてどのように考えているか。

　1　子供の貧困はその両親が責任を負うべきだ。

　2　すぐに国が対策を立てなくては、取り返しのつかないことにな
　　　る。

　3　いつの時代にもあることなので、しかたがないと考える。

　4　子供自身が自覚を持って生きることよりほかに対策はない。

言語知識・讀解

第1回　もんだい14　模擬試題

次のページは、貸し自転車利用のためのホームページである。下の問いに対する答えとして最もよいものを1・2・3・4から一つ選びなさい。

74 外国人のセンさんは、丸山区に出張に行く3月1日の朝から3日の正午まで、自転車を借りたいと考えている。同じ自転車を続けて借りるためにはどうすればいいか。なお、泊まるのはビジネスホテルだが、近くの駐輪場を借りることができる。

1　予約をして、外国人登録証明書かパスポートを持ってレンタサイクル事務所の管理室に借りに行き、返す時に料金600円を払う。

2　予約をして、外国人登録証明書かパスポートを持ってレンタサイクル事務所の管理室に借りに行き、返す時に料金900円を払う。

3　直前に、レンタサイクル事務所に電話をして、もし自転車があれば外国人登録証明書かパスポートを持って借りに行く。返す時に600円を払う。

4　直前に、レンタサイクル事務所に電話をして、もし自転車があれば外国人登録証明書かパスポートを持って借りに行く。返す時に900円を払う。

75 山崎さんは、3月5日の午前8時から3月6日の午後10時まで自転車を借りたいが、どのように借りるのが一番安くて便利か。なお、山崎さんのマンションには駐輪場がある。

1 当日貸しを借りる。

2 当日貸しを一回と、4時間貸しを一回借りる。

3 当日貸しで二回借りる。

4 3日貸しで一回借りる。

丸山区　貸し自転車利用案内

はじめに

丸山区レンタサイクルは 26 インチを中心とする自転車を使用しています。予約はできませんので直前にレンタサイクル事務所へ連絡し、残数をご確認ください。 貸し出し対象は 中学生以上で安全運転ができる方に限ります。

【利用できる方】

1. 中学生以上の方
2. 安全が守れる方

【利用時に必要なもの】

1. 利用料金
2. 身分証明書

※ 健康保険証または運転免許証等の公的機関が発行した、写真付で住所を確認できる証明書。外国人の方は、パスポートか外国人登録証明書を必ず持参すること。

【利用料金】

① 4 時間貸し (1 回 4 時間以内に返却)200 円
② 当日貸し (1 回 当日午後 8 時 30 分までに返却) 300 円
③ 3 日貸し (1 回 72 時間以内に返却)600 円
④ 7 日貸し (1 回 168 時間以内に返却)1200 円

※ ③④の複数日貸出を希望される方は 夜間等の駐輪場が確保できる方に限ります。

貸し出しについて

場所：レンタサイクル事務所の管理室で受け付けています。
時間：午前 6 時から午後 8 時まで。
手続き：本人確認書類を提示し、レンタサイクル利用申請書に氏名住所電話番号など必要事項を記入します。(本人確認書類は住所確認できるものに限ります)

ガイド付きのサイクリングツアー「のりのりツアー」も提案しています。
¥10,000- (9：00 ～ 15：00) ガイド料、レンタル料、弁当＆保険料も含む。

● 「のりのりツアー」のお問い合わせは⇒ norinori@tripper.ne.jp へ !!
● 電動自転車レンタル「ｅバイク」のＨＰ⇒こちら

次の (1) から (5) の文章を読んで、後の問いに対する答えとして最もよいものを、1・2・3・4から一つ選びなさい。

(1)

　漢字が片仮名や平仮名と違うところは、それが表意文字^{※1}であるということだ。したがって、漢字や熟語を見ただけでその意味が大体わかる場合が多い。たとえば、「登」は「のぼる」という意味なので、「登山」とは、「山に登ること」だとわかる。

　では、「親切」とは、どのような意味が合わさった熟語なのだろうか。「親」は、父や母のこと、「切」は、切ることなので、……と考えると、とても物騒^{※2}な意味になってしまいそうだ。しかし、そこが漢字の奥深い^{※3}ところで、「親」には、「したしむ」「愛する」という意味、「切」には、「心をこめて」という意味もあるのだ。つまり、「親切」とは、それらの意味が合わさった言葉で、「相手のために心を込める」といった意味なのである。

※1　表意文字：ことばを意味の面からとらえて、一字一字を一定の意味にそれぞれ対応させた文字
※2　物騒：危険な感じがする様子
※3　奥深い：意味が深いこと

55　漢字の奥深いところとは、漢字のどんな点か。

　1　読みと意味を持っている点

　2　熟語の意味がだいたいわかる点

　3　複数の異なる意味を持っている点

　4　熟語になると意味が想像できない点

（2）

　ストレス社会といわれる現代、眠れないという悩みを持つ人は少なくない。実は、インターネットの普及も睡眠の質に悪影響を及ぼしているという。パソコンやスマートフォン、ゲーム機などの画面の光に含まれるブルーライトが、睡眠ホルモン[※1]の分泌[※2]をじゃまするというのである。寝る前にメールをチェックしたり送信したりすることは、濃いコーヒーと同じ覚醒作用[※3]があるらしい。よい睡眠のためには、気になるメールや調べ物があったとしても、寝る1時間前には電源を切りたいものだ。電源を切り、部屋を暗くして、質のいい睡眠の入口へ向かうことを心がけてみよう。

※1　睡眠ホルモン：体を眠りに誘う物質、体内で作られる

※2　分泌：作り出し押し出す働き

※3　覚醒作用：目を覚ますは働き

56　筆者は、よい睡眠のためには、どうするといいと言っているか。

　1　寝る前に気になるメールをチェックする

　2　寝る前に熱いコーヒーを飲む

　3　寝る1時間前にパソコンなどを消す

　4　寝る1時間前に部屋の電気を消す

（3）

　これまで、電車などの優先席※1の後ろの窓には「優先席付近では携帯電話の電源をお切りください。」というステッカー※2が貼られていた。ところが、2015年10月1日から、JR東日本などで、それが「優先席付近では、混雑時には携帯電話の電源をお切りください。」という呼び掛けに変わった。これまで、携帯電話の電波が心臓病の人のペースメーカー※3などの医療機器に影響があるとして貼られていたステッカーだが、携帯電話の性能が向上して電波が弱くなったことなどから、このように変更されることに決まったのだそうである。

※1　優先席：老人や体の不自由な人を優先的に腰かけさせる座席

※2　ステッカー：貼り紙。ポスター

※3　ペースメーカー：心臓病の治療に用いる医療機器

57 　2015年10月1日から、混んでいる電車の優先席付近でしてはいけないことは何か。

　1　携帯電話の電源を、入れたり切ったりすること

　2　携帯電話の電源を切ったままにしておくこと

　3　携帯電話の電源を入れておくこと

　4　ペースメーカーを使用している人に近づくこと

（4）

　新聞を読む人が減っているそうだ。ニュースなどもネットで読めば済むからわざわざ紙の新聞を読む必要がない、という人が増えた結果らしい。

　しかし、私は、ネットより紙の新聞の方が好きである。紙の新聞の良さは、なんといってもその一覧性※1にあると思う。大きな紙面だからこその迫力※2ある写真を楽しんだり、見出しや記事の扱われ方の大小でその重要度を知ることができたりする。それに、なんといっても魅力的なのは、思いがけない記事をふと、発見できることだ。これも大紙面を一度に見るからこその新聞がもつ楽しさだと思うのだ。

※1　一覧性：ざっと見ればひと目で全体がわかること
※2　迫力：心に強く迫ってくる力

58　筆者は、新聞のどんなところがよいと考えているか。

　1　思いがけない記事との出会いがあること
　2　見出しが大きいので見やすいこと
　3　新聞が好きな人どうしの会話ができること
　4　全ての記事がおもしろいこと

（5）

　楽しければ自然と笑顔になる、というのは当然のことだが、その逆もまた真実である。つまり、笑顔でいれば楽しくなる、ということだ。これは、脳はだまされやすい、という性質によるらしい。特に楽しいとか面白いといった気分ではないときでも、ひとまず笑顔をつくると、「笑っているのだから楽しいはずだ」と脳は錯覚[※1]し、実際に気分をよくする脳内ホルモン[※2]を出すという。これは、脳が現実と想像の世界とを区別することができないために起こる現象だそうだが、ならばそれを利用しない手はない。毎朝起きたら、鏡に向かってまず笑顔を作るようにしてみよう。その日1日を楽しく気持ちよく過ごすための最初のステップになるかもしれない。

※1　錯覚：勘違い
※2　脳内ホルモン：脳の神経伝達物質

59 笑顔でいれば楽しくなるのはなぜだと考えられるか。

1　鏡に映る自分の笑顔を見て満足した気分になるから
2　脳が笑顔にだまされて楽しくなるホルモンを出すから
3　脳がだまされたふりをして楽しくなるホルモンを出すから
4　脳には、どんな時でも人を活気付ける性質があるから

次の (1) から (3) の文章を読んで、後の問いに対する答えとして最もよいものを、1・2・3・4から一つ選びなさい。

(1)

　日本では、電車やバスの中で居眠りをしている人を見かけるのは珍しくない。だが、海外では、車内で寝ている人をほとんど見かけないような気がする。日本は比較的安全なため、眠っているからといって荷物を取られたりすることが少ないのが大きな理由だと思うが、外国人の座談会※1 で、ある外国の人はその理由を、「寝顔を他人に見られるなんて恥ずかしいから。」と答えていた。確かに、寝ているときは意識がないのだから、口がだらしなく開いていたりして、かっこうのいいものではない。

　もともと日本人は、人の目を気にする羞恥心※2 の強い国民性だと思うのだが、なぜ見苦しい姿を多くの人に見られてまで車内で居眠りする人が多いのだろう?

　それは、自分に関係のある人には自分がどう思われるかをとても気にするが、無関係の不特定多数の人たちにはどう思われようと気にしない、ということなのではないだろうか。たまたま車内で一緒になっただけで、降りてしまえば何の関係もない人たちには自分の寝顔を見られても恥ずかしくないということである。自分に無関係の多数の乗客は居ないのも同然※3、つまり、車内は自分一人の部屋と同じなのである。その点、車内で化粧をする女性たちの気持ちも同じなのだろう。

日本の電車やバスは人間であふれているが、人と人とは何のつながりもないということが、このような現象を引き起こしているのかもしれない。

※1　座談会：何人かの人が座って話し合う会
※2　羞恥心：恥ずかしいと感じる心
※3　同然：同じこと

60　日本人はなぜ電車やバスの中で居眠りをすると筆者は考えているか。

1　知らない人にどう思われようと気にならないから
2　毎日の仕事で疲れているから
3　居眠りをしていても、他の誰も気にしないから
4　居眠りをすることが恥ずかしいとは思っていないから

61　日本人はどんなときに恥ずかしさを感じると、筆者は考えているか。

1　知らない人が大勢いる所で、みっともないことをしてしまったとき
2　誰にも見られていないと思って、恥ずかしい姿を見せてしまったとき
3　知っている人や関係のある人に自分の見苦しい姿を見せたとき
4　特に親しい人に自分の部屋にいるような姿を見せてしまったとき

62 車内で化粧をする女性たちの気持ちも同じとあるが、どんな
  点が同じなのか。

1 すぐに別れる人たちには見苦しい姿を見せても構わないと思っ
  ている点

2 電車やバスの中は自分の部屋の中と同じだと思っている点

3 電車やバスの中には自分に関係のある人はいないと思っている
  点

4 電車やバスを上手に利用して時間の無駄をなくしたいと思って
  いる点

（2）

　私の父は、小さな商店を経営している。ある日、電話をかけている父を見ていたら、「ありがとうございます。」と言っては深く頭を下げ、「すみません」と言っては、また、頭を下げてお辞儀をしている。さらに、「いえ、いえ」と言うときには、手まで振っている。

　私は、つい笑い出してしまって、父に言った。

　「お父さん、電話ではこっちの姿が見えないんだから、そんなにぺこぺこ頭を下げたり手を振ったりしてもしょうがないんだよ。」と。

　すると、父は、

　「そんなもんじゃないんだ。電話だからこそ、しっかり頭を下げたりしないとこっちの心が伝わらないんだよ。それに、心からありがたいと思ったり、申し訳ないと思ったりすると、自然に頭が下がるものなんだよ。」と言う。

　考えてみれば確かにそうかもしれない。電話では、相手の顔も体の動きも見えず、伝わるのは声だけである。しかし、まっすぐ立ったままお礼を言うのと、頭を下げながら言うのとでは、同じ言葉でも伝わり方が違うのだ。聞いている人には、それがはっきり伝わる。

　見えなくても、いや、「見えないからこそ、しっかり心を込めて話す」ことが、電話の会話では大切だと思われる。

63 筆者は、電話をかけている父を見て、どう思ったか。

1　相手に見えないのに頭を下げたりするのは、みっともない。

2　もっと心を込めて話したほうがいい。

3　頭を下げたりしても相手には見えないので、なんにもならない。

4　相手に気持ちを伝えるためには、じっと立ったまま話すほうがいい。

64 それとは、何か。

1　お礼を言っているのか、謝っているのか。

2　本当の心か、うその心か。

3　お礼の心が込もっているかどうか。

4　立ったまま話しているのか、頭を下げているのか。

65 筆者は、電話の会話で大切なのはどんなことだと言っているか。

1　お礼を言うとき以外は、頭を下げないこと。

2　相手が見える場合よりかえって心を込めて話すこと。

3　誤解のないように、電話では、言葉をはっきり話すこと。

4　相手が見える場合と同じように話すこと。

(3)

　心理学※1 の分析方法のひとつに、人の特徴を五つのグループに分け、すべての人はこの五タイプのどこかに必ず入る、というものがある。五つのタイプに優劣はなく、それは個性や性格と言い換えてもいいそうだ。

　面白いのは、自分はこのグループに当てはまると判断した自らの評価と、人から評価されたタイプは一致しないことが多い、という事実である。「あなたって、こういう人よね。」と言われたとき、自分では思ってもみない内容に驚くことがあるが、つまりはそういうケース※2 である。

　どうも、自分の真実の姿は自分で思うほどわかっていない、と考えたほうがよさそうだ。

　しかし、自分が思っているようには他人に見えていなくても、それは別に悪いことではない。逆に、「そう見られているのはなぜか。」と考えて、　　　　　を知る手助けとなるからである。

　学校や会社の組織を作る場合、この五つのグループの全員が含まれるようにすると、その組織は安定するとのこと。異なるタイプが存在する組織のほうが、問題が起こりにくく、組織自体が壊れるということも少ないそうだ。

　やはり、いろいろな人がいてこその世の中、ということだろうか。それにしても、自分がどのグループに入ると人に思われているのか、気になるところだ。また周りの人がどのグループのタイプなのか、つい分析してしまう自分に気づくことが多いこの頃である。

※1　心理学：人の意識と行動を研究する科学

※2　ケース：例。場合

66　そういうケースとは、例えば次のどのようなケースのことか。

1　自分では気が弱いと思っていたが、友人に、君は積極的だね、と言われた。

2　自分では計算が苦手だと思っていたが、テストでクラス1番になった。

3　自分では大雑把な性格だと思っていたが、友人にまさにそうだね、と言われた。

4　自分は真面目だと思っていたが、友人から、君は真面目すぎるよ、と言われた。

67　□□□□に入る言葉は何か。

1　心理学

2　五つのグループ

3　自分自身

4　人の心

68　いろいろな人がいてこその世の中とはどういうことか。

1　個性の強い人を育てることが、世の中にとって大切だ。

2　優秀な人より、ごく普通の人びとが、世の中を動かしている。

3　世の中は、お互いに補い合うことで成り立っている。

4　世の中には、五つだけではなくもっと多くのタイプの人がいる。

第2回　もんだい12　模擬試題

次のAとBはそれぞれ、職業の選択について書かれた文章である。二つの文章を読んで、後の問いに対する答えとして最もよいものを、1・2・3・4から一つ選びなさい。

A

　　職業選択の自由がなかった時代には、武士の子は武士になり、農家の子は農業に従事した。好き嫌いに関わらず、それが当たり前だったのである。

　　では、現代ではどうか。全く自由に職業を選べる。医者の息子が大工になろうが、その逆だろうが、その人それぞれの個性によって、自由になりたいものになることができる。

　　しかし、世の中を見てみると、意外に親と同じ職業を選んでいる人たちがいることに気づく。特に芸術家と呼ばれる職業にそれが多いように思われる。例えば歌手や俳優や伝統職人といわれる人たちである。それらの人たちは、やはり、音楽や芸能の先天的※1な才能を親から受け継いでいるからに違いない。

B

　職業の選択が全く自由であるにもかかわらず、親と同じ職業についている人が意外に多いのが政治家である。例えば二世議員とよばれる人たちで、現在の日本でいえば、国会議員や大臣たちに、親の後を継いでいる人が多い。これにはいつも疑問を感じる。

　政治家に先天的な能力などあるとは思えないし、二世議員たちを見ても、それほど政治家に向いている[※2]性格とも思えないからだ。

　考えてみると、日本の国会議員や大臣は、国のための政治家とは言え、出身地など、ある地域と強く結びついているからではないだろうか。お父さんの議員はこの県のために力を尽くして[※3]くれた。だから息子や娘のあなたも我が県のために働いてくれるだろう、という期待が地域の人たちにあって、二世議員を作っているのではないだろうか。それは、国会議員の選び方として、ちょっと違うような気がする。

※1　先天的：生まれたときから持っている

※2　〜に向いている：〜に合っている

※3　力を尽くす：精一杯努力する

69 ＡとＢの文章は、どのような職業選択について述べているか。

1 ＡもＢも、ともに自分の興味のあることを優先させた選択

2 ＡもＢも、ともに周囲の期待に応えようとした選択

3 Ａは親とは違う道を目指した選択、Ｂは地域に支えられた選択

4 Ａは自分の力を活かした選択、Ｂは他に影響された選択

70 親と同じ職業についている人について、ＡとＢの筆者は
どのように考えているか。

1 ＡもＢも、ともに肯定的である。

2 ＡもＢも、ともに否定的である。

3 Ａは肯定的であるが、Ｂは否定的である。

4 Ａは否定的であるが、Ｂは肯定的である。

模式が3回分

N2

言語知識・讀解

第2回　もんだい13　模擬試題

	月	日
答題	71 72 73 ✓	

Part 2

1

2

3

問題⑬　模擬試題

次の文章を読んで、後の問いに対する答えとして最もよいものを、1・2・3・4から一つ選びなさい。

　このところ日本の若者が内向きになってきている。つまり、自分の家庭や国の外に出たがらない、という話を見聞きすることが多い。事実、海外旅行などへの関心も薄れ、また、家の外に出てスポーツなどをするよりも家でゲームをして過ごす若者が多くなっていると聞く。

　大学進学にしても安全第一、親の家から通える大学を選ぶ者が多くなっているし、就職に際しても自分の住んでいる地方の公務員や企業に就職する者が多いということだ。

　これは海外留学を目指す若者についても例外ではない。例えば2008、9年を見ると、アメリカへ留学する学生の数は中国の3分の1、韓国の半分の3万人に過ぎず、その差は近年ますます大きくなっている。世界に出て活躍しようという夢があれば、たとえ家庭に経済的余裕がなくても何とかして自分の力で留学できるはずだが、そんな意欲的な若者が少なくなってきている。こんなことでは日本の将来が心配だ。日本の将来は、若者の肩にかかっているのだから。

　いったい、若者はなぜ内向きになったのか。

　日本の社会は、今、確かに少子化や不況など数多くの問題に直面しているが、私はこれらの原因のほかに、パソコンやスマートフォ

ンなどの電子機器の普及も原因の一つではないかと思っている。

　これらの機器があれば、外に出かけて自分の体を動かして遊ぶより、家でゲームをやるほうが手軽だし、楽である。学校で研究課題を与えられても、自分で調べることをせず、インターネットからコピーして効率[※1]よく作成してしまう。つまり、電子機器の普及によって、自分の体、特に頭を使うことが少なくなったのだ。何か問題があっても、自分の頭で考え、解決しようとせず、パソコンやスマホで答えを出すことに慣らされてしまっている。それで何の不自由もないし、第一、楽なのだ。

　このことは、物事を自分で追及したり判断したりせず、最後は誰かに頼ればいいという安易な考えにつながる、つまり物事に対し□□□□□□な受け身の姿勢になってしまうことを意味する。中にいれば誰かが面倒を見てくれるし、まるで、暖かい日なた[※2]にいるように心地よい。なにもわざわざ外に出て困難に立ち向かう必要はない、若者たちはそう思うようになるのではないだろうか。こんな傾向が、若者を内向きにしている原因の一つではないかと思う。

　では、この状況を切り開く方法、つまり、若者をもっと前向きに元気にするにはどうすればいいのか。

　若者の一人一人が安易に機器などに頼らず、自分で考え、自分の力で問題を解決するように努力することだ。そのためには、社会や大人たちが若者の現状をもっと真剣に受け止めることから始めるべきではないだろうか。

※1　効率：使った労力に対する、得られた成果の割合

※2　日なた：日光の当たっている場所

71 日本の若者が内向きになってきているとあるが、この例では
ないものを次から選べ。

1　家の外で運動などをしたがらない。

2　安全な企業に就職する若者が多くなった。

3　大学や就職先も自分の住む地方で選ぶことが多い。

4　外国に旅行したり留学したりする若者が少なくなった。

72 ┌─────┐に入る言葉として最も適したものを選べ。

1　経済的

2　意欲的

3　消極的

4　積極的

73 この文章で筆者が問題にしている若者の現状とはどのような
ことか。

1　家の中に閉じこもりがちで、外でスポーツなどをしなくなった
こと。

2　経済的な不況の影響を受けて、海外に出ていけなくなったこ
と。

3　日本の将来を託すのが心配な若者が増えたこと。

4　電子機器に頼りがちで、その悪影響が出てきていること。

N2 第2回　もんだい14　模擬試題

次のページは、図書館のホームページである。下の問いに対する答え
として最もよいものを1・2・3・4から一つ選びなさい。

74 山本さんは、初めてインターネットで図書館の本を予約する。
まず初めにしなければならないことは何か。なお、図書館の
利用者カードは持っているし、仮パスワードも登録してある。

1 図書館でインターネット予約のための図書館カードを申し込
み、その時に受付でパスワードを登録する。

2 図書館のパソコンで、図書館カードを申し込んだときの仮パス
ワードを、自分の好きなパスワードに変更する。

3 図書館のカウンターで、図書館カードを申し込んだ時の仮パス
ワードを、自分の好きなパスワードに変更してもらう。

4 パソコンか携帯電話で、図書館カードを申し込んだときの仮パ
スワードを、自分の好きなパスワードに変更する。

75 予約した本を受け取るには、どうすればいいか。

1 ホームページにある「利用照会」で、受け取れる場所を確認し、
本を受け取りに行く。

2 図書館からの連絡を待つ。

3 予約をした日に、図書館のカウンターに行く。

4 予約をした翌日以降に、図書館カウンターに電話をする。

address:　www2.hoshikawa.jp

星川町図書館 HOME PAGE

星川町図書館へようこそ

インターネット予約の事前準備

インターネットで予約を行うには、利用者カードの番号とパスワード登録が必要です。

1. 利用者カードをお持ちの人

利用者カードをお持ちの人は、受付時に仮登録している仮パスワードをお好みのパスワードに変更してください。

2. 利用者カードをお持ちでない人

利用者カードをお持ちでない人は、図書館で利用者カードの申込書に記入して申し込んでください。
その受付時に仮パスワードを仮登録して、利用者カードを発行します。

仮パスワードから本パスワードへの変更

　仮パスワードから本パスワードへの変更は、利用者のパソコン・携帯電話で行っていただきます。

　パソコン・携帯電話からのパスワードの変更及びパスワードを必要とするサービスをご利用いただけるのは、図書館で仮パスワードを発行した日の翌日からです。

パソコンで行う場合 →こちらをクリック
携帯電話で行う場合 http://www2.hoshikawa.jp/xxxv.html#yoyakub
携帯電話ウェブサイトにアクセス後、利用者登録情報変更ボタンをクリックして案内に従ってください。

★使用できる文字は、半角で、数字・アルファベット大文字・小文字の４～８桁です。記号は使用することはできません。

インターネット予約の手順

① 蔵書検索から予約したい資料を検索します。

② 検索結果一覧から書名をクリックし " 予約カートへ入れる " をクリックします。

③ 利用者カードの番号と本パスワードを入力し、利用者認証ボタンをクリックします。

④ 受取場所・ご連絡方法を指定し、" 予約を申し込みます " のボタンをクリックの上、" 予約申し込みをお受けしました " の表示が出たら、予約完了です。

⑤ なお、インターネット予約には、若干時間がかかりますので、あらかじめご了承ください。

⑥ 予約された資料の貸出準備が整いましたら、図書館から連絡します。

インターネット予約の取消しと変更の手順

貸出・予約状況の照会の方法

パスワードを忘れたら

★ 利用者カードと本人確認ができるものを受付カウンターに提示してください。新たにパスワードをお知らせしますので、改めて本パスワードに変更してください。パスワードの管理は自分で行ってください。

第3回 もんだい10 模擬試題

次の(1)から(5)の文章を読んで、後の問いに対する答えとして最もよいものを、1・2・3・4から一つ選びなさい。

(1)

　日本には、「大和言葉」という、昔から日本にあった言葉がある。例えば、「たそがれ」などという言葉もその一つである。辺りが薄暗くなって、人の見分けがつかない夕方のころを指す。もともと、「たそ（＝誰だろう）、かれ（＝彼は）」からできた言葉である。「たそがれどき、川のほとり※1を散歩した。」というように使う。「夕方薄暗くなって人の姿もよくわからないころに…」と言うより、日本語としての美しさもあり、ぐっと趣※2がある。周りの景色まで浮かんでくる感じがする。新しい言葉を取り入れることも大事だが、一方、昔からある言葉を守り、子孫に伝えていくことも大切である。

※1　ほとり：近いところ、そば
※2　趣：味わい。おもしろみ

55 筆者はなぜ、昔からある言葉を守り、子孫に伝えていくべきだと考えているか。

1　昔からある言葉には、多くの意味があるから。

2　昔からある言葉のほうが、日本語として味わいがあるから。

3　昔からある言葉は、新しい言葉より簡単で使いやすいから。

4　新しい言葉を使うと、相手に失礼な印象を与えてしまうことがあるから。

（2）

アメリカの海洋大気局※の調べによると、2015 年、地球の 1 〜 7 月の平均気温が 14.65 度と、1880 年以降で最も高かったということである。この夏、日本でも厳しい暑さが続いたが、地球全体でも気温が高くなる地球温暖化が進んでいるのである。

南アメリカのペルー沖で、海面の温度が高くなるエルニーニョ現象が続いているので、大気の流れや気圧に変化が出て、世界的に高温になったのが原因だとみられる。このため、エジプトでは 8 月中に 100 人の人が暑さのために死亡したほか、インドやパキスタンでも 3,000 人以上の人が亡くなった。また、アルプスの山では、氷河が異常な速さで溶けていると言われている。

※　海洋大気局：世界各地の気候のデータを集めている組織

56 2015 年、1 〜 7 月の地球の平均気温について、正しくないものを選べ。

1　アメリカの海洋大気局が調べた記録である。

2　7 月の平均気温が 14.65 度で、最も高かった。

3　1 〜 7 月の平均気温が 1880 年以来最も高かった。

4　世界的に高温になった原因は、南米ペルー沖でのエルニーニョ現象だと考えられる。

（3）

　ある新聞に、英国人は屋外が好きだという記事があった。そして、その理由として、タバコが挙げられていた。日本には建物の中にも喫煙室というものがあるが、英国では、室内は完全禁煙だそうである。したがって、愛煙家は戸外に出るほかはないのだ。道路でタバコを吸いながら歩く人をよく見かけるそうで、見ていると、吸い殻はそのまま道路にポイと※1 投げ捨てているということだ。この行為はもちろん英国でも違法※2 なのだが、なんと、吸い殻集めを仕事にしている人がいて、吸い殻だらけのきたない道路は、いつの間にかきれいになるそうである。

※1　ポイと：吸殻を投げ捨てる様子
※2　違法：法律に違反すること

57　英国では、道路でタバコを吸いながら歩く人をよく見かけるとあるが、なぜか。

　1　英国人は屋外が好きだから
　2　英国には屋内にタバコを吸う場所がないから
　3　英国では、道路にタバコを投げ捨ててもいいから
　4　吸い殻集めを仕事にしている人がいるから

（4）

　電子書籍が登場してから、紙に印刷された出版物との共存が模索されている^{※1}。紙派・電子派とも、それぞれ主張はあるようだ。

　紙の本にはその本独特の個性がある。使われている紙の質や文字の種類・大きさ、ページをめくる^{※2}時の手触りなど、紙でなければ味わえない魅力は多い。しかし、電子書籍の便利さも見逃せない。旅先で読書をしたり調べ物をしたりしたい時など、紙の本を何冊も持っていくことはできないが、電子書籍なら機器を一つ持っていけばよい。それに、画面が明るいので、暗いところでも読みやすいし、文字の拡大が簡単にできるのは、目が悪い人や高齢者には助かる機能だ。このように、それぞれの長所を理解して臨機応変^{※3}に使うことこそ、今、必要とされているのであろう。

※1　共存を模索する：共に存在する方法を探す
※2　めくる：次のページにする
※3　臨機応変：変化に応じてその時々に合うように

58　電子書籍と紙の本について、筆者はどう考えているか。

1　紙の本にも長所はあるが、便利さの点で、これからは電子書籍の時代になるだろう

2　電子書籍には多くの長所もあるが、短所もあるので、やはり紙の本の方が使いやすい

3　特徴をよく知ったうえで、それぞれを使い分けることが求められている

4　どちらにも長所、短所があり、今後の進歩が期待される

（5）

　舞台の演出家※1 が言っていた。演技上、俳優の意外な一面を期待する場合でも、その人の普段まったくもっていない部分は、たとえそれが演技の上でもうまく出てこないそうだ。普段が面白くない人は舞台でも面白くなれないし、いい意味で裏がある※2 人は、そういう役もうまく演じられるのだ。どんなに立派な俳優でも、その人の中にその部分がほんの少しもなければ、やはり演じることは難しい。同時に、いろいろな役を見事にこなす演技派※3 と呼ばれる俳優は、それだけ人間のいろいろな面を自身の中に持っているということになるのだろう。

※1　演出家：演技や装置など、全体を考えてまとめる役割の人
※2　裏がある：表面には出ない性格や特徴がある
※3　演技派：演技がうまいと言われている人たち

59 演技派と呼ばれる俳優とはどんな人のことだと筆者は考えているか。

1　演出家の期待以上の演技ができる人

2　面白い役を、面白く演じることができる人

3　自分の中にいろいろな部分を持っている人

4　いろいろな人とうまく付き合える人

模式が3回分

言語知識・讀解
第3回　もんだい11　模擬試題

		月	日
	60 61 62 63 64		
答題 ✓			
	65 66 67 68		

次の (1) から (3) の文章を読んで、後の問いに対する答えとして最もよいものを、1・2・3・4から一つ選びなさい。

(1)

　あるイギリスの電気製品メーカーの社長が言っていた。「日本の消費者は世界一厳しいので、日本人の意見を取り入れて開発しておけば、どの国でも通用する」と。しかしこれは、日本の消費者を褒めているだけではなく、そこには ☐ もこめられているように思う。

　例えば、掃除機について考えてみる。日本人の多くは、使うときにコード※1 を引っ張り出し、使い終わったらコードは本体内にしまうタイプに慣れているだろう。しかし海外製品では、コードを収納する機能がないものが多い。使う時にはまた出すのだから、出しっぱなし※2 でいい、という考えなのだ。メーカー側にとっても、コードを収納する機能をつけるとなると、それだけスペースや部品が必要となり、本体が大きくなったり重くなったりするため、そこまで重要とは考えていない。しかし、<u>コード収納がない製品は日本ではとても不人気だった</u>とのこと。掃除機を収納する時には、コードが出ていないすっきりした状態でしまいたいのが日本人なのだ。

　また掃除機とは、ゴミを吸い取って本体の中の一か所にまとめて入れる機械だが、そのゴミスペースへのこだわり※3 に、国民性ともいえる違いがあって興味深い。日本人は、そこさえも、洗えたり掃

除できたりすることを重要視する人が多いそうだ。ゴミをためる場所であるから、よごれるのが当たり前で、洗ってもまたすぐによごれるのだから、それほどきれいにしておく必要はない。きれいにするのは掃除をする場所であって、掃除機そのものではない。性能に違いがないのなら、そのままでいいではないか、というのが海外メーカーの発想である。

　<u>この違い</u>はどこから来るのだろうか？日本人が必要以上に完璧主義※4なのか、細かいことにうるさいだけなのか、気になるところである。

※1　コード：電気器具をコンセントにつなぐ線

※2　出しっぱなし：出したまま

※3　こだわり：小さいことを気にすること　強く思って譲らないこと

※4　完璧主義：完全でないと許せない主義

|60| 文章中の　　　　　に入る言葉を次から選べ。

　1　冗談

　2　感想

　3　親切

　4　皮肉

61 <u>コード収納がない製品は日本ではとても不人気だった</u>のはなぜか。

1 日本人は、コード収納部分がよごれるのをいやがるから。

2 日本人は、コードを掃除機の中に入れてすっきりとしまいたがるから。

3 日本人は、コードを掃除機本体の中にしまうのを面倒だと思うから。

4 日本人は、コード収納がない掃除機を使い慣れているから。

62 <u>この違い</u>とは、何か。

1 日本人のこだわりと海外メーカーの発想の違い。

2 日本人のこだわりと外国人のこだわりの違い。

3 日本人の好みと海外メーカーの経済事情。

4 掃除機に対する日本人の潔癖性と、海外メーカーの言い訳。

（2）

　電車に乗って外出した時のことである。たまたま一つ空いていた優先席に座っていた私の前に、駅で乗り込んできた高齢の女性が立った。日本に留学して2年目で、優先席のことを知っていたので、立ってその女性に席を譲ろうとした。すると、その人は、小さな声で「次の駅で降りるので大丈夫」と言ったのだ。それで、それ以上はすすめず、私はそのまま座席に座っていた。しかし、その後、次の駅でその人が降りるまで、とても困ってしまった。優先席に座っている自分の前に高齢の女性が立っている。席を譲ろうとしたけれど断られたのだから、私は責められる立場ではない。しかし、周りの乗客の手前、なんとも居心地※1 が悪い。みんなに非難※2 されているような感じがするのだ。「あの女の子、お年寄りに席も譲らないで、…外国人は何にも知らないのねぇ」という声が聞こえるような気がするのだ。どうしようもなく、私は読んでいる本に視線を落として、周りの人達も彼女の方も見ないようにしていた。

　さて、次の駅にそろそろ着く頃、このまま下を向いていようかどうしようか、私は、また悩んでしまった。すると、降りる時にその女性がポンと軽く私の肩に触れて言ったのだ。周りの人達にも聞こえるような声で、「ありがとね」と。

　このひとことで、私はすっきりと救われた気がした。「いいえ、どういたしまして」と答えて、私たちは気持ちよく電車の外と内の人となった。

実際には席に座らなくても、席を譲ろうとしたことに対してお礼が言える人。<u>簡単なひとこと</u>を言えるかどうかで、相手も自分もほっとする。周りの空気も変わる。たったこれだけのことなのに、その日は一日なんだか気分がよかった。

※1　居心地：その場所にいて感じる気持ち

※2　非難：責めること

63 <u>居心地が悪い</u>のは、なぜか。

1　席を譲ろうとしたのに、高齢の女性に断られたから。

2　高齢の女性に席を譲ったほうがいいかどうか、迷っていたから。

3　高齢の女性と目を合わせるのがためらわれたから。

4　優先席で席を譲らないことを、乗客に責められているように感じたから。

64 高齢の女性は、どんなことに対してお礼を言ったのか。

1　筆者が席を譲ってくれたこと。

2　筆者が席を譲ろうとしたこと。

3　筆者が知らない自分としゃべってくれたこと。

4　筆者が次の駅まで本を読んでいてくれたこと。

65 <u>簡単なひとこと</u>とは、ここではどの言葉か。

1　「どうぞ。」

2　「次の駅で降りるので大丈夫。」

3　「ありがとね。」

4　「いいえ、どういたしまして。」

（3）

　日本では、旅行に行くと、近所の人や友人、会社の同僚などにおみやげを買ってくることが多い。

　「みやげ」は「土産」と書くことからわかるように、もともと「その土地の産物」という意味である。昔は、交通機関も少なく、遠い所に行くこと自体が珍しく、また、困難なことも多かったので、遠くへ行った人は、その土地の珍しい産物を「みやげ」として持ち帰っていた。しかし、今は、誰でも気軽に旅行をするし、どこの土地にどんな産物があるかという情報もみんな知っている。したがって、どこに行っても珍しいものはない。

　にも関わらず、おみやげの習慣はなくならない。それどころか、今では、当たり前の決まりのようになっている。おみやげをもらった人は、自分が旅行に行った時もおみやげを買わなければと思い込む。そして、義務としてのおみやげ選びのために思いのほか時間をとられることになる。せっかく行った旅先で、おみやげ選びに貴重な時間を使うのは、もったいないし、ひどく面倒だ。そのうえ、海外だと帰りの荷物が多くなるのも心配だ。

　この面倒をなくすために、日本の旅行会社では、うまいことを考え出した。それは、旅行者が海外に行く前に、日本にいながらにしてパンフレットで外国のお土産を選んでもらい、帰国する頃、それをその人の自宅に送り届けるのである。

　確かに、これを利用すればおみやげに関する悩みは解決する。しかし、こんなことまでして、おみやげって必要なのだろうか。その辺を考え直してみるべきではないだろうか。

旅行に行ったら、何よりもいろいろな経験をして見聞※を広める
ことに時間を使いたい。自分のために好きなものや記念の品を買う
のはいいが、義務や習慣として人のためにおみやげを買う習慣その
ものを、そろそろやめてもいいのではないかと思う。

※　見聞：見たり聞いたりして得る知識

66　「おみやげ」とは、もともとどんな物だったか。

1　お世話になった近所の人に配る物

2　その土地でしか買えない高価な物

3　どこの土地に行っても買える物

4　旅行をした土地の珍しい産物

67　うまいことについて、筆者はどのように考えているか。

1　貴重なこと

2　意味のある上手なこと

3　意味のない馬鹿げたこと

4　面倒なこと

68　筆者は、旅行で大切なのは何だと述べているか。

1　自分のために見聞を広めること

2　記念になるおみやげを買うこと

3　自分のために好きなものを買うこと

4　その土地にしかない食べ物を食べること

言語知識・讀解

第3回　もんだい12　模擬試題

	月	日
答題	69	70

次のAとBはそれぞれ、子育てについて書かれた文章である。二つの文章を読んで、後の問いに対する答えとして最もよいものを、1・2・3・4から一つ選びなさい。

A

　　ファミリーレストランの中で、それぞれ5、6歳の幼児を連れた若いお母さんたちが食事をしていた。お母さんたちはおしゃべりに夢中。子供たちはというと、レストランの中を走り回ったり、大声を上げたり、我が物顔※1で暴れまわっていた。

　　そのとき、一人で食事をしていた中年の女性がさっと立ち上がり、子供たちに向かって言った。「静かにしなさい。ここはみんながお食事をするところですよ。」それを聞いていた4人のお母さんたちは「すみません」の一言もなく、「さあ、帰りましょう。騒ぐとまたおばちゃんに怒られるわよ。」と言うと、子供たちの手を引き、中年の女性の顔をにらむようにして、レストランを出ていった。

　　少子化が問題になっている現代、子育て中の母親を、周囲は温かい目で見守らなければならないが、母親たちも社会人としてのマナーを守って子供を育てることが大切である。

B

　若い母親が赤ちゃんを乗せたベビーカーを抱えてバスに乗ってきた。その日、バスは少し混んでいたので、乗客たちは、明らかに迷惑そうな顔をしながらも何も言わず、少しずつ詰め合ってベビーカーが入る場所を空けた。赤ちゃんのお母さんは、申しわけなさそうに小さくなって、ときどき、周囲の人たちに小声で「すみません」と謝っている。

　その時、そばにいた女性が赤ちゃんを見て、「まあ、かわいい」と声を上げた。周りにいた人達も思わず赤ちゃんを見た。赤ちゃんは、周りの人達を見上げてにこにこ笑っている。とたんに、険悪※2だったバスの中の空気が穏やかなものに変わったような気がした。赤ちゃんのお母さんも、ホッとしたような顔をしている。

　少子化が問題になっている現代において最も大切なことは、子供を育てているお母さんたちを、周囲が温かい目で見守ることではないだろうか。

※1　我が物顔：自分のものだというような遠慮のない様子
※2　険悪：人の気持ちなどが険しく悪いこと

69 AとBのどちらの文章でも問題にしているのは、どんなことか。

1 子供を育てる上で大切なのはどんなことか。

2 少子化問題を解決するにあたり、大切なことは何か。

3 小さい子供をどのように叱ったらよいか。

4 社会の中で子供を育てることの難しさ。

70 AとBの筆者は、若い母親や周囲の人に対して、どう感じているか。

1 AもBも、若い母親に問題があると感じている。

2 AもBも、周囲の人に問題があると感じている。

3 Aは若い母親と周囲の人の両方に問題があると感じており、Bはどちらにも問題はないと感じている。

4 Aは若い母親に問題があると感じており、Bは母親と子供を温かい目で見ることの大切さを感じている。

次の文章を読んで、後の問いに対する答えとして最もよいものを、1・2・3・4から一つ選びなさい。

最近、電車やバスの中で携帯電話やスマートフォンに夢中な人が多い。それも眼の前の2、3人ではない。ひどい時は一車両内の半分以上の人が、周りのことなど関係ないかのように画面をじっと見ている。

先日の夕方のことである。その日、私は都心まで出かけ、駅のホームで帰りの電車を待っていた。私の右隣りの列には、学校帰りの鞄を抱えた3、4人の高校生が大声で話しながら並んでいた。しばらくして電車が来た。私はこんなうるさい学生達と一緒に乗るのはいやだなと思ったが、次の電車までは時間があるので待つのも面倒だと思い電車に乗り込んだ。

車内は結構混んでいた。席はないかと探したが空いておらず、私はしょうがなく立つことになった。改めて車内を見渡すと、先ほどの学生達はいつの間にか皆しっかりと座席を確保しているではないか。

彼等は席に座るとすぐに一斉にスマートフォンをポケットから取り出し、操作を始めた。お互いにしゃべるでもなく指を動かし、画面を見ている。真剣そのものだ。

周りを見ると若者だけではない。車内の多くの人がスマートフォンを動かしている。どの人も他人のことなど気にもせず、ただ自分

だけの世界に入ってしまっているようだ。聞こえてくるのは、ただガタン、ゴトンという電車の音だけ。以前は、車内は色々な人の話し声で賑やかだったのに、全く様子が変わってしまった。どうしたというのだ。これが今の若者なのか。これは駄目だ、日本の将来が心配になった。

　ガタンと音がして電車が止まった。停車駅だ。ドアが開くと何人かの乗客が勢いよく乗り込んできた。そしてその人達の最後に、重そうな荷物を抱えた白髪頭（しらが）の老人がいた。老人は少しふらふらしながらなんとかつり革※につかまろうとしたが、うまくいかない。すると少し離れた席にいたあの学生達が一斉に立ちあがったのだ。そしてその老人に「こちらの席にどうぞ」と言うではないか。私は驚いた。先ほどまで他人のことなど全く関心がないように見えた学生達がそんな行動を取るなんて。

　老人は何度も「ありがとう。」と礼を言いながら、ほっとした様子で席に座った。席を譲った学生達は互いに顔を見合わせにこりとしたが、立ったまま、またすぐに自分のスマートフォンに眼を向けた。

　私はこれを見て、少しほっとした。これなら日本の若者達にも、まだまだ期待が持てそうだと思うと、うれしくなった。そして相変わらずスマートフォンに夢中の学生達が、なんだか素敵に見えて来たのだった。

※　つり革：電車で立つときに、転ばないためにつかまる道具

71 筆者が日本の将来が心配になったのは、どんな様子を見たか
らか。

1 半数以上の乗客が携帯やスマートフォンを使っている様子。

2 高校生が大声でおしゃべりをしている様子。

3 全ての乗客が無言で自分の世界に入り込んでいる様子。

4 いち早く座席を確保し、スマートフォンに夢中になっている若
者の様子。

72 「日本の将来が心配になった」気持ちは、後にどのように変わっ
たか。

1 日本は将来おおいに発展するに違いない。

2 日本を背負う若者たちに望みをかけてもよさそうだ。

3 将来、スマートフォンなど不要になりそうだ。

4 日本の将来は若者たちに任せる必要はなさそうだ。

73 スマートフォンに夢中の学生達が、なんだか素敵に見えて来
たのはなぜか。

1 スマートフォンに夢中でも、きちんと挨拶することができるか
ら。

2 スマートフォンに代わる便利な機器を発明することができそう
だから。

3 やるべき時にはきちんとやれることがわかったから。

4 何事にも夢中になれることがわかったから。

模式が3回分

言語知識 ・ 讀解

N2 第3回　もんだい14　模擬試題

次のページは、宅配便会社のホームページである。下の問いに対する答えとして最もよいものを1・2・3・4から一つ選びなさい。

74 ジェンさんは、友達に荷物を送りたいが、車も自転車もないし、重いので一人で持つこともできない。どんな方法で送ればいいか。

1　運送業者に頼んで近くのコンビニに運ぶ。

2　取扱店に持って行く。

3　集荷サービスを利用する。

4　近くのコンビニエンスストアの店員に来てもらう。

75 横山さんは、なるべく安く荷物を送りたいと思っている。送料1,200円の物を送る場合、一番安くなる方法はどれか。

1　近くの営業所に自分で荷物を持って行って現金で払う。

2　近くのコンビニエンスストアに持って行ってクレジットカードで払う。

3　ペンギンメンバーズ電子マネーカードにチャージし、荷物を家に取りに来てもらって電子マネーで払う。

4　ペンギンメンバーズ電子マネーカードにチャージして、近くのコンビニか営業所に持って行き、電子マネーで払う。

Part 2

1

2

3

問題⑭　模擬試題

ペンギン運輸
宅配便の出し方

◉ 営業所へのお持ち込み

お客様のご利用しやすい、最寄りの宅配便営業所よりお荷物を送ることができます。一部商品を除くペンギン運輸の全ての商品がご利用いただけます。お持ち込みいただきますと、お荷物1個につき100円を割引きさせていただきます。

➡ お近くの営業所は、**ドライバー・営業所検索へ**

◉ 取扱店・コンビニエンスストアへのお持ち込み

お近くの取扱店とコンビニエンスストアよりお荷物を送ることができます。看板・旗のあるお店でご利用ください。お持ち込みいただきますと、お荷物1個につき100円を割引きさせていただきます。

※ 一部店舗では、このサービスのお取り扱いはしておりません。

※ コンビニエンスストアではクール宅配便[1]はご利用いただけません。ご利用いただけるサービスは、宅配便発払い・着払い、ゴルフ・スキー宅配便、空港宅配便、往復宅配便、複数口宅配便、ペンギン便発払い・着払いです。（一部サービスのお取り扱いができない店がございます。）

➡ 宅配便をお取り扱いしている主なコンビニエンスストア様は、**こちら**

◉ 集荷[2] サービス

インターネットで、またはお電話でお申し込みいただければ、ご自宅まで担当セールスドライバーが、お荷物を受け取りにうかがいます。お気軽にご利用ください。

➡ インターネットでの集荷お申し込みは、**こちら**
➡ お電話での集荷お申し込みは、**こちら**

☞ **料金の精算方法**
　運賃や料金のお支払いには、現金のほかにペンギンメンバー割引・電子マネー・回数券もご利用いただけます。
　※クレジットカードでお支払いいただくことはできません

ペンギンメンバーズ会員（登録無料）のお客様は、ペンギンメンバーズ電子マネーカードにチャージしてご利用いただけるペンギン運輸の電子マネー「ペンギンメンバー割」が便利でオトクです。
「ペンギンメンバー割」で宅配便運賃をお支払いいただくと、運賃が10％割引となります。

電子マネー　ペンギンメンバーズ電子マネーカード以外にご利用可能な電子マネーは、**こちら**

※1　クール宅配便：生ものを送るための宅配便

※2　集荷：荷物を集めること

問題 ⑩ 翻譯與題解

第 10 大題　請閱讀以下 (1) 至 (4) 的文章，然後從 1、2、3、4 之中挑出最適合的選項回答問題。

(1)

　　「着物」は日本の伝統的な文化であり、今や「kimono」という言葉は世界共通語だそうである。マラウイという国の大使は、日本の着物について「身に着けるだけで気持ちが和む※し、周囲を華やかにする。それが日本伝統の着物の魅力である。」と述べている。

　　確かにそのとおりだが、それは、着物が日本の風土に合っているからである。そういう意味では、どこの国の伝統的な民族衣装も素晴らしいと言える。その国の言葉もそうだが、衣装もその国々の伝統として大切に守っていきたいものである。

※　和む：穏やかになる

55　この文章の筆者の考えに合うものはどれか

1　「着物」という文化は、世界共通のものだ

2　日本の伝統的な「着物」は、世界一素晴らしいものだ

3　それぞれの国の伝統的な衣装や言語を大切に守っていきたい

4　服装は、その国の伝統を最もよくあらわすものだ

單字 »

» **伝統** 傳統

» **周囲** 周圍，四周；周圍的人，環境

» **華やか** 華麗；輝煌；活躍；引人注目

» **魅力** 魅力，吸引力

» **述べる** 敘述，陳述，說明，談論

» **穏やか** 平穩；溫和，安詳；穩定

▶ 翻譯

　　「和服」是日本的傳統文化，「kimono」這個詞語如今幾乎成為全球的通用語。有個國家叫做馬拉威，該國大使是這樣形容日本和服的：「只要穿上和服就能讓心情舒緩※下來，身邊的事物也顯得愈發美好。這就是日本傳統和服的魅力。」

　　大使所言十分正確，關鍵在於和服與日本的風土民情互相契合。從這層意義而言，任何國家的傳統民族服飾都稱得上無與倫比。每個國家的人民應該珍惜守護的不只該國的語言，還包括屬於國家傳統的服飾。

※ 舒緩：平靜下來

[55] 下列哪一項最符合本文作者的想法？

1　「和服」是世界共通的文化。

2　日本的「和服」是世界上最無與倫比的傳統服飾。

3　希望能珍惜守護每個國家的傳統服飾和語言。

4　服裝是最能表現該國傳統的事物。

題型解題訣竅　　✔ **正誤判斷題＋主旨題** 參考 40、24 頁

考點 哪一項最符合本文作者的想法？

關鍵 1. 詳細閱讀並理解問題句，注意問題是問符合的選項。

2. 先看選項，看到和服、傳統服飾及語言等關鍵字，再回去一邊閱讀文章一邊找答案。

3. 刪除文章沒有提及的選項。

4. 注意，遇到詢問作者想法的題型，可尋找文章的中心段落，選項 3 為本文的中心思想，就在最後一段的結論中。

位置 解答的材料在整篇文章裡。

6
　最後の文に、「その国の言葉も…衣装もその国々の伝統として大切に守っていきたい」とある。

《その他の選択肢》

1.「世界共通」なのは「kimono」という言葉。

2.「どこの国の…民族衣装も素晴らしい」と言っている。

4.　4のような表現はない。

　題目句最後有「その国の言葉も…衣装もその国々の伝統として大切に守っていきたい／該國的語言和…服飾都是該國的傳統文化，必須好好守護」。

《其他選項》

1.「世界共通／世界通用」的是「kimono」這個詞語。

2. 文章提到「どこの国の…民族衣装も素晴らしい／無論哪個國家的…民族服飾都很美觀」。

4. 沒有選項4的說法。

Grammar

1

について（は）

有關…、就…、
關於…

私は、日本酒については詳しいです。

名詞＋については

我對日本酒知道得很詳盡。

（2）

　最近、若者の会話を聞いていると、「やばい」や「やば」、または「やべぇ」という言葉がいやに耳につく※1。もともとは「やば」という語で、広辞苑※2によると「不都合である。危険である。」という意味である。「こんな点数ではやばいな。」などと言う。しかし、若者たちはそんな場合だけでなく、例えば美しいものを見て感激したときも、この言葉を連発する。最初の頃はなんとも不思議な気がしたものだが、だんだんその意味というか気持ちが分かるような気がしてきた。つまり、あまりにも美しいものなどを見たときの「やばい」や「やば」└文法①は、「感激のあまり、自分の身が危ないほどである。」というような気持ちが込められた言葉└文法②─きも─あぶ└文法③なのだろう。そう考えると、なかなかおもしろい。

※1　耳につく：物音や声が聞こえて気になる。何度も聞いて飽きた

※2　広辞苑：日本語国語辞典の名前

56 筆者は、若者の言葉の使い方をどう感じているか。

　1　その言葉の本来の意味を間違えて使っているので、不愉快だ。

　2　辞書の意味とは違う新しい意味を作り出していることに感心する。

單字》》

》**もともと** 與原來一樣，不增不減；從來，本來，根本

》**感激** 感激，感動

3 その言葉の語源や意味を踏まえて若者な
りに使っている点が興味深い。
4 辞書の意味と、正反対の意味で使ってい
る点が若者らしくておもしろい。

>> 翻譯

　　最近只要聽年輕人聊天，就會頻頻聽見[※1]「や
ばい」、「やば」，甚至是「やべぇ」之類的用
語。原本「やば」這個詞彙在廣辭苑[※2]裡的解
釋是「不便、危險」，例如「考這種分數真是糟
糕」。但是年輕人不僅僅用在這樣的情況，即使
看見美好的事物而十分感動時，也會連珠砲似地
迸出這個詞語。剛開始聽到時讓人相當不解，但
是久了之後，我似乎能夠懂得如此使用的場合或
時機了。換句話說，年輕人在看見絕美的事物時
所說的「やばい」或「やば」，其中蘊含了「太
感動了、幾乎快要控制不住自己」的心情吧？想
通之後，我覺得這種用法相當有意思。

※1 頻頻聽見：聽到聲音後很在意。或是聽了好幾次覺
　　得厭煩了。

※2 廣辭苑：一種日語辭典的名字。

[56] 關於年輕人使用詞語的方法，作者是怎麼想
　　的呢？

1 因年輕人誤用了詞彙的原意而感到不快。

2 因年輕人創造出不同於辭典的全新用法而
　　感到佩服。

3 因年輕人根據詞彙的語源和辭意自創出特
　　有的用法，而覺得相當有意思。

4 因年輕人使用詞彙的方式和字典的意思完
　　全相反，很像年輕人會做的事，而覺得十
　　分有趣。

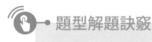

題型解題訣竅　　　✔ 推斷題 + 主旨題　參考 34、24 頁

考點 關於年輕人使用詞語的方法，作者是怎麼想的呢？

關鍵 1. 文章沒有直接說出與選項一模一樣的敘述。

2. 先仔細看題目與選項，再回文章找到倒數第 5 行「つまり」之後的描述，推出年輕人的用法與詞彙的原意相同。

3. 最後一段也直接描寫了作者對此覺得「相當有意思」的想法。

4. 集合上述兩點，可知答案是選項 3。

位置 倒數第 5 行到最後一行。

題解　日文解題／解題中譯　　　　　　　　　　　　　答案是 **3**

　「やばい」は、不都合である、危険であるという意味だとある。筆者は、美しいものを見たときの若者の「やばい」は、「感激のあまり、自分の身が危ないほどである」という気持ちが込められているのだろうと言っている。これは、「やばい」のもともとの意味で使っていると言える。

《その他の選択肢》

　筆者は、若者の使う「やばい」は、もともとの意味で使っていると考えているので、

　1「意味を間違えて使っている」、2「新しい意味を作り出している」、4「正反対の意味で使っている」はどれも間違い。

　「やばい／不妙」是 "不合適、危險" 的意思。作者提到，當年輕人看到美好的事物，脫口而出的「やばい」則含有「感激のあまり、自分の身が危ないほどである／感動到幾乎控制不住自己」的心情。作者認為這種說法堪稱吻合「やばい／不妙」的原意。

《其他選項》

　作者認為年輕人說的「やばい／不妙」是這個詞語的原意，所以

選項1「意味を間違えて使っている／用錯了意思」、選項2「新しい意味を作り出している／創造了新的意思」、選項4「正反対の意味で使っている／用了相反的意思」都不正確。

<table>
<tr><th colspan="2">Grammar</th></tr>
</table>

1

あまりにも

太…；過度…、
過於…

山から見える 湖 はあまりにも美しすぎたので、言葉を失った。
　　　　　　　　　　　　　　あまりにも＋形容詞

從山上俯瞰的湖景實在太美了，令人一時說不出話來。

2

～あまり（に）

由於過度…、
因過於…

父の死を聞いて、 驚きのあまり言葉を失った。
　　　　　　　　　　　　　名詞の＋あまり

聽到父親的死訊，在過度震驚之下說不出話來。

3

～ほどだ

幾乎…、簡直…

数学は大嫌いだ。数字を見るのも嫌なほどだ。
　　　　　　　　　　　　　　形容動詞詞幹な＋ほどだ

最討厭數學了！甚至連看到數字就討厭！

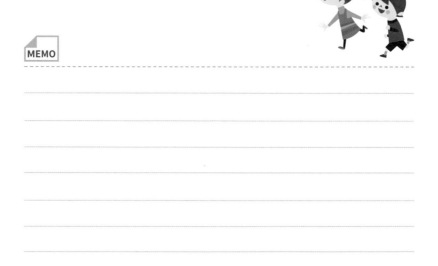

MEMO

（3）

　日本の電車が時刻に正確なことは世界的に有名だが、もう一つ有名なのは、満員電車である。私たち日本人にとっては日常的な満員電車でも、これが海外の人には非常に珍しいことらしい。

　こんな話を聞いた。スイスでは毎年、時計の大きな展示会があり、そこには世界中から多くの人が押し寄せる※1。その結果、会場に向かう電車が普通ではありえないほどの混雑状態になる。まさに、日本の朝の満員電車のようにすし詰め※2の状態になるのだ。すると、なぜか、<u>関係のない人がその電車に乗りにくるというのだ</u>。すすんで満員電車に乗りにくる気持ちは我々日本人には理解しがたいが、非常に珍しいことだからこそその「ちょっとした新鮮な体験」なのだろう。

※1　押し寄せる：多くのものが勢いよく近づく

※2　すし詰め：狭い所にたくさんの人が、すき間なく入っていること。

57　<u>関係のない人がその電車に乗りにくる</u>とあるが、なぜだと考えられるか。

　1　満員電車というものに乗ってみたいから

　2　電車が混んでいることを知らないから

單字》

» **満員**（規定的名額）額滿；（車、船等）擠滿乘客，滿座；（會場等）塞滿觀眾

» **展示会** 展示會

» **向かう** 向著，朝著；面向；往…去，向…去；趨向，轉向

» **まさに** 真的，的確，確實

» **我々**（人稱代名詞）我們；（謙卑說法的）我；每個人

» **勢い** 勢，勢力；氣勢，氣焰

» **隙間** 空隙，隙縫；空閒，閒暇

3 時計とは関係ない展示が同じ会場で開か
　　れるから
4 スイスの人は特に珍しいことが好きだから

>> 翻譯

　　日本電車的準時堪稱享譽全球，還有另一項聞名世界的則是擠滿乘客的列車。對我們日本人而言稀鬆平常的爆滿電車，對外國人來說似乎格外罕見。

　　我曾聽說，瑞士每年都舉辦鐘錶博覽會，吸引世界各地的人士前往共襄盛舉[※1]，但卻造成開往會場的列車擁擠的程度超乎平時，簡直就和日本早晨時段的電車一樣，擠得像沙丁魚罐頭[※2]似的。結果不知道為什麼，反而引來一些並非參加博覽會的民眾特地搭乘這樣的列車。自願搭乘爆滿列車的人究竟抱持著什麼樣的心態，我們日本人實在無法理解，或許外國人覺得這是千載難逢的機會，所以想來嘗試這種「有點新鮮的體驗」吧。

※1 共襄盛舉：許多人事物來勢洶洶的擠上來。
※2 擠得像沙丁魚罐頭似的：大量人潮前胸貼後背的擠進狹窄的地方。

[57] 為什麼並非參加博覽會的民眾特地搭乘這樣的列車呢？

1 想搭乘爆滿電車看看。
2 不知道電車很壅擠。
3 同時還有其他與鐘錶無關的博覽會正在舉行。
4 瑞士人特別喜歡稀有的事情。

題型解題訣竅　　　　　　　　　**✔ 因果關係題** 參考 30 頁

考點 為什麼<u>並非參加博覽會的民眾特地搭乘這樣的列車</u>呢？

關鍵 1. 在文章裡找到畫底線的詞組，往前後搜尋。

2. 可於後方句子中找到「だからこそ」，前面道出了人們「覺得這是千載難逢的機會」這個原因。

3. 理解文章後回到選項，用關鍵字找出最貼切的答案。

位置 由底線之後的內容找到答案。

題解 日文解題／解題中譯　　　　　　　　　　　　　答案是 **1**

6　　最後の文に「非常に珍しいことだからこその『ちょっとした新鮮な体験』なのだろう」とある。満員電車が珍しいから、と言っている。

　「こそ」は強調。

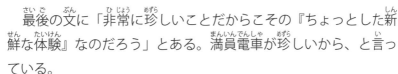

　　文章最後寫道「非常に珍しいことだからこその『ちょっとした新鮮な体験』なのだろう／正因為非常難得，所以才是『有點新鮮的體驗』吧」。

　「こそ／正」表示強調。

Grammar

1 **がたい** 難以…、很難…、不能…	彼女との思い出は忘れ<u>がたい</u>。 <small>動詞ます形＋がたい</small> 很難忘記跟她在一起時的回憶。
2 **からこそ** 正因為…、就是因為…	君<u>だからこそ</u>、話すんです。 <small>名詞だ＋からこそ</small> 正因為是你，所以我才要說。

(4)

　アフリカの森の中で歌声が聞こえた。うなる
ような調子の声ではなく、音の高低がはっきり
した鼻歌[※1]だったので、てっきり人に違いな
いと思って付近を探したのだが、誰もいなかっ
た。実は、歌っていたのは、若い雄[※2]のゴリ
ラだったという。

　ゴリラ研究者山極寿一さんによると、ゴリ
ラも歌を歌うそうである。どんなときに歌うの
か。群れから離れて一人ぼっちになったゴリラ
は、他のゴリラから相手にされない。その寂し
さを紛らわせ[※3]、自分を勇気づけるために歌う
のだそうだ。人間と同じだ！

※1　鼻歌：口を閉じて軽く歌う歌
※2　雄：オス。男
※3　紛らわす（紛らす）：心を軽くしたり、
　　　変えたりする

58 筆者が人間と同じだ！と感じたのは、ゴリ
　　ラのどんなところか。

　1　音の高低のはっきりした鼻歌を歌うところ
　2　若い雄が集団から離れて仲間はずれになる
　　　ところ
　3　一人ぼっちになると寂しさを感じるところ
　4　寂しいときに自分を励ますために歌を歌う
　　　ところ

文法①

單字》

» **唸る** 呻吟；(野
獸) 吼叫；發出
鳴聲；吟，哼；
贊同，喝彩

» **てっきり** ―
定，必然；果然

» **違いない** ―
定是，肯定，沒
錯，的確是

» **付近** 附近，一
帶

» **群れ** 群，伙，
幫；伙伴

▶▶翻譯

　　我曾在非洲的森林中聽過歌聲。那並不是近似呻吟的聲音，而是可以清楚聽出音調高低的哼唱[※1]。我認為一定有人在附近，找了又找，卻沒有找到任何人。據說，其實這是年輕的雄[※2]猩猩在唱歌。

　　專門研究猩猩的山極壽一先生表示，猩猩也會唱歌。牠們會在什麼時候唱歌呢？由於猩猩不會理睬離開群體的猩猩，於是那隻落單的猩猩為了排解[※3]寂寞、給自己勇氣，就開口唱歌了。這和<u>人類一模一樣</u>！

※1 哼唱：閉著嘴巴輕聲哼歌

※2 雄：雄性、男性

※3 排解：減輕或改變某種心情

[58] 猩猩的哪個部份讓作者覺得和<u>人類一模一樣</u>呢？

1　會哼唱出可以清楚聽出音調高低的歌曲。

2　年輕的雄猩猩離開群體落單。

3　落單時會感到寂寞。

4　感到寂寞時會藉由哼唱鼓舞自己。

題型解題訣竅

✔ 細節題　參考 26 頁

考點 猩猩的哪個部份讓作者覺得和<u>人類一模一樣</u>呢？

關鍵 1. 問題形式：〜のどんなところか。

2. 這題是詢問 【what】的問題，詢問 [是什麼事？]

3. 帶著問題閱讀原文，並從畫線處往前後搜尋。

4. 在畫線處前找到「為了排解寂寞、給自己勇氣，就開口唱歌了」，就可以順利解題。

位置 畫線處前。

6

「人間と同じだ！」と筆者は驚き、感嘆している。直前の文にその原因があると考える。

「寂しさを紛らわせ、自分を勇気づけるために歌うのだそうだ」とある。

作者感嘆「人間と同じだ！／人類也一樣！」。可以從前文找到其原因。

作者提到「寂しさを紛らわせ、自分を勇気づけるために歌うのだそうだ／據說是為了排解寂寞、讓自己鼓起勇氣而唱歌」。

Grammar

1 によると、によれば

據…、據…說、根據…報導…

天気予報によると、明日は雨が降るそうです。

└ 名詞+によると

根據氣象報告，明天會下雨。

（5）

　以下は、田中さんが、ある企業の「アイディア商品募集」に応募した企画について、企業から来たはがきである。

田中夕子様

　この度は、アイディア商品の企画をお送りくださいまして、まことにありがとうございました。田中様のアイディアによる洗濯バサミ※1、生活に密着※2したとても便利な物だと思いました。

　ただ、商品化するには、実際にそれを作ってみて、実用性や耐久性※3、その他色々な面で試験をしなければなりません。その結果が出るまでしばらくの間お待ちくださいますよう、お願いいたします。1か月ほどでご連絡できるかと思います。

　それでは、今後ともよいアイディアをお寄せくださいますよう、お願いいたします。

アイディア商会

※1　洗濯バサミ：洗濯物をハンガーなどに留めるために使うハサミのような道具

※2　密着：ぴったりと付くこと

※3　耐久性：長期間、壊れないで使用できること

單字 »

» **募集** 募集，征募
» **実際** 實際；事實，真面目；確實，真的，實際上
» **実用** 實用

文法①

59 このはがきの内容について、正しいものは
どれか。

1 田中さんが作った洗濯バサミは、便利だ
が壊れやすい。

2 田中さんが作った洗濯バサミについて、
これから試験をする。

3 洗濯バサミの商品化について、改めて連絡
する。

4 洗濯バサミの商品化について、いいアイ
ディアがあったら連絡してほしい。

▶▶ 翻譯

　　田中小姐投稿某家公司的「徵集創意商品」
的企劃案，以下是該公司回覆的明信片。

田中夕子小姐，您好：

　　非常感謝您這次投稿創意商品的企劃
案。田中小姐的創意發想「曬衣夾 ※1」與
生活密切相關 ※2，是十分方便的物品。

　　然而，若要將創意發想製成商品，就
必須實際試作，並針對實用性、耐久性 ※3
以及其他面向進行試驗，請您靜候結果。
我們大約一個月後會再與您聯絡。

　　今後若還有其他的創意想法還請不吝
提出，期望再次收到您的投稿。

創意商會

※1 曬衣夾：把洗好的衣物固定在衣架上的工具，形狀像剪刀。

※2 密切相關：緊繫在一起。

※3 耐久性：可以使用很久都不會故障。

[59] 關於明信片的內容，下列何者正確？

1 田中小姐製作的曬衣夾，使用方便卻容易壞損。

2 將會針對田中小姐製作的曬衣夾進行測試。

3 改日會再告知是否要將曬衣夾商品化。

4 希望田中小姐如果有什麼關於曬衣夾商品化的好點子時，能再來信聯絡。

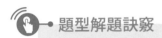 題型解題訣竅

✔ 正誤判斷題 參考 40 頁

考點 關於明信片的內容，下列何者正確？

關鍵 1. 詳細閱讀並理解問題句，注意問題是問正確的選項。

2. 看選項，圈出關鍵字「洗濯バサミ」、「試験」、「商品化」等，再回到文章找到對應的句子。

3. 用刪去法刪除錯誤的敘述，可知答案是選項3。

位置 解答的材料在整篇文章裡。

題解 日文解題／解題中譯

答案是 3

 　田中さんはアイディア商品として、洗濯バサミの企画を会社に送った。商品化するには試験をしなければならない。試験の結果が出たら連絡する、というのが手紙の主旨。

《その他の選択肢》

1・2.「田中さんが作った洗濯バサミ」の部分が間違い。田中さんは洗濯バサミを作ったわけではない。

4. 手紙の最後に、アイディア商品の企画があればまた送ってほしいとあるが、これは手紙の挨拶。洗濯バサミの商品化についてのアイディアのことではない。

田中小姐把創意商品 "曬衣夾的企劃" 送到公司。若要使該企劃成為商品就必須要做測試。這封信的主旨是 "測試結果出爐後會再聯絡田中小姐"。

《其他選項》

1・2.「田中さんが作った洗濯バサミ／田中小姐做的曬衣夾」這一部分不正確。田中小姐並沒有製作曬衣夾。

4. 雖然信的最後提到 "如果您還有其他創意商品的企劃，請再次發送至本公司"，但這只是信上的寒暄語。和將曬衣夾商品化的發想無關。

Grammar

1

〜による

因…造成的…、
由…引起的…

若手音楽家による無料チャリティー・コンサートが開かれた。
名詞＋による

由年輕音樂家舉行了慈善音樂會。

MEMO

學習能力を２倍にする
暮らしと文化

關於滿員電車

日本東京的滿員電車幾乎可說是另類的觀光景點，上班日的７點半到９點左右，總能見到大批穿著西裝的上班族面無表情的擠在車廂內，身邊的人緊密的靠在一起，擁擠的程度甚至不需要拉住把手，嬌小的人更可能會被擠到呈現懸空的狀態。

◎ **以下舉出尖峰時段會聽見的車站廣播：**

乗り切れないお客様は次の電車も併せてご利用ください。

❶ お荷物、お身体強くお引きください。（請把行李和身體往內靠。）

❷ ベルが鳴ってからの駆け込み乗車はおやめください。（響鈴後請勿衝進電車。）

❸ 乗り切れないお客様は次の電車も併せてご利用ください。（無法上車的乘客請利用下一班電車。）

❹ 閉まっております。この後の電車をご利用ください。（車門即將關門，請搭乘下一班電車。）

❺ 車両の中ほどにお進みください。（請盡量往車內移動。）

有機會到日本觀光，搭乘尖峰時段的列車時，也別忘了遵守日本的電車禮儀。例如不要在巔峰時段攜帶大件行李，可以把背包背到胸前或將雨傘收進傘套或背包裡，並避免大聲說話以免影響到他人。也建議上車後就拉好握把或拿好書籍、手機，以免不小心碰觸到他人造成誤會。

問題 ⑪ 翻譯與題解

第 11 大題　請閱讀以下 (1) 至 (3) 的文章，然後從 1、2、3、4 之中挑出最適合的選項回答問題。

(1)

　　「オノマトペ」とは、日本語で「擬声語」あるいは「擬態語」と呼ばれる言葉である。

　　「擬声語」とは、「戸をトントンたたく」「子犬がキャンキャン鳴く」などの「トントン」や「キャンキャン」で、物の音や動物の鳴き声5 を表す言葉である。これに対して「擬態語」とは、「子どもがすくすく伸びる」「風がそよそよと吹く」などの「すくすく」「そよそよ」で、物の様子を言葉で表したものである。

10 　　ほかの国にはどんなオノマトペがあるのか調べたことはないが、日本語のオノマトペ、特に擬態語を理解するのは、外国人には難しいのではないだろうか。擬態語そのものには意味はなく、あくまでも日本人の語感※1 に基づいたも15 のだからである。

　　ところで、このほど日本の酒類業界が、テレビのコマーシャルの中で「日本酒をぐびぐび飲む」や「ビールをごくごく飲む」の「ぐびぐび」や「ごくごく」※2 という擬態語を使うことをや20 めたそうである。その擬態語を聞くと、未成年者や妊娠している人、アルコール依存症※3 の

──文法①

單字 >>

» **様子**【ようす】 情況，狀態；容貌，樣子；緣故；光景，徵兆

» **基づく**【もとづく】 根據，按照；由…而來，因為，起因

» **液体**【えきたい】 液體

人たちをお酒を飲みたい気分に誘うからという
理由だそうである。

　確かに、日本人にとっては「ぐびぐび」や「ご
25　くごく」は、いかにもおいしそうに感じられ
る。お酒が好きな人は、この言葉を聞いただけ
で飲みたくなるにちがいない。しかし、外国人
にとってはどうなのだろうか。一度外国の人に
聞いてみたいものである。

※1　語感：言葉に対する感覚

※2　「ぐびぐび」や「ごくごく」：液体を勢
　　　いよく、たくさん飲む様子を表す言葉

※3　アルコール依存症：お酒を飲む欲求を
　　　押さえられない病気

▶▶翻譯

　「象聲詞」在日語中又稱作「擬聲語」或「擬
態語」。

　「擬聲語」是指例如「咚咚咚地敲門」或「小
狗汪汪叫」這些句子中的「咚咚」和「汪汪」，
用於表示東西發出的聲音或動物鳴叫聲的詞語。
至於「擬態語」則是指例如「小孩子長的飛快」
或「風徐徐吹來」這些句子中的「飛快」和「徐
徐」，用於形容事物狀態的詞語。

　我沒有查過別的國家有什麼樣的象聲詞，但
是日本的象聲詞，尤其是擬態語，對外國人而言
似乎非常難懂。並不是外國人不懂擬態語的意
義，而是因為擬態語全然是基於日本人的語感※1
而產生的詞彙。

話說，最近日本禁止酒類業界在電視廣告裡使用像是「咕嚕咕嚕※2地喝日本酒」和「咕嘟咕嘟※2地喝啤酒」這些句子中的「咕嚕咕嚕」和「咕嘟咕嘟」之類的擬態語。因為聽到這些擬態語，會誘使未成年人、孕婦以及酒精中毒症※3患者想要喝酒。

　　的確，對日本人而言，聽見「咕嚕咕嚕」和「咕嘟咕嘟」就會有「好像很好喝」的感覺。喜歡飲酒的人光是聽到這些詞彙，酒癮就會發作了。不過，聽在外國人的耳中，會有什麼反應呢？<u>我真想問問看外國人</u>。

※1 語感：對語言的感覺

※2「咕嚕咕嚕」或「咕嘟咕嘟」：表示一口氣灌下飲料的形容詞

※3 酒精中毒症：無法抑制喝酒欲望的病症

もんだい

60 次の傍線部のうち、「擬態語」は、どれか。

1　ドアを<u>ドンドン</u>とたたく。

2　<u>すべすべ</u>した肌。

3　小鳥が<u>ピッピッ</u>と鳴く。

4　ガラスが<u>ガチャン</u>と割れる。

[60] 下列選項中的劃線詞語，何者為「擬態語」？

1　<u>咚咚咚</u>地敲門。

2　<u>光滑細嫩</u>的肌膚。

3　鳥兒<u>啁啾</u>鳴叫。

4　玻璃<u>咣啷</u>一聲碎裂。

題型解題訣竅　　　　　　　　　　　　　　　✔ 推斷題　參考34頁

考點 下列選項中的劃線詞語，何者為「擬態語」？

關鍵 1. 題目的關鍵字為「擬態語」，回文章尋找相關的敘述，如果
清楚其概念也可直接作答。

2. 對比文章第2段的敘述，描述事物狀態的詞語只有選項2，
其他皆為擬聲語。

位置 第2段。

題解　日文解題／解題中譯　　　　　　　　　　　　答案是 2

 2. は、肌（はだ）という、物（もの）の様子（ようす）を表（あらわ）す擬態語（ぎたいご）。

《その他（ほか）の選択肢（せんたくし）》

1・3・4. は物（もの）の音（おと）や動物（どうぶつ）の鳴（な）き声（ごえ）を表（あらわ）す擬声語（ぎせいご）。

2. 是形容皮膚等物體的樣子的擬態語。

《其他選項》

1・3・4. 是表示物體發出的聲音或是動物鳴叫聲的擬聲語。

もんだい

61 外国人（がいこくじん）が日本（にほん）の擬態語（ぎたいご）を理解（りかい）するのはなぜ難（むずか）しいか。

1 擬態語（ぎたいご）は漢字（かんじ）やカタカナで書（か）かれているから。

2 外国（がいこく）には擬態語（ぎたいご）はないから。

3 擬態語（ぎたいご）は、日本人（にほんじん）の感覚（かんかく）に基（もと）づいたものだから。

4 日本人（にほんじん）の聞（き）こえ方（かた）と外国人（がいこくじん）の聞（き）こえ方（かた）は違（ちが）うから。

[61] 為什麼外國人難以理解日本的「擬態語」呢？

1 擬態語需用漢字和片假名書寫。
2 外國沒有擬態語。
3 擬態語全然是基於日本人的語感而產生的詞彙。
4 日本人聽聲音的方式和外國人不同。

題型解題訣竅　　　　　**因果關係題** 參考 30 頁

考點 為什麼外國人難以理解日本的「擬態語」呢？

關鍵 1. 從問題的關鍵字回文章搜尋。

2. 可於第 3 段找到相關敘述，並於段落中找到因果關係詞「だからである」。

3. 「だからである」記住前的敘述，回選項找到相符的答案。

位置 第 3 段因果關係詞的前方。

題解 日文解題／解題中譯　　　　　　　　　　　　　　答案是 ③

❻　「難しいのではないだろうか」と述べた後、14 行目で「日本人の語感に基づいたものだから」と説明している。

《その他の選択肢》

1. 漢字やカタカナといった表記のことには触れていない。
2. 10 行目「ほかの国にはどんなオノマトペがあるのか調べたことはないが」とある。
4. 聞こえ方の違いには触れていない。

　　作者先提到「難しいのではないだろうか／似乎非常難懂」，之後在第 14 行說明「日本人の語感に基づいたものだから／因為是基於日本人的語感而來」。

《其他選項》

1. 文章並沒有提到漢字和片假名的書寫方法。
2. 第 10 行寫到「ほかの国にはどんなオノマトペがあるのか調べたことはないが／我沒有調查過其他國家有什麼象聲詞」。
4. 文章中沒有提到聽聲音方式的不同。

もんだい

62 一度外国の人に聞いてみたいとあるが、どんなことを聞いてみたいのか。

1 「ぐびぐび」と「ごくごく」、どちらがおいしそうに感じられるかということ。

2 外国のテレビでも、コマーシャルに擬態語を使っているかということ。

3 「ぐびぐび」や「ごくごく」のような擬態語が外国にもあるかということ。

4 「ぐびぐび」や「ごくごく」が、おいしそうに感じられるかということ。

[62] 我真想問問外國人，是要詢問什麼事呢？

1 「咕嚕咕嚕」和「咕嘟咕嘟」，哪個聽起來感覺比較好喝？

2 國外的電視廣告是否也會使用擬態語？

3 國外是否也有像「咕嚕咕嚕」和「咕嘟咕嘟」這樣的擬態語？

4 聽到「咕嚕咕嚕」和「咕嘟咕嘟」會不會也覺得很好喝？

題型解題訣竅

✔ 細節題 參考 26 頁

考點 我真想問問外國人，是要詢問什麼事呢？

關鍵 1. 文問題形式：どんなことを～か。

2.【what】問事、物

3. 在文中找到畫線處往前後搜尋，可於前方找到「對日本人而言…，但不知外國人的感受如何」，這就是作者想詢問外國人的問題。

位置 最後一段。

題解 日文解題／解題中譯   答案是 **4**

6

24行目「日本人にとっては」とあり、これと直前の「外国人にとっては」が対比している。

「日本人にとっては…おいしそうに感じられる」とあるので、聞いてみたいことは、「外国人にとっても、おいしそうに感じられるか」ということ。

第 24 行寫到「日本人にとっては／對日本人而言」，用來對比前面提到的「外国人にとっては／對外國人而言」。

因為文章中提到「日本人にとっては…おいしそうに感じられる／對日本人而言…感覺好像很好喝」，因此可知想聽聽看外國人的看法的是「外国人にとっても、おいしそうに感じられるか／對外國人而言，會有"好像很好喝"的感覺嗎」這件事。

Grammar

1	にもとづいた 根據…、按照…、基於…	専門家の意見に基づいた計画です。 　　　　　　　名詞＋に基づいた 根據專家意見訂的計畫。
2	～にとって （は／も／の） 對於…來說	たった 1,000 円でも、子供にとっては大金です。 　　　　　　　名詞＋にとっては 雖然只有 1000 圓，但對孩子而言可是個大數字。

（2）

　　テレビなどの天気予報のマーク※1は、晴れなら太陽、曇りなら雲、雨なら傘マークであり、それは私たち日本人にはごく普通のことだ。だがこの傘マーク、<u>日本独特のマークなのだそうである</u>。どうやら、雨から傘をすぐにイメージするのは日本人の特徴らしい。私たちは、雨が降ったら当たり前のように傘をさすし、雨が降りそうだな、と思えば、まだ降っていなくても傘を準備する。しかし、欧米の人にとっては、傘はかなりのことがなければ使わないもののようだ。

　　あるテレビ番組で、<u>その理由</u>を何人かの欧米人にインタビューしていたが、それによると、「片手がふさがるのが不便」という答えが多かった。小雨程度ならまだいいが、大雨だったらどうするのだろう、と思っていたら、ある人の答えによると、「雨宿り※2をする」とのことだった。カフェに入るとか、雨がやむまで外出しないとか、雨が降っているなら出かけなければいいと、何でもないことのように言うのである。でも、日常生活ではそうはいかないのが普通だ。そんなことをしていては会社に遅刻したり、約束を破ったりすることになってしまうからだ。さらにそう尋ねたインタビュアーに対し

Part 3

1

2

3

問題⑪　翻譯與題解

單字 》

» 予報 預報
» 極 非常，最，極，至，頂
» 独特 獨特
» 欧米 歐美
» 塞がる 阻塞；關閉；佔用，佔滿
» 程度 （高低大小）程度，水平；（適當的）程度，適度，限度
» 外出 出門，外出
» ゆったり 寬敞舒適

て、驚いたことに、その人は、「そんなこと、
他の人もみんなわかっているから誰も怒ったり
しない」と言うではないか。雨宿りのために大
切な会議に遅刻しても、たいした問題にはなら
ない、というのだ。

　「ある人」がどこの国の人だったかは忘れて
しまったが、あまりのおおらかさ※3に驚き、
　　　　　　　　　　　　└文法①
文化の違いを強く感じさせられたことだった。

※1　マーク：絵であらわす印
※2　雨宿り：雨がやむまで、濡れないとこ
　　　ろでしばらく待つこと
※3　おおらかさ：ゆったりとして、細かい
　　　ことにとらわれない様子

▶▶翻譯

　　　關於電視上的天氣預報標示※1，晴天是太陽，
陰天是雲，下雨則是傘。這種標示方式對我們日
本人而言十分尋常。但是這個「傘」的標示似乎
是日本特有的標示方式。在雨中撐傘可以說是日
本人的特徵。我們認為下雨了就該撐傘，如果覺
得好像快要下雨了，即使還沒下雨也會帶傘出
門。但是對歐美人而言，傘卻是「除了非常特殊
的情況之外，通常不怎麼會用到的東西」。
　　　某個電視節目針對這個問題訪問了好幾位歐
美人士，得到的多數答案是「必須騰出一隻手拿
傘，很不方便」。再接著詢問，如果只是下毛毛
雨倒還好，萬一下大雨怎麼辦呢？某位受訪者回
答「躲雨※2」，看是要進咖啡廳避雨，或是在雨

停之前不要外出，總之下雨的話不要出門就好了，這沒什麼大不了的。但是在日常生活中，通常並不允許我們採取這種對應的方式。如果這麼做，上班就會遲到，也可能失約。當我們進一步這樣問他，令人驚訝的是，他竟然回答「避雨這種事大家都能體諒，沒有人會生氣」。也就是說，為了躲雨而在重要的會議上遲到並不是什麼大問題。

　　我不記得這名「受訪者」是哪一國人了，但為他們的心胸開闊 ※3 感到驚訝，同時也再次強烈地感受到文化的差異。

※1 標示：以圖案顯示的記號

※2 躲雨：雨停之前，在不會被淋到的地方暫時等一會

※3 心胸開闊：心胸寬廣，不拘小節的樣子

もんだい

63 （傘マークは）日本独特のマークなのだそうであるとあるが、なぜ日本独特なのか。

1　日本人は雨といえば傘だが、欧米人はそうではないから

2　日本人は天気のいい日でも、いつも傘を持っているから

3　欧米では傘は大変貴重なもので、めったに見かけないから

4　欧米では雨が降ることはめったにないから

▶翻譯

[63] 為什麼（「傘」的標示）似乎是日本特有的標示方式呢？

1　對日本人而言下雨就該撐傘，但歐美人卻不同。

2　日本人即使沒下雨也總是帶著傘。

3　在歐美傘是極為貴重的物品，所以鮮少看到。

4　歐美不常下雨。

Ⅴ 因果關係題 參考 30 頁

考點 為什麼（「傘」的標示）似乎是日本特有的標示方式呢？

關鍵 1. 從畫線處向文章前後搜尋。

2. 後一小段雖然沒有明顯的因果關係詞，但仔細閱讀內容可以判斷有因果關係的邏輯在內，推斷從底線的後一句到最後一句「但是對歐美人…」就是原因。

3. 用關鍵字在選項中找答案，核對內容後確定答案。

位置 由底線之後的內容找到答案。

題解 日文解題／解題中譯

答案是 **1**

6

直後の「どうやら」以降で説明している。1の「雨といえば傘」は、本文「雨から傘をすぐにイメージする」と同じ。

「どうやら」は、何となく、どうも、という意味。はっきりしないが、そのようだ、そう聞いた、と言いたいとき。

從後面的「どうやら／看來」這句話開始說明。選項1「雨といえば傘／提到雨就想到傘」和文章中的「雨から傘をすぐにイメージする／說到雨，腦中立刻浮現出一把傘」的意思相同。

「どうやら／總覺得」是 "不知道為什麼、總覺得" 的意思。用在想表示 "雖然沒有明說，但就是有這種感覺" 時。

もんだい

64 その理由とは、何の理由か。

1 日本人が、傘を雨のマークに使う理由

2 欧米人が雨といえば傘を連想する理由

3 欧米人がめったに傘を使わない理由

4 日本人が、雨が降ると必ず傘をさす理由

▶▶翻譯

[64] 這個理由，是指以下何者？

1　日本人將傘作為雨天標示的理由。

2　歐美人說到雨就會想到傘的理由。

3　歐美人不怎麼會用到傘的理由。

4　日本人遇到下雨就一定會撐傘的理由。

題型解題訣竅

✔ 指示題　參考 28 頁

考點　這個理由，是指以下何者？

關鍵　1. 從指示詞後面的內容得到提示。後面描述了歐美人不撐傘
的原因。

　　　　2. 從指示詞前面的文章找答案。前一段的最後一句就是原因。

　　　　3. 將答案代入原文，確認意思是否恰當。

位置　第一段的最後一句，也就是從「しかし～」開始到最後。

題解　日文解題／解題中譯

答案是 **3**

「その」が指すのは前の段落の最後の文、「欧米の人にとって
は、傘は…使わないもの」。

後に、傘を使わない理由をあげていることからも分かる。

「その」指的是前一段的最後一句「欧米の人にとっては、傘
は…使わないもの／對於歐美人來說，雨傘是…不會去用的東西」。

從後面舉出的 "不使用雨傘的理由" 也可以推測答案。

65 筆者は、日本と欧米との違いをどのように感じているか。

1 日本人は雨にぬれても気にしないが、欧米人は雨を嫌っている。

2 日本人は約束を優先するが、欧米人は雨に濡れないことを優先する。

3 日本には傘の文化があるが、欧米には傘の文化はない。

4 日本には雨宿りの文化があるが、欧米には雨宿りの文化はない。

>> 翻譯

[65] 關於日本和歐美的差異，作者是怎麼想的呢？

1 日本人並不介意被雨淋濕，歐美人則討厭下雨。

2 日本人會以遵守邀約為重，歐美人則是以不淋雨為優先。

3 日本有撐傘的文化，歐美則沒有。

4 日本有躲雨的文化，歐美則沒有。

題型解題訣竅　　　　　　　✔ 細節題　參考 26 頁

考點 關於日本和歐美的差異，作者是怎麼想的呢？

關鍵 1. 考的是 【how】どのように [怎麼想？]

2. 答案可能在跟選項相同、近似或相關的關鍵詞或詞組裡。

3. 從選項的關鍵字往回尋找，並逐一刪除錯誤的選項。

4. 從倒數第 2 段可知身為日本人的作者，對於歐美人以躲雨為重感到驚訝。最後一段也明確說出了這是文化差異。

位置 倒數第 2 段。

6

　　16行目以降、欧米人の「ある人」は、大雨のときは「雨宿りをする」、「外出しない」などと答えている。

　　24行目「雨宿りのために大切な会議に遅刻しても、たいした問題にならない、というのだ」と日本人である筆者は驚いていることから、2を選ぶ。

《その他の選択肢》

1. 雨に濡れることを気にするかどうか、という話ではない。

3. 10行目「（欧米人は）傘はかなりのことがなければ使わない」とあり、欧米に傘の文化がないわけではない。

4. 雨宿りをするのは欧米人。なお、雨宿りの文化があるかどうかは話題になっていない。

　　第16行後面，歐美的「ある人／某些人」針對大雨時的對應方法的回答有「雨宿りをする／避雨」、「外出しない／不出門」等等。

　　從第24行後面可知，身為日本人的作者對於「雨宿りのために大切な会議に遅刻しても、たいした問題にならない、というのだ／如果是因為避雨而在重要的會議上遲到，這種事沒人會放在心上」感到十分吃驚，因此答案是選項2。

《其他選項》

1. 文章中沒有提到是否介意被雨淋濕。

3. 第10行寫到（欧米人は）傘はかなりのことがなければ使わない／除非必要，否則西方人不會撐傘」，所以歐美並不是沒有雨傘。

4. 會避雨的是歐美人，另外，本文並沒有討論到是否有避雨的文化。

Grammar

1

あまりの〜さに

由於太…才…

あまりの暑さに、倒れて救急車で運ばれた。

↳ あまりの＋形容詞詞幹＋さ＋に

在極度的酷熱之中昏倒，被送上救護車載走。

（3）

　日本の人口は、2011年以来、年々減り続けている。2014年10月現在の総人口は約1億2700万で、前年より約21万5000人減少しているということである。中でも、15〜64歳の生産年齢人口は116万人減少。一方、65歳以上は110万2000人の増加で、0〜14歳の年少人口の2倍を超え、少子高齢化がまた進んだ。（以上、総務省※1発表による）

　なんとか、この少子化を防ごうと、日本には少子化対策担当大臣までいて対策を講じているが、なかなか子供の数は増えない。

　その原因として、いろいろなことが考えられるだろうが、<u>その一つ</u>として、現代の若者たちの、自分の「個」をあまりにも重視する傾向があげられないだろうか。

　ある生命保険会社の調査によると、独身者の24％が「結婚したくない」あるいは「あまり結婚したくない」と答えたということだ。その理由として、「束縛※2されるのがいや」「ひとりでいることが自由で楽しい」「結婚や家族など、面倒だ」などということがあげられている。つまり、「個」の意識ばかりを優先する結果、結婚をしないのだ。したがって、子供の出生率も低くなる、という結果になっていると思われる。

單字 》

» **増加** 増加，增多，增進

» **防ぐ** 防禦，防守，防止；預防，防備

» **対策** 對策，應付方法

» **担当** 擔任，擔當，擔負

» **重視** 重視，認為重要

» **傾向** （事物的）傾向，趨勢

» **保険** 保險；（對於損害的）保證

» **独身** 單身

» **意識** （哲學的）意識；知覺，神智；自覺，意識到

» **価値** 價值

» **存在** 存在，有；人物，存在的事物；存在的理由，存在的意義

142

25　しかし、この若者たちによく考えてみて欲しい。それほどまでに意識し重視しているあなたの「個」に、いったいどれほどの価値があるのかを。私に言わせれば、空虚な存在に過ぎない。┗文法①　他の存在があってこその「個」であ

30　り、他の存在にとって意味があるからこその┗文法②　「個」であると思うからだ。

※1　総務省：国の行政機関
※2　束縛：人の行動を制限して、自由にさせないこと

▶▶翻 譯

　　日本人口自 2011 年以來逐年減少。2014 年 10 月的目前人口總數約為 1 億 2700 萬，相較於前年，共約減少了 21 萬 5000 人。其中，尤以 15 ～ 64 歲的育齡人口減少了 116 萬人，而 65 歲以上人口則增加了 110 萬 2000 人，已經超過 0 ～ 14 歲青少年人口的兩倍了。日本的人口結構正朝著高齡少子化的方向持續惡化。（以上數據來自日本總務省※1 公布資料）

　　日本政府不斷想方設法阻止少子化的趨勢，負責解決少子化問題的大臣也提出了相關措施，但是兒童數量依然未見增加。

　　究其原因，理由相當多，其中之一或許是現在的年輕人傾向於重視自我的「個體」。

　　根據某家人壽保險公司的調查，有 24% 的單身人士覺得「不想結婚」或是「不太想結婚」。他們舉出的理由包括「不想被束縛※2」、「自己一個人比較自由，很輕鬆」、「要處理結婚事宜和

應付家人等等問題很麻煩」。換言之，「個體」意識優先的結果就是不結婚，導致嬰兒出生率降低，進而造成了現在的局面。

但是，我希望年輕人能夠仔細思考：你們如此重視的「個體」究竟有多少價值呢。我認為這不過是空虛的存在而已。正因為有他人的存在，所以才有「個體」；對他人具有意義的存在，才能算是有意義的「個體」。

※1 總務省：國家行政機關
※2 束縛：限制他人的行動，使人不得自由

もんだい

66 日本の人口について、正しくないのはどれか。

1 2013 年から 2014 年にかけて、最も減少したのは 65 歳以上の人口である。
2 近年、減り続けている。
3 65 歳以上の人口は、0 ～ 14 歳の人口の 2 倍以上である。
4 15 ～ 64 歳の人口は 2013 年からの 1 年間で 116 万人減っている。

>>翻譯

[66] 關於日本的人口，下列何者<u>不正確</u>？

1 2013 年到 2014 年間，65 歲以上的人口減少最多。
2 近年來持續不斷的減少。
3 65 歲以上的人口是 0 ～ 14 歲人口的兩倍以上。
4 15 ～ 64 歲的人口從 2013 年起一年內減少了 116 萬人。

 題型解題訣竅　　　　　　　　　✅ 正誤判斷題　參考40頁

考點　關於日本的人口，下列何者不正確？

關鍵　1. 詳細閱讀並理解問題句，注意問題是問錯誤的選項。

　　　2. 圈出選項中年分與人口等關鍵詞，關於日本人口的敘述都集中在第一段。

　　　3. 可以找到65歲以上的人口並非減少而是增加，因此選項1為答案。

位置　解答的材料在某個段落裡，從大標題去找眼睛就不用跑太遠了。

題解　日文解題／解題中譯　　　　　　　　　　　　答案是 **1**

　　5行目「65歳以上は110万2000人の増加」とあるので、1が間違い。

《その他の選択肢》

2. 1行目「日本の人口は、…年々減り続けている」とあり、正しい。

3. 5行目「65歳以上は…0～14歳の年少人口の2倍を超え」とあり、正しい。

4. 5行目「15～64歳の生産年齢人口は116万人減少」とあり、正しい。

　　因為第5行寫到「65歳以上は110万2000人の増加／65歲以上的人口增加了110萬2000人」，所以選項1不正確。

《其他選項》

2. 第1行寫到「日本の人口は、…年々減り続けている／日本的人口…逐年遞減」，因此選項2正確。

3. 第5行寫到「65歳以上は…0～14歳の年少人口の2倍を超え／65歲以上的人口…已經超過了0～14歲兒少人口的兩倍」，因此選項3正確。

4. 第5行寫到「15～64歳の生産年齢人口は116万人減少／15～64歲的育齡人口減少了116萬人」，所以選項4正確。

67 <u>その一つ</u>とは、何の一つか。

1 少子化の対策の一つ

2 少子化の原因の一つ

3 人口減少の原因の一つ

4 現代の若者の傾向の一つ

▶▶翻 譯

[67] <u>其中之一</u>，是指何者的其中之一？

1 少子化對策之一。

2 少子化的原因之一。

3 人口減少的原因之一。

4 現代年輕人的傾向之一。

 題型解題訣竅　　　　　✓ **指示題**　參考28頁

考點　<u>其中之一</u>，是指何者的其中之一？

關鍵　1. 從指示詞前面內容得到提示。前面提到「究其原因」，至於是什麼原因要再往前一段尋找。

　　　2. 前一段提到「不斷想方設法阻止少子化…兒童數量依然未見增加」，這就是答案。

　　　3. 從選項中選出最符合的選項2。

位置　指示詞的前一段。

6 　文頭に「その原因として」とあり、「その一つ」は「その原因のひとつ」という意味。

　「その原因」の「その」が指すのは、すぐ上の行の「なかなか子供の数は増えない」こと、つまり「少子化」。

> 　本段一開始寫道「その原因として／這個原因」、「その一つ／其中之一」是「その原因のひとつ／其中的一個原因」的意思。
>
> 　「その原因／這個原因」的「その／這個」指的是上一行的「なかなか子供の数は増えない／一直無法使兒童的數量增多」，也就是「少子化／少子化」。

もんだい

68 筆者は、現代の若者についてどのように述べているか。

1 結婚したがらないのは無理もないことだ。　文法③
2 人はすべて結婚すべきだ。
3 人と交わることが上手でない。　文法④
4 自分自身だけを重視しすぎている。

▶▶翻譯

[68] 作者如何描述現代的年輕人？

　1　不想結婚也是可以理解的。
　2　所有人都應該步入婚姻。
　3　不善常與人交際。
　4　過於重視自我了。

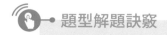

考點 作者如何描述現代的年輕人？

關鍵 1.【how】手段、樣子、程度 [怎麼做？]

2. 問題形式：どのように〜。

3. 從選項的關鍵詞回去找答案，並略讀關鍵詞大量出現的後兩段。

4. 作者於最後一段明確道出自己的看法。

位置 倒數兩段。

題解 日文解題／解題中譯   答案是 **4**

14行目「つまり、『個』の意識ばかりを優先する結果、結婚をしないのだ」とある。「『個』の意識」とは「自分自身」のこと。

最後の文に「他の存在があってこその『個』であり」とあり、ここが筆者の言いたいこと。

《その他の選択肢》

1.「無理もない」は、しかたないと許すときの言い方。本文に、結婚しない若者に理解を示すような表現はない。

2. 若者が結婚しない傾向を残念に思っているが、「人はすべて」とは言っていない。

3. 人と交わることについては、触れていない。

第 14 行寫道「つまり、『個』の意識ばかりを優先する結果、結婚をしないのだ／也就是說，一個勁的提升『個人』意識，造成了不想結婚的結果」，這就是作者的想要表達的事。

《其他選項》

1.「無理もない／也難怪」是表達 "沒辦法了只好接受" 的說法。本篇文章並沒有表示理解年輕人不結婚的想法。

2. 雖然作者對於年輕人不結婚的傾向感到惋惜，但並沒有說「人はすべて／人人都應該要 (結婚)」。

3. 文章並沒有針對人際交往進行討論。

Grammar

1

にすぎない

只是…、只不過…、不過是…而已、僅僅是…

そんなの彼のわがままにすぎないから、放っておきなさい。

名詞＋にすぎない

那不過是他的任性妄為罷了，不必理會。

2

からこそ

正因為…、就是因為…

親は子供を愛しているからこそ、厳しいときもあるんだよ。

動詞普通形＋からこそ

有時候父母是出自於愛之深責之切，才會對兒女嚴格要求。

3

について

有關…、就…、關於…

昨晩友人と酒を飲みつつ、夢について語り合った。

名詞＋について

昨晚和朋友一面舉杯對酌，一面暢談抱負。

4

べき、べきだ

必須…、應當…

これは、会社を辞めたい人がぜひ読むべき本だ。

動詞辭書形＋べき

這是一本想要辭職的人必讀的書！

MEMO

擬聲擬態語加油站

哪些擬聲擬態語，可以豐富我們的表達，讓整句話聽起來更身歷其境、生動有趣呢？

❋ 擬聲語

しとしと
淅瀝淅瀝

どきどき
怦然心跳；緊張

ぶつぶつ
嘟囔；抱怨

❋ 擬態語

ひろびろ 広々
寬敞、寬廣

ぴかぴか
閃閃發光

ふわふわ
柔軟、軟綿綿

だぶだぶ
寬鬆

きらきら
閃耀、耀眼

ぞろぞろ
絡繹不絕、一個接一個

由於擬聲、擬態語能夠具體又貼切的形容事物，因此在廣告中極為常見。除了文中提及的啤酒外，「ふわふわ」也經常被用來形容蓬鬆柔軟的麵包等，另外還有形容口感酥脆的「さくさく」、形容光滑的「つるつる」。下次在接觸日本的商品時，不妨研究看看上面用了哪些詞語吧！

問題 ⑫ 翻譯與題解

第 12 大題　以下的文章 A 與 B 分別針對做決定一事進行論述。請閱讀
兩篇文章，然後從 1、2、3、4 之中挑出最適合的選項回答問題。

A

　人生には、決断しなければならない場面が必ずある。職を選んだり、結婚を決めたりすることもその一つだ。そんなとき、私たちは必ずと言っていいほど迷う。そして、考え、決断する。一生懸命考えた末決断したことだから自分で納得できる。結果がどうであれ後悔することもないはずだ。

　だが、本当に自分で考えて決断したことについては後悔しないだろうか。そんなことはないと思う。しかし、人間はこうして迷い考えることによって成長するのだ。自分で考え決断するということには、自分を見つめることが含まれる。それが人を成長させるのだ。決断した結果がどうであろうとそれは問題ではない。

單字

» **人生** 人的一生；生涯，人的生活

» **決断** 果斷明確地做出決定，決斷

» **進路** 前進的道路

» **程度**（高低大小）程度，水平；（適當的）程度，適度，限度

» **予測** 預測，預料

» **逆** 反，相反，倒；叛逆

» **選択** 選擇，挑選

» **信頼** 信賴，相信

» **常に** 時常，經常，總是

文法①

B

　自分の進路などを決断することは難しい。結果がはっきりとは見えないからだ。ある程度、結果を予測することはできる。しかし、それは、あくまでも予測に過ぎない。未来のことだから何が起こるかわからないからだ。

　　　文法②

　そんな場合、私は「考える」より「流される」ことにしている。その時の自分がしたいと思うこと、好きなことを重視する。つまり、川が流れるように自然に任せるのだ。

　深く考えることもせずに決断すれば、後で後悔するのではないかと言う人がいる。しかし、それは逆である。その時の自分に正しい選択ができる力があれば、流されても後悔することはない。大切なのは、信頼できる自分を常に作っておくように心がけることだ。

▶▶翻 譯

A

　　　　人生中肯定會面臨必須做決定的時刻。例如選擇職業、決定結婚，都屬於這樣的情形。這時候，我們一定會猶豫不決。接下來，我們會思考，最後才做出決定。因為是經過一番深思之後做出的決定，所以自己可以坦然接受。不管結果如何，應該都不會後悔。

　　　　然而，對於自己所做的決定，真的不會後悔嗎？我想，還是有可能後悔吧。但是，人們就是要透過這樣的「迷惘、思考」而逐漸成長。藉由自己深思過後做出的決定，進而好好的審視自己。這樣的過程能夠幫助我們成長。至於做決定之後的結果如何，並不是重點。

B

　　　　要決定自己未來的志向非常困難，因為我們無法清楚的知道結果。雖然在某種程度上可以預測結果，但是說到底，也只是猜測罷了。畢竟誰也不知道將來會發生什麼事。

　　　　每當這種時候，比起「思考」，我更傾向於「順其自然」。我重視的是自己當下想做的、喜歡的事物。也就是如同流水一般，順勢而為。

有人說，如果不經過深思熟慮就做出決定，將來一定會後悔。事實上恰好相反。只要當時自己擁有做出正確選擇的能力，就算順其自然也不會後悔。重要的是，要使自己成為值得自己信賴的人，並將此銘記於心。

69 ＡとＢの筆者は、決断する時に大切なことは何だと述べているか。

1 ＡもＢも、じっくり考えること

2 ＡもＢも、あまり考えすぎないこと

3 Ａはよく考えること、Ｂはその時の気持ちに従うこと

4 Ａは成長すること、Ｂは自分を信頼すること

>> 翻譯

[69] Ａ與Ｂ的作者分別認為，做決定時什麼是最重要的呢？

1 Ａ與Ｂ都認為是慎重思考。

2 Ａ與Ｂ都認為不應思考過多。

3 Ａ認為應該深思，Ｂ認為要順其自然。

4 Ａ認為是成長，Ｂ認為要相信自己。

題型解題訣竅 　　　　　　　　　　　　　　✔ 細節題 　參考 26 頁

考點 A 與 B 的作者分別認為，做決定時什麼是最重要的事物呢？

關鍵 1.【what】なに (事) [什麼事情？]

　　　 2. 問題形式：～ことは何だ～。

　　　 3. 答案可能在跟選項相同、近似或相關的關鍵詞或詞組裡。

　　　 4. 閱讀題目與選項，圈出關鍵詞考慮、心情、成長等，再略
　　　　讀文章，比較兩者是相同或是相異。

位置 A 文章的第 1 段和 B 文章的第 2 段。

題解 日文解題／解題中譯 　　　　　　　　　　　　　答案是 **3**

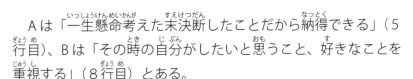

　　A は「一生懸命考えた末決断したことだから納得できる」（5
行目）、B は「その時の自分がしたいと思うこと、好きなことを
重視する」（8 行目）とある。

　　A 寫道「一生懸命考えた末決断したことだから納得できる／因
為是自己認真思考後做出的決定，所以可以接受」(第 5 行)，B 寫
道「その時の自分がしたいと思うこと、好きなことを重視する／
重視當下自己想做的是什麼事、喜歡的是什麼東西」(第 8 行)。

もんだい

[70] 　A と B の筆者は、決断することについてどのように考えて
いるか。

1 　A はよく考えて決断しても後悔することがある、B はよく
考えて決断すれば後悔しないと考えている。

2 　A はよく考えて決断すれば後悔しない、B は深く考えずに
好きなことを重視して決断すれば後悔すると考えている。

3 Ａは迷ったり考えたりすることで成長する、Ｂは決断する
ことで信頼できる自分を作ることができると考えている。
4 Ａは考えたり迷ったりすることに意味がある、Ｂは自分の
思い通りにすればいいと考えている。

 翻譯

[70] 關於做決定，A與B的作者是怎麼認為的呢？

1 A認為經過深思之後做出的決定可能還是會後悔，B認為深
思後再做決定就不會後悔。

2 A認為深思後再做決定就不會後悔，B認為不經過深思熟
慮，重視自己喜愛的事物而做的決定將來一定會後悔。

3 A認為透過迷惘、思考就會逐漸成長，B認為做決定能使自
己成為值得自己信賴的人。

4 A認為迷惘和思考都是有意義的，B認為只要遵從自己的內
心去行動就好了。

題型解題訣竅

細節題 參考 26 頁

考點 關於做決定，A與B的作者是怎麼認為的呢？

關鍵 1.【how】手段、樣子、程度 [怎麼做？]

2. 問題形式：どのように～。

3. 答案可能在跟選項相同、近似或相關的關鍵詞或詞組裡。

4. 閱讀題目與選項，關鍵字為後悔、成長、信賴等，再略讀
文章，比較兩者是相同還是相異，找出相符的答案。

位置 A文章與B文章的最後一段。

6

　Ａは「迷い考えることによって成長する」、Ｂは「その時の自分がしたいと思うこと、好きなことを重視する」と言っている。

《その他の選択肢》

1. Ａは合っているが、Ｂの「よく考えて決断すれば」が違う。

2. Ａは、後悔することはあると言っている。またＢは後悔しないと言っているので、どちらも間違い。

3. Ａは合っているが、Ｂは、「信頼できる自分を作ることで正しい決断ができる」と言っているので間違い。

　Ａ寫道「迷い考えることによって成長する／透過思考煩惱而成長」、Ｂ寫道「その時の自分がしたいと思うこと、好きなことを重視する／重視當下自己想做的是什麼事、喜歡的是什麼東西」。

《其他選項》

1. 雖然符合Ａ，但不同於Ｂ提到的「よく考えて決断すれば／只要是認真思考後做出的決定」。

2. Ａ提到有可能會後悔。又Ｂ認為不會後悔，因此兩者皆不正確。

3. 雖然符合Ａ，但Ｂ提道「信頼できる自分を作ることで正しい決断ができる／使自己變得可靠，以做出正確的決定」，所以不正確。

Grammar

1

によって（は）、により

根據…

実験によって、薬の効果が明らかになった。
　名詞＋によって
藥效經由實驗而得到了證明。

2

にすぎない

只是…、只不過…、不過是…而已、僅僅是…

これは少年犯罪の一例にすぎない。
　　　　　　　　　名詞＋にすぎない
這只不過是青少年犯案中的一個案例而已。

問題 ⑬ 翻譯與題解

第 13 大題　請閱讀以下文章，然後從 1、2、3、4 之中選出最適合的選項回答問題。

先日たまたまラジオをつけたら、子供の貧困※1についての番組をやっていた。そこでは、毎日の食事さえも満足にできない子供も多く、温かい食事は学校給食のみという子供もいるということが報じられていた。

そう言えば、最近テレビや新聞などで、「子供の貧困」という言葉を見聞きすることが多い。2014 年、政府が発表した貧困調査の統計によれば、日本の子供の貧困率は 16 パーセントで、これはまさに子供の 6 人に一人が貧困家庭で暮らしていることになる。街中に物があふれ、なんの不自由もなく明るい笑顔で街を歩いている人々を見ると、今の日本の社会に家庭が貧しくて食事もとれない子供たちがいるなどと想像も出来ないことのように思える。しかし、現実は、華やかに見える社会の裏側に、いつのまにか想像を超える子供の貧困化が進んでいることを私たちが知らなかっただけなのである。

今あらためて子供の貧困について考えてみると、ここ数年、経済の不況※2の中で失業や給与の伸び悩み※3、またパート社員の増加、両親の離婚による片親家庭の増加など、社会の経済
└文法①

單字 》

» **偶々** たまたま 偶然，碰巧，無意間；偶爾，有時

» **発表** はっぴょう 發表，宣布，聲明；揭曉

» **統計** とうけい 統計

» **現実** げんじつ 現實，實際

» **給与** きゅうよ 供給（品），分發，待遇；工資，津貼

» **実際** じっさい 實際；事實，真面目；確實，真的，實際上

» **将来** しょうらい 將來，未來，前途；（從外國）傳入；帶來，拿來；招致，引起

» **左右** さゆう 左右方；身邊，旁邊；左右其詞，支支吾吾；（年齡）大約，上下；掌握，支配，操縱

格差が大きくなり、予想以上に家庭の貧困化が進んだことが最大の原因であろう。かつて日本の家庭は1億総中流※4と言われ、ご飯も満足に食べられない子供がいるなんて、誰が想像しただろう。

　実際、貧困家庭の子供はご飯も満足に食べられないだけでなく、給食費や修学旅行の費用が払えないとか、スポーツに必要な器具を揃えられないとかで、学校でみじめな思いをして、登校しない子供が増えている。さらに本人にいくら能力や意欲があっても本を買うとか、塾に通うことなどとてもできないという子供も多くなっている。そのため入学の費用や学費を考えると、高校や大学への進学もあきらめなくてはならない子供も多く、なかには家庭が崩壊※5し、悪い仲間に入ってしまう子供も出てきている。

　このように厳しい経済状況に置かれた貧困家庭の子供は、成人しても収入の低い仕事しか選べないのが現実である。その結果、貧困が次の世代にも繰り返されることになり、社会不安さえ引き起こしかねない。

　子供がどの家に生まれたかで、将来が左右されるということは、あってはならないことである。どの子供にとってもスタートの時点で

は、平等な機会と選択の自由が約束されなければならないのは言うまでもない。誰もがこの「子供の貧困」が日本の社会にとって重大な問題であることを真剣に捉え、今すぐ国を挙げて積極的な対策を取らなくては、将来取り戻すことができない状況になってしまうだろう。

※1　貧困：貧しいために生活に困ること
※2　不況：景気が悪いこと
※3　伸び悩み：順調に伸びないこと
※4　1億総中流：1970年代高度経済成長期の日本の人口約1億人にかけて、多くの日本人が「自分が中流だ」と考える「意識」を指す
※5　崩壊：こわれること

>> 翻譯

　　前幾天偶然打開收音機，聽見一個談論貧童問題的廣播節目。報導指出，某地區有很多連三餐都吃不飽的孩子，他們每天能吃到的熱食，就只有學校供應的營養午餐那一餐。

　　的確，最近在電視上或報紙上經常出現「貧童」的字眼。根據2014年政府公布的貧困※1調查統計，日本貧童的比例是16%，這也就是說，每6個兒童就有一個生長於清寒家庭。放眼望去，盡是一片繁榮的景象，走在路上的人們無不豐衣足食、笑容滿面，實在難以想像現在的日本社會竟還有貧窮到沒錢吃飯的孩子。然而現實狀況卻是，看似繁華社會的背後，超乎我們想像的貧童問題正在日益加劇。

　　如今再次認真思考關於貧童的問題，就會發現這幾年來因為經濟不景氣 ※2 導致失業、薪資停滯 ※3 以及計時員工的增多，另外由於父母離婚造成單親家庭增加，以至於社會貧富差距變大，這些可能都是造成家庭日漸貧窮的主要原因。以前的日本，人人自認是中產階級 ※4，誰想得到如今居然有孩子連飯都吃不飽呢。

　　事實上，清寒家庭的孩子不僅吃不飽，就連餐費、校外教學的費用和必要的運動器材費都付不出來。甚至有越來越多的孩子因為在學校裡會被瞧不起，連課也不去上了。而且，即使孩子本身有學習能力及意願，也負擔不起書本費和補習費，有這種困擾的貧童同樣日益增加。因此，許多孩子只要考慮到學費和學雜費，就不得不放棄繼續就讀高中或大學。貧困問題甚至會造成家庭失能 ※5，或是導致孩子誤入歧途。

　　置身於如此嚴峻的經濟狀況之下，清寒家庭的兒童即使長大成人，也只能選擇收入微薄的工作，這就是現實。結果，清寒家庭的下一代延續這種惡性循環，最後很可能引發社會的動盪不安。

　　我們應極力避免出生的家庭環境左右孩子的未來。每一個孩子都應該站在和其他孩子相同的起跑點上，擁有和別人同等的機會及選擇的自由。人人都應該認真看待「貧童問題」，並將之視作日本社會的重要課題。國家若不即刻採取積極措施，勢必造成無法挽回的局面。

※1 貧困：因為貧窮而造成生活困苦

※2 不景氣：景氣惡化

※3 停滯：無法順利成長

※4 中產階級：1970 年代高度經濟成長時期日本的人口約有 1 億人，且多數人都認為自己是中產階級。

※5 失能：崩潰毀壞

71 <ruby>誰<rt>だれ</rt></ruby> が<ruby>想像<rt>そうぞう</rt></ruby>しただろうとあるが、<ruby>筆者<rt>ひっしゃ</rt></ruby>はどのように<ruby>考<rt>かんが</rt></ruby>えているか。

1 みんな<ruby>想像<rt>そうぞう</rt></ruby>したはずだ。

2 みんな<ruby>想像<rt>そうぞう</rt></ruby>したかもしれない。

3 <ruby>誰<rt>だれ</rt></ruby>も<ruby>想像<rt>そうぞう</rt></ruby>できなかったに<ruby>違<rt>ちが</rt></ruby>いない。

4 <ruby>想像<rt>そうぞう</rt></ruby>しないことはなかった。

 翻譯

[71] 文中的<u>誰想得到</u>，作者是什麼意思呢？

　　1　大家應該都想到了。

　　2　大家可能想到了。

　　3　肯定誰也想不到。

　　4　不會不去想。

題型解題訣竅　　　　　　　　　　　✓ 細節題 參考 26 頁

考點 關於年輕人使用詞語的方法，作者是怎麼想的呢？

關鍵 1. 從畫線出往前後搜尋，前一句提到「以前的日本，人人自認是中產階級」。

　　　2. 前一句最後一個詞「なんて」表示驚訝的意思，串聯前後句邏輯，可推出答案。

位置 畫線處前一句。

題解 日文解題／解題中譯　　　　　　　　　　　　答案是 **3**

　　「<ruby>誰<rt>だれ</rt></ruby>が<ruby>想像<rt>そうぞう</rt></ruby>しただろう」の<ruby>後<rt>あと</rt></ruby>には、「いや、<ruby>誰<rt>だれ</rt></ruby>も<ruby>想像<rt>そうぞう</rt></ruby>しなかった」という<ruby>言葉<rt>ことば</rt></ruby>が<ruby>続<rt>つづ</rt></ruby>く。このような<ruby>表現<rt>ひょうげん</rt></ruby>を<ruby>反語<rt>はんご</rt></ruby>という。

《その他の選択肢》

4.「想像しないことはなかった」は二重否定で、想像した可能性はあるという意味。

「誰が想像しただろう／誰想像得到呢」的後面應該接「いや、誰も想像しなかった／不，誰都想像不到」這句話。這是反詰用法。

《其他選項》

4.「想像しないことはなかった／倒也不是想像不到」是雙重否定，意思是可能想像的到。

もんだい

[72] 貧困が次の世代にも繰り返されるとは、どういうことか。
1 貧困家庭の子供は常に平等な機会に恵まれるということ。
2 親から財産をもらえないことが繰り返されるということ。
3 次の世代でも誰も貧困から救ってくれないということ。
4 貧困家庭の子供の子供もまた貧困となるということ。

翻譯

[72] 清寒家庭的下一代延續這種惡性循環，是指什麼情況呢？

1 清寒家庭的孩子經常能獲得平等的機會。
2 無法獲得父母財產的循環不斷延續。
3 到了下一代也沒有人願意幫他們脫離貧困。
4 清寒家庭的孩子的孩子也依然無法脫離貧困。

題型解題訣竅

推斷題 參考 34 頁

考點 清寒家庭的下一代延續這種惡性循環，是指什麼情況呢？

關鍵 1. 找到畫線處往前後搜尋。

2. 同段第一句寫到貧窮的兒童成年後也依舊貧窮，推出最符合的答案是4。

位置 畫線處之前。

題解 日文解題／解題中譯　　　　　　　　　　　　　　　　答案是 **4**

「貧困家庭の子供は、成人しても収入の低い仕事しか選べない」とある。成人して作った家庭が、また貧困家庭になってしまい、その子供がまた貧困家庭の子供になってしまう、という繰り返しのことを述べている。

「貧困家庭の子供は、成人しても収入の低い仕事しか選べない／貧窮家庭出身的孩子，即使成年了，也只能從事低收入的工作」。文章敘述的是，貧窮兒童成年後組成的家庭也是貧窮家庭、生的孩子又成為貧窮兒童，周而復始。

もんだい

[73] 筆者は、子供の貧困についてどのように考えているか。

1 子供の貧困はその両親が責任を負うべきだ。　　　└文法④

2 すぐに国が対策を立てなくては、取り返しのつかないことになる。

3 いつの時代にもあることなので、しかたがないと考える。

4 子供自身が自覚を持って生きることよりほかに対策はない。

▶▶翻譯

[73] 作者對於貧童問題是怎麼想的呢？

1　貧童問題是父母必須背負的責任。

2　國家若不即刻採取積極措施，勢必造成無法挽回的局面。

3　這是每個時代都有的狀況，所以也沒辦法。

4　只能靠孩童自己有自覺的過生活，別無他法。

題型解題訣竅　　　　　　　　　　　　　✔ 主旨題　參考24頁

考點　作者對於貧童問題是怎麼想的呢？

關鍵　1. 仔細看過選項後略讀整篇文章，掌握文章脈絡，抓出中心段落。

　　　2. 前幾段皆以敘述貧童問題的現況為主，最後一段才道出作者想法。

　　　3. 最後一段的最後一句「今すぐ…」就是作者的想法。

位置　最後一段落，往往是主旨所在的地方。

題解　日文解題／解題中譯　　　　　　　　　　　　　　　答案是 ❷

　　最後に「今すぐ国を挙げて…対策を取らなくては、将来取り戻すことができない状況になってしまうだろう」と言っている。

　　「取り戻すことができない」と２の「取り返しのつかない」は同じ。

《その他の選択肢》

　4.「よりほかに」は「以外に」という意味。

　　文章最後提到「今すぐ国を挙げて…対策を取らなくては、将来取り戻すことができない状況になってしまうだろう／現在國家政府若不立即採取對策，將來就會造成無法挽回的局面吧」。

「取り戻すことができない／無法挽回」和選項2「取り返しの
つかない／難以挽回」意思相同。

《其他選項》

4.「よりほかに／除此之外」是「以外に／以外」的意思。

Grammar

1

によって（は）、
による、により

因為…

彼は自動車事故<u>により</u>、体の自由を失った。
〈名詞＋により〉

他由於遭逢車禍而成了殘疾人士。

2

てはならない

不能…、不要…、
不許、不應該

今聞いたことを誰にも話<u>してはなりません</u>。
〈動詞て形＋はならない〉

剛剛聽到的事絕不許告訴任何人！

3

かねない

很可能…、也許會…、
說不定將會…

勉強しないと、落第<u>しかねない</u>よ。
〈動詞ます形＋かねない〉

如果不用功，說不定會留級喔。

4

べき、べきだ

必須…、應當…

人間はみな平等で<u>あるべきだ</u>。
〈動詞辞書形＋べきだ〉

人人應該平等。

問題 ⑭ 翻譯與題解

第 14 大題　下頁為自行車租借的官方網站，請從 1、2、3、4 之中挑選出最適合的選項回答問題。

丸山区　貸し自転車利用案内
（まるやまく　かし じてんしゃ りようあんない）

はじめに

丸山区（まるやまく）レンタサイクルは 26 インチを中心（ちゅうしん）とする自転車（じてんしゃ）を使用（しよう）しています。予約（よやく）はできませんので直前（ちょくぜん）にレンタサイクル事務所（じむしょ）へ連絡（れんらく）し、残数（ざんすう）をご確認（かくにん）ください。貸（か）し出（だ）し対象（たいしょう）は中学生以上（ちゅうがくせいいじょう）で安全運転（あんぜんうんてん）ができる方（かた）に限（かぎ）ります。

└文法①

【利用（りよう）できる方（かた）】

1. 中学生以上（ちゅうがくせいいじょう）の方（かた）
2. 安全（あんぜん）が守（まも）れる方（かた）

【利用時（りようじ）に必要（ひつよう）なもの】

1. 利用料金（りようりょうきん）
2. 身分証明書（みぶんしょうめいしょ）

※ 健康保険証（けんこうほけんしょう）または運転免許証等（うんてんめんきょしょうなど）の公的機関（こうてききかん）が発行（はっこう）した、写真付（しゃしんつき）で住所（じゅうしょ）を確認（かくにん）できる証明書（しょうめいしょ）。外国人（がいこくじん）の方（かた）は、パスポートか外国人登録証明書（がいこくじんとうろくしょうめいしょ）を必（かなら）ず持参（じさん）すること。

【利用料金（りようりょうきん）】

① 4 時間貸（じかんが）し (1 回（かい） 4 時間以内（じかんいない）に返却（へんきゃく）)200 円（えん）

② 当日貸（とうじつが）し (1 回（かい） 当日午後（とうじつごご） 8 時（じ） 30 分（ぷん）までに返却（へんきゃく）)300 円（えん）

③ 3 日貸（みっかが）し (1 回（かい） 72 時間以内（じかんいない）に返却（へんきゃく）)600 円（えん）

④ 7 日貸（なのかが）し (1 回（かい） 168 時間以内（じかんいない）に返却（へんきゃく）)1200 円（えん）

※ ③④の複数日貸出（ふくすうじつかしだし）を希望（きぼう）される方（かた）は 夜間等（やかんなど）の駐輪場（ちゅうりんじょう）が確保（かくほ）できる方（かた）に限（かぎ）ります。

單字≫

» 対象（たいしょう） 對象

» 免許証（めんきょしょう）（政府機關）批准；許可證，執照

» 機関（きかん）（組織機構的）機關，單位；(動力裝置) 機關

» 発行（はっこう）（圖書、報紙、紙幣等）發行；發放，發售

» 貸し出し（かしだし）（物品的）出借，出租；(金錢的) 貸放，借出

» 記入（きにゅう） 填寫，寫入，記上

» 手続き（てつづき） 手續，程序

貸_かし出_だしについて

場所_{ばしょ}：レンタサイクル事務所_{じむしょ}の管理室_{かんりしつ}で受_うけ付_つけています。

時間_{じかん}：午前_{ごぜん}６時_じから午後_{ごご}８時_じまで。

手続_{てつづ}き：本人確認書類_{ほんにんかくにんしょるい}を提示_{ていじ}し、レンタサイクル利_り用申請書_{ようしんせいしょ}に氏名住所電話番号_{しめいじゅうしょでんわばんごう}など必要事項_{ひつようじこう}を記入_{きにゅう}します。(本人確認書類_{ほんにんかくにんしょるい}は住所確認_{じゅうしょかくにん}できるものに限_{かぎ}ります)

ガイド付_つきのサイクリングツアー「のりのリツアー」も提案_{ていあん}しています。

￥10,000-（９：00〜15：00）ガイド料_{りょう}、レンタル料_{りょう}、弁当_{べんとう}＆保険料_{ほけんりょう}も含_{ふく}む。

- 「のりのリツアー」のお問_とい合_あわせは
  ⇒ norinori@tripper.ne.jp へ!!
- 電動自転車_{でんどうじてんしゃ}レンタル「eバイク」のＨＰ⇒こちら

>> 翻譯

丸山區　自行車出租使用說明

主旨

丸山區提供的出租自行車主要為 26 英吋的車款。恕不預約，請於租借前直接洽詢辦事處確認可租借的數量。租借對象僅限中學以上、能夠安全行駛者。

• • • • • • • • • • • • • • • • • • •
• • • • • • • • • • • • • • • • • •

【租借對象】
1. 中學以上者
2. 遵守交通安全規則者

【租借時請攜帶以下物件】
1. 租借費用
2. 身分證明文件

※ 包括健保卡或駕照等公共機關發行、附照片和地址的證件皆可。若是外國人，請務必攜帶護照或外國人登錄證明書。

【租借費用】

① 租借 4 小時（租借 1 次，4 小時內歸還）200 圓

② 租借 1 天（租借 1 次，當天晚上 8 點 30 分前歸還）300 圓

③ 租借 3 天（租借 1 次，72 小時以內歸還）600 圓

④ 租借 7 天（租借 1 次，168 小時以內歸還）1200 圓

※ ③④租借 1 天以上的方案，僅限備有夜間停車處的貴賓使用。

租借說明

地點： 由出租自行車辦事處的管理室受理

時間： 早上 6 點到晚上 8 點

手續： 本人出示證件，並於租借申請書上填寫姓名住址電話等必要資料。（證件僅限可以確認本人地址的證件）

另有專人導覽的單車旅行團「輕快旅行團」。

¥10,000-（9：00～15：00）包含導覽費、租車費、盒餐和保險費。

● 「輕快旅行團」請洽
  ⇒ norinori@tripper.ne.jp !!

● 租借電動自行車「eBIKE」官網⇒請按這裡

もんだい

74 外国人のセンさんは、丸山区に出張に行く 3 月 1 日の朝から 3 日の正午まで、自転車を借りたいと考えている。同じ自転車を続けて借りるためにはどうすればいいか。なお、泊まるのはビジネスホテルだが、近くの駐輪場を借りることができる。

1 予約をして、外国人登録証明書かパスポートを持ってレンタサイクル事務所の管理室に借りに行き、返す時に料金600円を払う。

2 予約をして、外国人登録証明書かパスポートを持ってレンタサイクル事務所の管理室に借りに行き、返す時に料金900円を払う。

3 直前に、レンタサイクル事務所に電話をして、もし自転車があれば外国人登録証明書かパスポートを持って借りに行く。返す時に600円を払う。

4 直前に、レンタサイクル事務所に電話をして、もし自転車があれば外国人登録証明書かパスポートを持って借りに行く。返す時に900円を払う。

>> 翻譯

[74] 外國人 Senn 先生要前往丸山區出差，正考慮 3 月 1 日的早上到 3 日的中午要租借自行車。如想要持續租借同一輛自行車，他該怎麼做？此外，他雖會住在商業旅館，但能將車停於附近的停車場。

1 先預約，並攜帶外國人登錄證或護照前往出租自行車辦事處的管理室租借，還車時需付 600 元。

2 先預約，並攜帶外國人登錄證或護照前往出租自行車辦事處的管理室租借，還車時需付 900 元。

3 出發前致電到出租自行車辦事處的管理室，如有空車則攜帶外國人登錄證或護照前往租借，還車時需付 600 元。

4 出發前致電到出租自行車辦事處的管理室，如有空車則攜帶外國人登錄證或護照前往租借，還車時需付 900 元。

題型解題訣竅

細節題 參考26頁

考點 外國人 Senn 先生想租借兩天半的自行車，他該怎麼做？

關鍵 1. 從題目的關鍵詞去找答案，這裡的關鍵詞是「外國人」、「3月1日的早上到3日的中午」、「預約」、「致電」，以及價錢。

2. 題目沒有提及的段落可快速跳過。

3. 從文章的「主旨」、「租借時請攜帶以下物件」和「租借費用」可找到答案。

位置 全文。

題解 日文解題／解題中譯
答案是 **3**

- 案内の「はじめに」を読むと、予約はできない、直前に事務所に連絡して残数を確認、とある。
- 借りるのは、3月1日の朝から3日の正午（昼の12時）までの3日間なので、料金は③3日貸し600円。
- 身分証明書は、外国人なのでパスポートか外国人登録証が必要。

《その他の選択肢》

1. は、「予約をして」が間違い。

2. は、「予約をして」と「900円」が間違い。

4. は、「900円」が間違い。

請看告示的「はじめに／首先」，上面寫道 "不接受預約，借用前請先和負責單位聯繫，確認可借數量"。

要租借的時間是3月1日的早上到3日的中午（中午12點）總共3天，因此租金是方案③，租借3天600圓。

至於身分證件，由於是外國人，因此必須持有護照或外國人登錄證。

もんだい

75 山崎さんは、3月5日の午前8時から3月6日の午後10時
まで自転車を借りたいが、どのように借りるのが一番安く
て便利か。なお、山崎さんのマンションには駐輪場がある。

1 当日貸しを借りる。

2 当日貸しを1回と、4時間貸しを1回借りる。

3 当日貸しで2回借りる。

4 3日貸しで1回借りる。

翻譯

[75] 山崎先生想於3月5日上午8點到3月6日下午10點租借自
行車，以下哪個方案最為便宜又方便呢？此外，山崎先生的公
寓附有停車場。

1 「租借1天」。

2 「租借1天」一次，外加「租借4小時」一次。

3 借兩次「租借1天」。

4 「租借3天」。

考點 山崎先生想於3月5日上午8點到3月6日下午10點租借自行車，以下哪個方案最為便宜又方便呢？

關鍵 1. 掌握文章大概內容。

2. 計算山崎先生欲租借的時數，並回到「租借費用」的段落比對。

3. 由於「租借1天」的話會超過時數，因此只能租借3天。

位置 「租借費用」的段落。

題解 日文解題／解題中譯 答案是 **4**

6 当日貸しは、午後8時30分までに返却しなければならないので、5日の夜間と6日の午後10時まで借りるためには③3日貸しとなる。

當天借還的話，必須在晚上8點半前歸還，因此，租車的時間若是包含5號的半夜，以及到6號的晚上10點之前的話，必須選擇方案③租借3天。

Grammar

1 にかぎって、にかぎり、にかぎる

只有…、唯獨…是…的、獨獨…

仕事の後は冷たいビールに限る。

↳ 名詞＋にかぎる

工作後喝冰涼的啤酒是最享受的。

学習能力を2倍にする
暮らし と 文化

騎腳踏車也不能酒駕？日本腳踏車規定

日本的京都等許多城市都非常適合騎自行車遊覽，不過在日本騎自行車以及停車的規定都與台灣不大相同，自己買車還需要辦理防盜登記。因此事先弄清楚行車規則，才能避免不必要的誤會及麻煩：

❶ <ruby>車道<rt>しゃどう</rt></ruby>は<ruby>左側<rt>ひだりがわ</rt></ruby>を<ruby>通行<rt>つうこう</rt></ruby>。（車輛請靠左行駛。）

❷ <ruby>自転車<rt>じてんしゃ</rt></ruby>も<ruby>飲酒運転<rt>いんしゅうんてん</rt></ruby>は<ruby>禁止<rt>きんし</rt></ruby>です。（自行車也禁止酒駕。）

❸ <ruby>二人乗<rt>ふたりの</rt></ruby>りは<ruby>禁止<rt>きんし</rt></ruby>です。（禁止雙載。）

❹ <ruby>児童<rt>じどう</rt></ruby>・<ruby>幼児<rt>ようじ</rt></ruby>に<ruby>乗車用<rt>じょうしゃよう</rt></ruby>ヘルメットをかぶらせましょう。（兒童及幼兒請戴安全帽。）

❺ <ruby>歩道<rt>ほどう</rt></ruby>は<ruby>歩行者優先<rt>ほこうしゃゆうせん</rt></ruby>で、<ruby>車道寄<rt>しゃどうよ</rt></ruby>りを<ruby>徐行<rt>じょこう</rt></ruby>。（人行道以行人為優先，自行車請靠車道徐行。）

對比台灣的停車現象，日本自行車的停車也有著嚴格的規矩，到處亂停可能會被開罰，嚴重則可能被拖吊。到日本觀光、騎著民宿或租來的自行車出遊，記得務必要停在收費停車場，如果在日本租屋，公寓沒有附停車場的話還必須租借一個停車位。到超市買個東西時，暫停在超市外的車位倒是沒有問題，但停太久仍可能要收費。

文法比一比

● かねない 很可能…、也許會…、說不定將會…

| 接續 | {動詞ます形} ＋かねない |

| 說明 | 【可能】「かねない」是接尾詞「かねる」的否定形。表示有這種可能性或危險性。有時用在主體道德意識薄弱，或自我克制能力差等原因，而有可能做出異於常人的某種事情，一般用在負面的評價。含有說話人擔心、不安跟警戒的心情。 |

| 例句 | 飲酒運転は、事故につながりかねない／酒駕很可能會造成車禍。 |

● かねる 難以…、不能…、不便…

| 接續 | {動詞ます形} ＋かねる |

| 說明 | 【困難】表示由於心理上的排斥感等主觀原因，或是道義上的責任等客觀原因，而難以做到某事。 |

| 例句 | その案には、賛成しかねます／那個案子我無法贊成。 |

哪裡不一樣呢？

かねない【可能】

かねる【困難】

| 說明 | 「かねない」表可能，表示有可能出現不希望發生的某種事態，只能用在說話人對某事物的負面評價；「かねる」表困難，表示說話人由於主觀的心理排斥因素，或客觀道義等因素，即使想做某事，也不能或難以做到某事。 |

● がたい 難以…、很難…、不能…

| 接續 | {動詞ます形} ＋がたい |

| 說明 | 【困難】表示做該動作難度非常高，幾乎是不可能，或者即使想這樣做也難以實現，一般用在感情因素上的不可能，而不是能力上的不可能。一般多用在抽象的事物，為書面用語。 |

| 例句 | 新製品のコーヒーは、とてもおいしいとは言いがたい／新生產的咖啡實在算不上好喝。 |

● にくい 不容易…、難…

| 接續 | {動詞ます形} ＋にくい |

| 說明 | 【困難】表示該行為、動作不容易做，該事情不容易發生，或不容易發生某種變化，亦或是性質上很不容易有那樣的傾向。「にくい」的活用跟「い形容詞」一樣。並且與「やすい」（容易…、好…）相對。 |

例句 このコンピューターは、使いにくいです／這台電腦很不好用。

哪裡不一樣呢？

がたい
【困難】

にくい
【困難】

說明 「がたい」表困難，主要用在由於心理因素，即使想做，也沒有辦法做該動作；「にくい」也表困難，主要是指由於物理上的或技術上的因素，而沒有辦法把某動作做好，或難以進行某動作。但也含有「如果想做，只要透過努力，還是可以做到」，正負面評價都可以使用。

からこそ　正因為…、就是因為…

接續 {名詞だ；形容動辭書形；[形容詞・動詞] 普通形}　＋からこそ

說明 【原因】表示說話者主觀地認為事物的原因出在何處，並強調該理由是唯一的、最正確的、除此之外沒有其他的了。

例句 田舎だからこそできる遊びがある／某些遊戲要在鄉間才能玩。

ゆえ（に）　因為…

接續 {名詞・形容動詞}　＋ゆえ（に）

說明 【原因】表示原因、理由。表示前項是原因，造成後項的事態。是文言的表達方式。「ゆえに」也作為接續詞，表示進行邏輯推理，引出結果。

例句 苦しいゆえに、勝利を獲得した時の喜びが大きいのだ／由於十分艱苦，所以取得勝利時才格外高興。

哪裡不一樣呢？

からこそ
【原因】

ゆえ（に）
【原因】

說明 「からこそ」表原因，表示不是因為別的，而就是因為這個原因，是一種強調順理成章的原因。是說話人主觀認定的原因，一般用在正面的原因；「ゆえ」也表原因，表示因果關係。後項是結果，前項是理由。

にかぎって、にかぎり　只有…、唯獨…是…的、獨獨…

接續　{名詞} ＋に限って、に限り

說明　【限定】表示特殊限定的事物或範圍，説明唯獨某事物特別不一樣。

例句　勉強しようと思っているときに限って、母親に「勉強しなさい」と言われる／每當我打算念書的時候，好巧不巧媽媽總會催我「快去用功！」。

につけ（て）、につけても　一…就…、每當…就…

接續　{[形容詞・動詞]辭書形} ＋につけ（て）、につけても

說明　【關連】每當碰到前項事態，總會引導出後項結論，表示前項事態總會帶出後項結論。

例句　福田さんは何かにつけて私を目の敵にするから、付き合いにくい／福田先生不論任何事總是視我為眼中釘，實在很難和她相處。

哪裡不一樣呢？

にかぎって【限定】

につけて【關連】

說明　「にかぎって」表限定，表示在某種情況下時，偏偏就會發生後項事件，多表示不愉快的內容；「につけ」表關連，表示偶爾處在同一情況下，都會帶著某種心情去做一件事。後句大多是自然產生的事態或感情相關的表現。

にすぎない　只是…、只不過…、不過是…而已、僅僅是…

接續　{名詞；形容動詞詞幹である；[形容詞・動詞]普通形} ＋にすぎない

說明　【主張】表示某微不足道的事態，指程度有限，有著並不重要的沒什麼大不了的輕蔑、消極的評價語氣。

例句　ボーナスが出たと言っても、２万円にすぎない／雖説給了獎金，也不過區區兩萬圓而已。

にほかならない　完全是…、不外乎是…、其實是…、無非是…

接續　{名詞} ＋にほかならない

說明　【主張】表示斷定的説事情發生的理由、原因，是對事物的原因、結果的肯定語氣，亦即「それ以外のなにものでもない」（不是別的，就是這個）的意思。

例句　私達が出会ったのは運命にほかなりません／我們的相遇只能歸因於命運。

にすぎない【主張】

２万円

にほかならない【主張】

| 說明 | 「がたい」表困難，主要用在由於心理因素，即使想做，也沒有辦法做該動作；「にくい」也表困難，主要是指由於物理上的或技術上的因素，而沒有辦法把某動作做好，或難以進行某動作。但也含有「如果想做，只要透過努力，還是可以做到」，正負面評價都可以使用。 |

をもとに（して／した）　以…為根據、以…為參考、在…基礎上

接續　{名詞}＋をもとに（して／した）

說明　【依據】表示將某事物作為後項的依據、材料或基礎等，後項的行為、動作是根據或參考前項來進行的。

例句　この映画は小説をもとにして作品化された／這部電影是根據小說改編而成的作品。

にもとづいて、にもとづき、にもとづく、にもとづいた　根據…、按照…、基於…

接續　{名詞}＋に基づいて、に基づき、に基づく、に基づいた

說明　【依據】表示以某事物為根據或基礎。相當於「をもとにして」。

例句　違反者は法律に基づいて処罰されます／違者依法究辦。

をもとにして【依據】

にもとづいて【依據】

| 說明 | 「をもとにして」表依據，表示以前項為依據，離開前項來自行發展後項的動作；「にもとづいて」也表依據，表示依據前項，在不離前項的原則下，進行後項的動作。 |

問題 ⑩ 翻譯與題解

第 10 大題　請閱讀以下 (1) 至 (4) 的文章，然後從 1、2、3、4 之中挑出最適合的選項回答問題。

(1)

　漢字が片仮名や平仮名と違うところは、それが表意文字※1 であるということだ。したがって、漢字や熟語を見ただけでその意味が大体わかる場合が多い。たとえば、「登」は「のぼる」という意味なので、「登山」とは、「山に登ること」だとわかる。

　では、「親切」とは、どのような意味が合わさった熟語なのだろうか。「親」は、父や母のこと、「切」は、切ることなので、……と考えると、とても物騒※2 な意味になってしまいそうだ。しかし、そこが漢字の奥深い※3 ところで、「親」には、「したしむ」「愛する」という意味、「切」には、「心をこめて」という意味もあるのだ。つまり、「親切」とは、それらの意味が合わさった言葉で、「相手のために心を込める」といった意味なのである。

※1　表意文字：ことばを意味の面からとらえて、一字一字を一定の意味にそれぞれ対応させた文字

※2　物騒：危険な感じがする様子

※3　奥深い：意味が深いこと

單字》

» **従って** 因此，從而，因而，所以

» **面** 臉，面；面具，假面；防護面具；用以計算平面的東西；會面

» **一定** 一定；規定，固定

55 漢字の奥深いところとは、漢字のどんな点か。

1 読みと意味を持っている点
2 熟語の意味がだいたいわかる点
3 複数の異なる意味を持っている点
4 熟語になると意味が想像できない点

▶▶**翻譯**

　漢字和片假名、平假名的不同之處在於漢字屬於表意文字[※1]。因此，單從漢字或詞語的文字就能大致猜出字義。例如：「登」的意思是「攀爬」，因此可知「登山」就是指「爬山」。

　那麼，「親切」是由什麼意思的文字組成的詞語呢？「親」是指父母，「切」是指切割…這麼一想，好像會得出相當可怕[※2]的解釋啊。但是，這正是漢字的奧妙所在[※3]。「親」有「親近」、「愛」的意思，「切」也含有「全心全意」的意思。總而言之，「親切」正是結合了這兩個漢字，意思是「為了對方而付出心意」。

※1 表意文字：可以從文字表面的意思，一個字一個字對應到其相對語意的文字。

※2 可怕：感到危險、不安的樣子。

※3 奧妙：意味深長

[55] 漢字的奧妙所在，是指漢字的哪個部份呢？

　1　有讀音和意義。
　2　藉由漢字可以大概知道詞語的意思。
　3　一個字擁有兩個以上的意思。
　4　組成詞語後就難以想像其意思。

題型解題訣竅

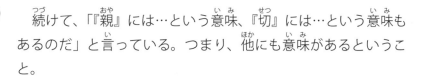

✔ 推斷題　參考 34 頁

考點 漢字的奧妙所在，是指漢字的哪個部份呢？

關鍵 1. 仔細閱讀題目與選項，帶著題目找答案。

2. 從畫線處往文章前後搜尋，前後文分別寫道「親」與「切」的兩個不同辭意。

3. 推出奧妙之處在於一個字擁有多個意思。

位置 畫線處的前後文。

題解 　日文解題／解題中譯

答案是 ❸

続(つづ)けて、「『親(おや)』には…という意味(いみ)、『切(せつ)』には…という意味(いみ)もあるのだ」と言(い)っている。つまり、他(ほか)にも意味(いみ)があるということ。

接在後面的是「『親』には…という意味、『切』には…という意味もあるのだ／『親』含有…的意思，『切』也含有…的意思」。這句話表示 "還有其他的意思"。

MEMO

（2）

　ストレス社会といわれる現代、眠れないという悩みを持つ人は少なくない。実は、インターネットの普及も睡眠の質に悪影響を及ぼしているという。パソコンやスマートフォン、ゲーム機などの画面の光に含まれるブルーライトが、睡眠ホルモン※1の分泌※2をじゃますというのである。寝る前にメールをチェックしたり送信したりすることは、濃いコーヒーと同じ覚醒作用※3があるらしい。よい睡眠のためには、気になるメールや調べ物があったとしても、寝る1時間前には電源を切りたいものだ。電源を切り、部屋を暗くして、質のいい睡眠の入口へ向かうことを心がけてみよう。

※1　睡眠ホルモン：体を眠りに誘う物質、
　　　体内で作られる
※2　分泌：作り出し押し出す働き
※3　覚醒作用：目を覚ますは働き

56　筆者は、よい睡眠のためには、どうするといいと言っているか。

　1　寝る前に気になるメールをチェックする
　2　寝る前に熱いコーヒーを飲む
　3　寝る1時間前にパソコンなどを消す
　4　寝る1時間前に部屋の電気を消す

▶▶ 翻 譯

　　在被稱作「壓力社會」的現代，不少人都有失眠的煩惱。其實，網路的普及也是睡眠品質惡化的凶手之一。電腦、智慧型手機和遊戲機等螢幕都會發出藍光，干擾睡眠賀爾蒙 ※1 的分泌 ※2。睡前收發電子郵件，和喝黑咖啡同樣具有醒腦作用 ※3。為了保持良好的睡眠品質，即使有重要的郵件或要搜尋的資訊，也請盡量在睡前 1 小時將手機關機。請牢記在心，關閉電源、調暗房間的照明才是通往一夜好眠的大門。

※1 睡眠賀爾蒙：體內自行分泌的物質，有助於人體入眠

※2 分泌：製造並滲出物質的功能

※3 醒腦作用：使人清醒的作用

[56] 作者認為想要一夜好眠該怎麼做呢？

1　睡前查看在意的電子郵件。

2　睡前喝熱咖啡。

3　睡覺前 1 小時關掉電腦等。

4　睡前 1 小時關掉房內電燈。

🔊 題型解題訣竅　　　　✅ 細節題　參考 26 頁

考點 作者認為想要一夜好眠該怎麼做呢？

關鍵 1. 從關鍵詞、詞組給的提示去找答案。問題的關鍵詞是「よい睡眠のためには」，在文中找到倒數第 5 行的關鍵段落。

2. 從選項的關鍵字找到相關敘述逐一核對，就能迅速找到答案。

位置 倒數第 2 行到最後。

6

　「気になるメールや調_{しら}べ物_{もの}があったとしても、寝_ねる１時間前_{じかんまえ}には電源_{でんげん}を切_きりたいものだ」とある。メールや調_{しら}べものと言_いっているので、電源_{でんげん}とはパソコンの電源_{でんげん}のこと。

《その他_{ほか}の選択肢_{せんたくし}》

1・2. 1の「寝_ねる前_{まえ}にメールをチェックする」ことと、2の「コーヒー」は、どちらもよい睡眠_{すいみん}のためによくない例_{れい}としてあげられている。

4.「部屋_{へや}を暗_{くら}くして」とあるが、「寝_ねる１時間前_{じかんまえ}に」とは言_いっていない。

　文章中寫道「気になるメールや調べ物があったとしても、寝る１時間前には電源を切りたいものだ／即使有重要的郵件或想查詢的事物，睡前１小時也必須關掉電子產品的電源。」

《其他選項》

1・2. 選項1的「寝る前にメールをチェックする／睡前檢查郵件」和選項2的「コーヒー／咖啡」都是文章中舉出妨礙睡眠的事物例子。

4. 文章中雖然有寫道「部屋を暗くして／使房間暗下來」，但並沒有限定「寝る１時間前に／睡前１小時」。

Grammar

1

ものだ

實在是…啊

　どんなに頑張_{がんば}っても、うまくいかないときがあるものだ。

\ 動詞辭書形＋ものだ

有時候無論怎樣努力，還是不順利的。

(3)

　これまで、電車などの優先席※1の後ろの窓には「優先席付近では携帯電話の電源をお切りください。」というステッカー※2が貼られていた。ところが、2015 年 10 月 1 日から、JR 東日本などで、それが「優先席付近では、混雑時には携帯電話の電源をお切りください。」という呼び掛けに変わった。これまで、携帯電話の電波が心臓病の人のペースメーカー※3などの医療機器に影響があるとして貼られていたステッカーだが、携帯電話の性能が向上して電波が弱くなったことなどから、このように変更されることに決まったのだそうである。

※1　優先席：老人や体の不自由な人を優先的に腰かけさせる座席

※2　ステッカー：貼り紙。ポスター

※3　ペースメーカー：心臓病の治療に用いる医療機器

57 2015 年 10 月 1 日から、混んでいる電車の優先席付近でしてはいけないことは何か。

1　携帯電話の電源を、入れたり切ったりすること

2　携帯電話の電源を切ったままにしておくこと

3　携帯電話の電源を入れておくこと

4　ペースメーカーを使用している人に近づくこと

単字》

» **呼び掛ける**
招呼，呼喚；號召，呼籲

» **電波**（理）電波

» **心臓** 心臟；厚臉皮，勇氣

» **医療** 醫療

» **座席** 座位，座席，乘坐，席位

» **ポスター**
【poster】海報

▶▶翻譯

　　以前，電車之類交通工具的博愛座[※1]後方的窗戶都會貼有「在博愛座周圍請將手機關機」的告示[※2]。然而從 2015 年 10 月 1 日開始，JR 東日本等鐵路公司將呼籲標語改成了「尖峰時段在博愛座周圍請將手機關機」。在此之前，手機的電波會干擾心律調節器[※3]等醫療器材，所以才會貼出這些標語，然而隨著手機的性能益發精良，手機發出的電波也隨之變弱，因此鐵路公司才決定更改標語。

※1 博愛座：為年長者或身障人士設置的優先座位
※2 告示：張貼的告示、海報
※3 心律調節器：治療心臟病的醫療器材

[57] 從 2015 年 10 月 1 日開始，尖峰時段在博愛座周圍不能做以下哪件事？

1　將手機開機又關機。
2　讓手機保持關機。
3　讓手機保持開機。
4　靠近使用心律調節器的乘客。

　題型解題訣竅　✔ 正誤判斷題 （參考 40 頁）

考點 從 2015 年 10 月 1 日開始，尖峰時段在博愛座周圍不能做以下哪件事？

關鍵 1. 詳細閱讀並理解問題句，注意本題要選出不能做的選項。

2. 圈出題目的「2015 年 10 月 1 日から」等關鍵詞，再一邊閱讀文章一邊找需要的答案。

3. 選項 3 與文章敘述完全相反，在比對其他選項後即可確定答案。

位置 解答的材料在某個段落裡。

❻ 　ステッカーは「混雑時には携帯電話の電源をお切りください」と呼び掛けている。問題は、してはいけないことなので、答えは3。

　貼紙的用意是呼籲大家「混雑時には携帯電話の電源をお切りください／車廂內人潮眾多時，請將手機關機」。由於題目問的是"不能做的事"，所以答案是3。

Grammar

1 ところが 可是…、然而…、 沒想到…	適当な店に入った<u>ところが</u>、びっくりするほどおいしかった。 <small>てきとう　みせ　はい</small> 　　　　　　　　　動詞た形＋ところが 隨便找一家店進去吃，沒想到居然出奇好吃。
2 ～まま …著	子供が遊びに行った<u>まま</u>、まだ帰って来ないんです。 <small>こども　あそ　い</small> 　　　　　　　　　動詞た形＋まま 小孩就這樣去玩了，還沒回到家。

MEMO

(4)

　新聞を読む人が減っているそうだ。ニュースなどもネットで読めば済むからわざわざ紙の新聞を読む必要がない、という人が増えた結果らしい。

　しかし、私は、ネットより紙の新聞の方が好きである。紙の新聞の良さは、なんといってもその一覧性※1にあると思う。大きな紙面だからこそその迫力※2ある写真を楽しんだり、見出しや記事の扱われ方の大小でその重要度を知ることができたりする。それに、なんといっても魅力的なのは、思いがけない記事をふと、発見できることだ。これも大紙面を一度に見るからこその新聞がもつ楽しさだと思うのだ。

※1　一覧性：ざっと見ればひと目で全体が
　　　　わかること
※2　迫力：心に強く迫ってくる力

58　筆者は、新聞のどんなところがよいと考えているか。

1　思いがけない記事との出会いがあること
2　見出しが大きいので見やすいこと
3　新聞が好きな人どうしの会話ができること
4　全ての記事がおもしろいこと

文法①
文法①

單字 »

» 見出し（報紙等的）標題；目錄，索引；選拔，拔擢；（字典的）詞目，條目

» 魅力 魅力，吸引力

» 思い掛けない 意想不到的，偶然的，意外的

» ふと 忽然，偶然，突然；立即，馬上

» ざっと 粗略地，簡略地，大體上的；（估計）大概，大略；潑水狀

» 全体 全身，整個身體；全體，總體；根本，本來；究竟，到底

» 迫る 強迫，逼迫；臨近，迫近；變狹窄，縮短；陷於困境，窘困

▶翻 譯

　　閱讀報紙的人好像有變少的趨勢。似乎有越來越多人覺得「新聞訊息只要在網路上瀏覽就好，沒必要特別去看報紙」。

　　不過，比起網路，我更喜歡看報紙。我認為報紙最大的優點就是一目了然 ※1。我們可以享受到印在大張紙面上的照片特有的衝擊性 ※2、也可以根據標題和內文的大小判斷報導內容的重要程度。而最具吸引力的是在無意間發現意料之外的報導，這也是閱讀大張報紙才能體會到的樂趣。

※1 一目了然：一覽無遺

※2 迫力：扣人心弦的力量

[58] 作者認為報紙的優點是什麼？

　1　能發現意料之外的報導。

　2　標題字大而易讀。

　3　能與同樣愛好報紙的人擁有共同話題。

　4　每篇報導都饒富趣味。

題型解題訣竅　　　　✔ **細節題**　參考 26 頁

考點　作者認為報紙的優點是什麼？

關鍵　1. 從關鍵詞、詞組給的提示去找答案。問題的關鍵詞是「新聞のどんなところがよい」，在文中找到相對應的句子「紙の新聞の良さは」。

　　　　2. 從選項的關鍵詞回到文章的關鍵段落找答案。

　　　　3. 文章中唯一有提及的就是選項 1。

位置　解答的材料在某個段落裡。

6

「紙の新聞の良さは一覧性にある」と言い、その中に、１迫力ある写真、２見出しの大小、３思いがけない記事との出会いがあると言っている。この中で一番魅力的なのは３。

《その他の選択肢》

2. 重要度を知ることができると言っており、見やすくてよいとは言っていない。

3・4. 本文にない。

文章中寫道「紙の新聞の良さは一覧性にある／報紙的優點在於方便閱讀」，在這之中提到了扣人心弦的照片、標題的大小、看見意想不到的報導。這之中最具有吸引力的是第３點。

《其他選項》

2. 文章中說的是可以了解該報導的重要程度，並沒有提到大字看得比較清楚。

3・4. 文章中並沒有提到相關內容。

Grammar

1

からこそ

正因為…、就是因為…

不便な交通だからこそ、豊かな自然が残っている。
　　　　　　　└名詞＋だからこそ
正因為那裡交通不便，才能夠保留如此豐富的自然風光。

回り道をしたからこそ分かるノウハウはたくさんある。
　　　　　　└動詞普通形＋からこそ
許多訣竅都是經過多方試誤的經驗累積。

關於日本報紙

朝日、每日以及讀賣新聞，號稱日本 3 大報，另外日本經濟新聞和產經新聞在日本也擁有許多閱覽群眾。但在關東與關西以外的地區，人們則多半閱讀當地或地區性報紙。以往日本報紙以每月訂報、宅配的方式準確印製份數、壓低庫存，同時維持一定的銷售，如今則隨著時代轉變，有些報社也推出了電子版，方便讀者攜帶閱讀。

以下是幾種讀後感想的說法：

テーマがよかったです。

役に立つことが書いてあるから。

① 説得力_{せっとくりょく}がありました。 （具有說服力。）

② テーマがよかったです。 （主題很棒。）

③ 役_{やく}に立_たつことが書_かいてあるから。 （這裡面記載著對你有所助益的內容。）

④ 底_{そこ}が浅_{あさ}かったです。 （內容太膚淺了。）

⑤ 終_おわりが今_{いま}ひとつでした。 （內容虎頭蛇尾。）

日本的送報生分早班及晚班，需在一定時間內精準的投遞報紙，因此必須相當有責任感且具備不畏風雨的精神。不過這份工作對語言能力的要求不高，時間也算彈性自由，對於剛到日本生活、留學的外國人來說，是門檻相對較低的工作。

(5)

　　楽しければ自然と笑顔になる、というのは当然のことだが、その逆もまた真実である。つまり、笑顔でいれば楽しくなる、ということだ。_{文法①}
これは、脳はだまされやすい、という性質によるらしい。_{文法②}特に楽しいとか面白いといった気分ではないときでも、ひとまず笑顔をつくると、「笑っているのだから楽しいはずだ」と脳は錯覚^{※1}し、実際に気分をよくする脳内ホルモン^{※2}を出すという。これは、脳が現実と想像の世界とを区別することができないために起こる現象だそうだが、ならばそれを利用しない手はない。毎朝起きたら、鏡に向かってまず笑顔を作るようにしてみよう。その日1日を楽しく気持ちよく過ごすための最初のステップになるかもしれない。

※1　錯覚：勘違い
※2　脳内ホルモン：脳の神経伝達物質

59　笑顔でいれば楽しくなるのはなぜだと考えられるか。

　1　鏡に映る自分の笑顔を見て満足した気分になるから
　2　脳が笑顔にだまされて楽しくなるホルモンを出すから

單字》

» **一先ず**（不管怎樣）暫且，姑且

» **区別** 區別，分清

» **現象** 現象

» **向かう** 向著，朝著；面向；往…去，向…去；趨向，轉向

» **勘違い** 想錯，判斷錯誤，誤會

» **神経** 神經；察覺力，感覺，神經作用

» **物質** 物質；（哲）物體，實體

192

3　脳がだまされたふりをして楽しくなるホ
　　ルモンを出すから
4　脳には、どんな時でも人を活気付ける性
　　質があるから

>> 翻譯

　　只要心情愉快就會自然而然地露出笑容，這
是理所當然的事，但是反過來說也是正確的。也
就是說，只要露出笑容就會感到愉快。這是因為
大腦具有「容易上當」的特質。尤其是當我們感
到不開心或覺得不好笑時，更應該露出笑容，讓
大腦誤認為 ※1「因為我在笑，所以應該是很愉快
的」，也就會跟著分泌出讓心情變好的腦內賀爾
蒙 ※2。據說這是因為大腦無法分辨現實或幻想而
產生的現象，既然如此就好好利用這一點吧。請
大家每天早上起床後就試著先對鏡子展開笑顏，
也許這正是讓自己開心度過這一整天的第一步。

※1 誤認：誤會
※2 腦內賀爾蒙：腦部的神經傳導物質

[59] 為什麼只要露出笑容就會感到愉快呢？

1　看見鏡中自己的笑臉，就會產生滿足感。
2　大腦被笑臉誤導，分泌出讓心情變好的腦
　　內賀爾蒙。
3　大腦假裝被誤導，分泌出讓心情變好的腦
　　內賀爾蒙。
4　大腦具有不論何時都能讓人充滿朝氣的特
　　質。

考點　為什麼只要露出笑容就會感到愉快呢？

關鍵　1. 在文章裡找到畫底線的詞組，往前後搜尋。

2. 由前後句邏輯可知，詞組的後一句就是在說明問題的原因，「腦内ホルモンを出すという」句尾的「という」表示說明的意思。

3. 理解文章後回到選項，用關鍵字找出最貼切的答案。

位置　由畫線處之後的內容找到答案。

題解　日文解題／解題中譯　　　　　　　　　　　　答案是 2

「笑っているのだから楽しいはずだと脳は錯覚する」とある。
笑っていると、脳が間違えると言っている。
《その他の選択肢》
3.「ふりをする」は、本当は違うが、そのように見せる様子。
　例・部屋に母が入ってきたが、話したくなかったので寝ているふりをしていた。
　脳は笑顔にだまされているので、「だまされるふりをして」は間違い。
4. 本文にない。

　文章中寫道「笑っているのだから楽しいはずだと脳は錯覚する／大腦會產生錯覺，認為自己現在正在笑著，所以應該很開心」。意思是只要露出笑容的話，大腦就會誤以為自己現在很開心。

《其他選項》

3.「ふりをする／裝作～的樣子」是指其實不是這樣，但看起來像是這樣。例句：部屋に母が入ってきたが、話したくなかったので寝ているふりをしていた。(雖然媽媽進來房間，但我不想說話，所以裝作睡著了。)

因為大腦是真的會被笑容欺騙，所以「だまされるふりをして／裝作受騙的樣子」不正確。

4. 文章中沒有提到相關內容。

Grammar

1

ということだ

…也就是說…、
就表示…

成功した人は、それだけ努力したということだ。

<small>簡體句＋ということだ</small>

成功的人，也就代表他付出了相對的努力。

2

〜による

因…造成的…、
由…引起的…

不注意による大事故が起こった。

<small>名詞＋による</small>

因為不小心，而引起重大事故。

MEMO

問題 ⑪ 翻譯與題解

第 11 大題　請閱讀以下 (1) 至 (3) 的文章，然後從 1、2、3、4 之中挑出最適合的選項回答問題。

（1）

　　日本では、電車やバスの中で居眠りをしている人を見かけるのは珍しくない。だが、海外では、車内で寝ている人をほとんど見かけないような気がする。日本は比較的安全なため、眠っ

5　ているからといって荷物を取られたりすることが少ないのが大きな理由だと思うが、外国人の座談会※1 で、ある外国の人はその理由を、「寝顔を他人に見られるなんて恥ずかしいから。」と答えていた。確かに、寝ているときは意識が

10　ないのだから、口がだらしなく開いていたりして、かっこうのいいものではない。

　　もともと日本人は、人の目を気にする羞恥心※2 の強い国民性だと思うのだが、なぜ見苦しい姿を多くの人に見られてまで車内で居眠りする人

15　が多いのだろう？

　　それは、自分に関係のある人には自分がどう思われるかをとても気にするが、無関係の不特定多数の人たちにはどう思われようと気にしない、ということなのではないだろうか。たまた

20　ま車内で一緒になっただけで、降りてしまえば何の関係もない人たちには自分の寝顔を見られ

單字 »

» **居眠り** 打瞌睡，打盹兒
» **比較的** 比較地
» **意識** （哲學的）意識；知覺，神智；自覺，意識到
» **国民** 國民
» **特定** 特定；明確指定，特別指定
» **乗客** 乘客，旅客
» **話し合う** 對話，談話；商量，協商，談判
» **現象** 現象

ても恥ずかしくないということである。自分に無関係の多数の乗客は居ないのも同然※3、つまり、車内は自分一人の部屋と同じなのである。その点、車内で化粧をする女性たちの気持ちも同じなのだろう。

日本の電車やバスは人間であふれているが、人と人とは何のつながりもないということが、このような現象を引き起こしているのかもしれない。

※1　座談会：何人かの人が座って話し合う会

※2　羞恥心：恥ずかしいと感じる心

※3　同然：同じこと

>> 翻譯

　　在日本的電車或巴士裡看見打瞌睡的人並不稀奇。但是在國外，幾乎不會看見有人在車上睡覺。我們認為主要的原因是日本比較安全，即使睡著了行李也不太會被偷走，然而在外國人的座談會※1上，某位外國人針對這個問題提出的理由是「被別人看見睡臉很尷尬」。因為睡著的時候是無意識的，嘴巴大開等模樣的確稱不上好看。

　　日本人應該是很在意別人眼光、具有強烈羞恥心※2的民族，但是為什麼很多日本人即使會被眾人看見難堪的姿態，還是要在車廂裡睡覺呢？

　　這是大概是因為，日本人非常在意和自己有關係的人怎麼看待自己，卻不在意和自己無關的人怎麼想。只是偶然搭乘同一班車，下車之後就

又成為無關的陌生人了，所以即使被看見了睡臉也不會覺得羞恥。被和自己無關的多數乘客看到就和沒有人看到是一樣的^{※3}，也就是說，車廂內就和只有自己一個人的房間一樣。在車廂內化妝的女性們也是抱持著這樣的心態吧。

　　日本的電車和巴士雖然擠滿了人，但人和人之間沒有任何交集，或許也正是這種現象的催化劑。

※1 座談會：好幾個人坐在一起談話的會議
※2 羞恥心：感到羞恥
※3 一樣的：相同

もんだい

60 日本人はなぜ電車やバスの中で居眠りをすると筆者は考えているか。

1 知らない人にどう思われようと気にならないから
2 毎日の仕事で疲れているから
3 居眠りをしていても、他の誰も気にしないから
4 居眠りをすることが恥ずかしいとは思っていないから

>> 翻譯

[60] 作者認為，為什麼日本人會在電車或巴士裡打瞌睡呢？

1 被陌生人怎麼想都無關緊要，不會覺得羞恥。
2 每天為了工作已筋疲力盡。
3 就算打瞌睡了，旁人也不會在意。
4 日本人不認為打瞌睡是件羞恥的事。

題型解題訣竅　　　　　　　　　　　✔ 因果關係題 参考 30 頁

考點 作者認為，為什麼日本人會在電車或巴士裡打瞌睡呢？

關鍵 1. 在問題中找到關鍵字，並到文章中搜尋，可於第2段找到相同的疑問。

　　　2. 第3段開頭的「それは」之後就是對此疑問提出的可能原因。

　　　3. 理解文章後回到選項，找出最貼切的答案。

位置 在文章裡抓出的關鍵字之後。

題解 日文解題／解題中譯　　　　　　　　　　　　　　　　答案是 **1**

　17行目「無関係の…人たちにはどう思われようと気にしない、ということなのではないだろうか」とある。

　第17行寫道「無関係の…人たちにはどう思われようと気にしない、ということなのではないだろうか／因為不在意和自己無關的人怎麼想，難道不是這樣嗎」。

もんだい

61 日本人はどんなときに恥ずかしさを感じると、筆者は考えているか。

1 知らない人が大勢いる所で、みっともないことをしてしまったとき

2 誰にも見られていないと思って、恥ずかしい姿を見せてしまったとき

3 知っている人や関係のある人に自分の見苦しい姿を見せたとき

4 特に親しい人に自分の部屋にいるような姿を見せてしまったとき

▶▶翻譯

[61] 作者認為日本人在什麼情況下會感到羞恥呢？

   1   在大批陌生人群中，做了難堪的事時。

   2   以為沒人在看，卻被看到難堪的姿態時。

   3   被認識的人或和自己有關的人看到自己難看的樣子時。

   4   被特別親近的人看到像在自己房間一般沒有形象的樣子時。

題型解題訣竅　　　　　　　　　　✔ 推斷題　參考34頁

考點 作者認為日本人在什麼情況下會感到羞恥呢？

關鍵 1. 由上一題在第3段已知日本人不感到羞恥的原因，就是日本人並不在意陌生人怎麼看自己，反過來想與之相反的情形會使日本人感到羞恥。

     2. 閱讀選項後，用關鍵字回到文章一一比對，選出最貼切的答案。

位置 第3段。

題解 日文解題／解題中譯　　　　　　　　　　　　　　　　答案是 ③

　　16行目「自分に関係のある人には自分がどう思われるかをとても気にする」とある。

《その他の選択肢》

1. 知らない人のことは気にしないので、間違い。

2. 「誰にも見られていないと思って」という場面は、本文にない。

4. 気にするのは「特に親しい人」ではなく、「自分に関係のある人」なので間違い。気にする基準は親しいかどうかではない。

　　第16行寫道「自分に関係のある人には自分がどう思われるかをとても気にする／很在意和自己有關的人會怎麼看待自己」。

《其他選項》

1. 文章是說對不認識的人不甚在意，所以不正確。

2. 文章中沒有提到「誰にも見られていないと思って／認為自己沒有被任何人看見」這種情形。

4. 會在意的不是「特に親しい人／特別親密的人」，而是「自分に関係のある人／和自己有關係的人」，所以不正確。會不會在意的標準並非 "熟悉或不熟悉"。

もんだい

62 <u>車内で化粧をする女性たちの気持ちも同じ</u>とあるが、どんな点が同じなのか。

1 すぐに別れる人たちには見苦しい姿を見せても構わないと思っている点

2 電車やバスの中は自分の部屋の中と同じだと思っている点

3 電車やバスの中には自分に関係のある人はいないと思っている点

4 電車やバスを上手に利用して時間の無駄をなくしたいと思っている点

[62] 在車廂內化妝的女性們也是抱持著這樣的心態，指的是什麼樣的心態呢？

1 認為被即將下車離去的人們看見自己難看的樣子也沒有關係。

2 認為電車或巴士裡就和只有自己一個人的房間一樣。

3 認為電車或巴士裡沒有與自己有關係的人。

4 想充分利用乘坐電車或巴士的時間，毫不浪費。

指示題 參考28頁

考點 在車廂內化妝的女性們也是抱持著這樣的心態，指的是什麼樣的心態呢？

關鍵 1. 從畫線處前面內容得到提示。「也就是說，車廂內就和只有自己一個人的房間一樣」。

2. 將答案代入原文，確認意思是否恰當。

位置 畫線處的前一句，從「つまり」開始到句尾。

題解 日文解題／解題中譯

答案是 **2**

　　直前に「つまり、車内は自分一人の部屋と同じなのである」とある。

《その他の選択肢》

1.「すぐに別れる」ことが、気にしないことの条件ではない。

3. 関係のある人がいないから、ではなく、関係のない人はそこに居ないも同然だから、と言っている。

4. については、触れていない。

　　劃線部分的前一句提到「つまり、車内は自分一人の部屋と同じなのである／也就是說，車廂內和自己獨處的房間是一樣的」。

《其他選項》

1.「すぐに別れる／馬上就要分別了」並非會不會在意的標準。

3. 並不是因為沒有認識的人。這一段的意思是，身邊有和自己無關的人，就和身邊沒人一樣。

4. 文章中沒有提到相關內容。

（2）

　　私の父は、小さな商店を経営している。ある日、電話をかけている父を見ていたら、「ありがとうございます。」と言っては深く頭を下げ、「すみません」と言っては、また、頭を下げてお辞儀をしている。さらに、「いえ、いえ」と言うときには、手まで振っている。

　　私は、つい笑い出してしまって、父に言った。

　　「お父さん、電話ではこっちの姿が見えないんだから、そんなにぺこぺこ頭を下げたり手を振ったりしてもしょうがないんだよ。」と。

　　すると、父は、

　　「そんなもんじゃないんだ。電話だからこそ、しっかり頭を下げたりしないとこっちの心が伝わらないんだよ。それに、心からありがたいと思ったり、申し訳ないと思ったりすると、自然に頭が下がるものなんだよ。」と言う。

　　考えてみれば確かにそうかもしれない。電話では、相手の顔も体の動きも見えず、伝わるのは声だけである。しかし、まっすぐ立ったままお礼を言うのと、頭を下げながら言うのとでは、同じ言葉でも伝わり方が違うのだ。聞いている人には、それがはっきり伝わる。

見えなくても、いや、「<ruby>見<rt>み</rt></ruby>えないからこそ、しっかり<ruby>心<rt>こころ</rt></ruby>を<ruby>込<rt>こ</rt></ruby>めて<ruby>話<rt>はな</rt></ruby>す」ことが、<ruby>電話<rt>でんわ</rt></ruby>の<ruby>会<rt>かい</rt></ruby>
25 <ruby>話<rt>わ</rt></ruby>では<ruby>大切<rt>たいせつ</rt></ruby>だと<ruby>思<rt>おも</rt></ruby>われる。

▶▶ 翻譯

　　我爸爸開了一家小商店。某天，我看見正在講電話的爸爸一邊說著「非常謝謝您」一邊深深地低下頭，還有說著「非常抱歉」時又低頭彎腰，甚至在說「不不不，沒有那回事」時，連手都揮動了起來。

　　我不禁笑了出來，並和爸爸說：「爸爸，電話另一邊的人看不見我們的動作，用不著那樣又是點頭哈腰又是揮手的吧。」

　　結果爸爸聽了之後對我說：「沒有那回事。正因為是電話，所以更要好好鞠躬才能傳達我們的心意。而且，只要是打從心底感謝對方、或是對對方感到抱歉，就會自然而然地低下頭來。」

　　我想了想，好像真的是這樣。在電話中，因為看不見對方的臉或肢體語言，能傳達給對方的就只有聲音。但是站得直挺挺的道謝和邊鞠躬邊道謝，就算說出來的話相同，效果也會大不相同。對聽者而言，這樣更能深切地感受到另一邊的謝意。

　　即使看不見，不對，應該說「正是因為看不見，才更要真誠的說話」，我認為這是電話禮儀中非常重要的一環。

63 筆者は、電話をかけている父を見て、どう思ったか。

1 相手に見えないのに頭を下げたりするのは、みっともない。

2 もっと心を込めて話したほうがいい。

3 頭を下げたりしても相手には見えないので、なんにもならない。

4 相手に気持ちを伝えるためには、じっと立ったまま話すほうがいい。

▶▶ 翻 譯

[63] 作者看見正在講電話的爸爸，是怎麼想的呢？

1 明明看不見對方卻還低下頭等，太難看了。

2 應該要更真誠的說話。

3 向對方低下頭，對方也看不見，所以沒有意義。

4 為了向對方傳達心情，一動也不動的站著說話比較好。

題型解題訣竅　　✔ 細節題　參考26頁

考點 作者看見正在講電話的爸爸，是怎麼想的呢？

關鍵 1. 從關鍵詞的提示去找答案，是一種簡明有效的辦法。在文章開頭找到作者看見正在講電話的爸爸時的反應。

2. 再經過簡化句子的結構，來推敲答案。

位置 第3段。

❻　娘は、9，10行目で「そんなにぺこぺこ頭を下げたり…してもしょうがないんだよ」と言っている。

この「しょうがない」は、「そんなことをしても意味がない」という意味で、3の「なんにもならない」と同じ。

第9、10行・女兒說「そんなにぺこぺこ頭を提げたり…してもしょうがないんだよ／用不著那樣點頭哈腰吧」。

這裡的「しょうがない／用不著」是「そんなことをしても意味がない／這麼做也沒有意義」的意思。和選項3「なんにもならない／無濟於事」意思相同。

もんだい

64 それとは、何か。

1　お礼を言っているのか、謝っているのか。
2　本当の心か、うその心か。
3　お礼の心が込もっているかどうか。
4　立ったまま話しているのか、頭を下げているのか。

▶▶ 翻譯

[64] 那是指什麼呢？

1　道謝或道歉。
2　真心或謊言。
3　是否懷抱著感謝的心意。
4　站立不動或低下頭說話。

考點 那是指什麼呢？

關鍵 1. 指示詞「それ」是替換曾經敘述過的事物時→答案在指示詞之前。

　　　2. 這一題答案在「それ」的前一段。

　　　3. 前一句雖然有提到姿勢的不同，但仔細理解文意可知，傳達給對方的是心意。

位置 「それ」的前一段。

題解 日文解題／解題中譯　　　　　　　　　　　　　　　答案是 **3**

　「まっすぐ立ったままお礼を言う」のと、「頭を下げながら言う」のの違いのこと。13 行目で父が「しっかり頭を下げたりしないとこっちの心が伝わらないんだよ」と言っている。

　また、心があれば自然に頭が下がるとも言っている。

《その他の選択肢》

1. 電話で言葉をしゃべっているので、お礼を言っているということは伝わる。

2. お礼の言い方の話であり、うそをつく場面ではない。

4. 聞いている人に伝わるのは、話す人の体の形ではなく、心の様子。

　這裡說的是「まっすぐ立ったままお礼を言う／站得直挺挺的道謝」和「頭を下げながら言う／一面鞠躬一面說（謝謝）」的不同。第 13 行，爸爸說「しっかり頭を下げたりしないとこっちの心が伝わらないんだよ／如果不誠懇鞠躬道謝，就無法表達我們的心意哦」。

　另外爸爸又說，只要心懷誠懇，自然就會鞠躬。

《其他選項》

1. 因為是在電話中說的話，所以是表達謝意。

2. 兩人談論的是道謝的表達方式，沒有討論到說謊的情形。

4. 要向聽者傳達的不是說話者的姿勢，而是心意。

もんだい

65 筆者は、電話の会話で大切なのはどんなことだと言っているか。

1 お礼を言うとき以外は、頭を下げないこと。

2 相手が見える場合よりかえって心を込めて話すこと。

3 誤解のないように、電話では、言葉をはっきり話すこと。

4 相手が見える場合と同じように話すこと。

▶ 翻譯

[65] 作者描述講電話時最重要的事情是什麼呢？

1 除了道謝之外，不要低頭。

2 比看得見對方時說話要更真誠。

3 為了避免誤解，電話中說話要口齒清晰。

4 要像跟對方碰面時一樣說話。

題型解題訣竅　　　　　　　　　　　　 ✔ 主旨題 　參考 24 頁

考點 作者描述講電話時最重要的事情是什麼呢？

關鍵 1. 由題目的關鍵字「電話の会話で大切なのは」往回找，在最後一段可以看到。

　　　 2. 最後一段落，往往都是主旨所在的地方。

　　　 3. 總結出作者的觀點，選出相符的選項。

位置 最後一段。

6

「『見えないからこそ、しっかり心を込めて話す』ことが大切だ」と言っている。

「こそ」は強調。

2「かえって」は、逆に、という意味。

> 文章中提到「『見えないからこそ、しっかり心を込めて話す』ことが大切だ／『正因為看不見，所以說話更要誠心誠意』這是非常重要的」。
>
> 「こそ」表示強調。
>
> 選項2「かえって」是 "反而" 的意思。

Grammar

1 **～まま** …著	換気の悪い場所ではエンジンをかけたままにしないでください。 ┗ 動詞た形＋まま 請勿將汽車停在通風不良處怠速未熄火。	
2 **からこそ** 正因為…、就是因為…	精一杯努力したからこそ、第一志望に合格できたのだ。 ┗ 動詞普通形＋からこそ 正因為盡全力地用功，才能考上第一志願。	
3 **ように** 為了…而…	約束を忘れないように手帳に書いた。 ┗ 動詞否定形＋ように 把約定寫在了筆記本上以免忘記。	

學習能力を2倍にする
暮らし と 文化

不懂這些規矩，別想在日本職場講電話

日本人的鞠躬禮儀據說是隨著佛教從中國傳入的。鞠躬又可依照敬禮的幅度分為 15 度，點頭示意；30 度，對上司或客人的致意；45 度，用在表達深深的歉意與最高敬意或目送客人時。而日本人除了有邊講電話邊向電話裡的人鞠躬的習慣外，在職場上的電話接應上也有許多規矩，事先熟悉才能避免失禮：

橘でございます。いつもお世話になっております。

❶ 橘でございます。いつもお世話になっております。（敝姓橘，承蒙您總是多予惠顧。）

❷ こちらこそ、お世話になっております。（彼此彼此，承蒙您的關照。）

❸ 鈴木さんをお願いします。（麻煩找鈴木小姐。）

❹ 申し訳ございません。鈴木は今、席をはずしております。（非常抱歉，她目前離開座位。）

❺ 恐縮ですが、戻られたらお電話をくださいますようお伝えいただけますでしょうか。（非常不好意思，等她回來以後，可否代為轉告，請他打電話給我呢？）

打電話到對方公司，想找某人時，必須在對方姓名後方加上敬稱「さん」，但要回復對方自己的同事不在時，因為是稱呼我方的人，因此同事的名字後方就不需要再加「さん」了。

(3)

　心理学※1の分析方法のひとつに、人の特徴を五つのグループに分け、すべての人はこの五タイプのどこかに必ず入る、というものがある。五つのタイプに優劣はなく、それは個性や性格と言い換えてもいいそうだ。

5　面白いのは、自分はこのグループに当てはまると判断した自らの評価と、人から評価されたタイプは一致しないことが多い、という事実である。「あなたって、こういう人よね。」と言われたとき、自分では思ってもみない内容に驚く

10　ことがあるが、つまりはそういうケース※2である。

　どうも、自分の真実の姿は自分で思うほどわかっていない、と考えたほうがよさそうだ。

15　しかし、自分が思っているようには他人に見えていなくても、それは別に悪いことではない。逆に、「そう見られているのはなぜか。」と考えて、□□□□を知る手助けとなるからである。

20　学校や会社の組織を作る場合、この五つのグループの全員が含まれるようにすると、その組織は安定するとのこと。異なるタイプが存在する組織のほうが、問題が起こりにくく、組織自体が壊れるということも少ないそうだ。
└─文法①

單字》

» **分析**（化）分解，化驗；分析，解剖

» **当てはまる** 適用，適合，合適，恰當

» **自ら** 我；自己，自身；親身，親自

» **評価** 定價，估價；評價

» **一致** 一致，相符

» **事実** 事實；（作副詞用）實際上

» **ケース**【case】盒，箱，袋；場合，情形，事例

» **組織** 組織，組成，構造，構成；（生）組織；系統，體系

» **全員** 全體人員

» **安定** 安定，穩定；（物體）安穩

» **異なる** 不同，不一樣

やはり、いろいろな人がいてこその世の中、ということだろうか。それにしても、自分がどのグループに入ると人に思われているのか、気になるところだ。また周りの人がどのグループのタイプなのか、つい分析してしまう自分に気づくことが多いこの頃である。

※1 心理学：人の意識と行動を研究する科学

※2 ケース：例。場合

≫翻譯

在心理學 ※1 中有一種分析方法，就是依照個人特質將所有人分成 5 種類型，每一個人必定能被歸為這 5 種類型之一。這 5 種類型沒有優劣之分，可以把「類型」想成「個性」或是「性格」。

有趣的是，往往我們自認為應該歸於某種類型，卻和他人眼中的我們不一致。當別人說「你應該屬於這種人吧」時，我們會訝異於自己竟然被歸類為這種人，這是我們怎麼也想不到的。像這種情形 ※2 也很常見。

這麼看來，自己似乎不如想像中那麼了解真實的自己。

不過，即使他人眼中的自己和自己所想像的不同，也不是什麼壞事。相反的，只要好好思考「別人為什麼會這麼想？」就會幫助我們更清楚的了解自己。

在學校或公司這些組織裡，只要同時有這 5 種類型的成員在，這個組織就會很穩定。組織存

在不同類型的人，就不容易引發問題，也比較不會造成組織本身的失能。

　　畢竟，正是因為有各式各樣的人存在，才成就了這個世界。不過即便如此，還是會在意別人覺得自己是哪種類型的人。有時候我會忽然發現自己已經不自覺地去分析周遭的人屬於哪一種類型了。

※1 心理學：研究人類的意識和行為的科學

※2 情形：例子、情況

もんだい

[66] そういうケースとは、例えば次のどのようなケースのことか。

1 自分では気が弱いと思っていたが、友人に、君は積極的だね、と言われた。

2 自分では計算が苦手だと思っていたが、テストでクラス1番になった。

3 自分では大雑把な性格だと思っていたが、友人にまさにそうだね、と言われた。

4 自分は真面目だと思っていたが、友人から、君は真面目すぎるよ、と言われた。

▶翻譯

[66] 這種情形，舉例來說是哪種情形呢？

1 認為自己很懦弱，朋友卻說自己很積極。

2 認為自己不擅長算數，卻考了全班第一名。

3 認為自己粗枝大葉，朋友也表示同意。

4 認為自己很認真，朋友卻說自己認真過頭了。

✅ 指示題＋推斷題 參考 28、34 頁

考點 作者描述講電話時最重要的事情是什麼呢？

關鍵 1. 指示詞「そういう」用在避免同樣的詞語重複出現的情況。因此，所指示的事物就從指示詞前面的文章開始找起。

2. 從同一段落的敘述可知，「そういうケース」指的是對於自己，自己和他人歸類的類型不同。

3. 從選項的敘述中找到於之相符的答案。

位置「そういう」之前。

題解　日文解題／解題中譯　　　　　　　　　　　　　　　　　　答案是 **①**

　　「そういう」が指すのは、7行目「自らの評価と、人から評価されたタイプは一致しない」という部分。

《その他の選択肢》

2.「計算」は能力や技術であり、ここでいう「人の特徴」には当てはまらない。

3.「まさに」は「本当に」という意味。

4.「真面目」と「真面目すぎる」は同じタイプ。

　　「そういう／那樣」指的是第 7 行「自らの評価と、人から評価されたタイプは一致しない／自己認為自己屬於哪一型，和他人的看法不同」這個部分。

《其他選項》

2. 的「計算／計算」用於能力或技術，無法用在本文中的「人の特徵／人的特徵」。

3.「まさに／正是」是「本当に／真正」的意思。

4.「真面目／認真」和「真面目すぎる／過於認真」是同一種人。

もんだい

67 □□□ に入る言葉は何か。

1 心理学　　　2 五つのグループ

3 自分自身　　4 人の心

▶▶翻譯

[67] □□□ 中要填入下列何者？

1 心理學。　　2 5種類型。

3 自己。　　　4 人心。

題型解題訣竅

填空題 參考36頁

考點 這題是意思判斷填空題。屬句中填空題。

關鍵 1. 根據前後句子之間的意思，可推出兩句間的邏輯關係，加以判斷。

2. 「逆に」是關鍵字，讓這一段的前句跟後句有了恰恰相反的意思。

3. 從同一段落前面的敘述可知，他人眼中的自己和自己所想像的不同並非壞事，反之能因此更了解「自己」。

位置 空格前面兩句話。

題解 日文解題／解題中譯

答案是 **3**

　「そう見られている」の主語は「私」。自分が他人からどう見られているかを考えることは、自分自身を知ることになる。

　「そう見られている／為什麼會讓人有這種想法」的主詞是「私／我」。好好想想別人為什麼會這樣看待自己，就會更了解自己。

68 いろいろな人がいてこその世の中とはどういうことか。

1 個性の強い人を育てることが、世の中にとって大切だ。

2 優秀な人より、ごく普通の人びとが、世の中を動かしている。

3 世の中は、お互いに補い合うことで成り立っている。

4 世の中には、五つだけではなくもっと多くのタイプの人がいる。

▶▶ 翻譯

[68] 正是因為有各式各樣的人存在，才成就了這個世界是指什麼情形？

1 培育性格強悍的人，對這個世界格外重要。

2 不是優秀的人，更多是極為普通的人們在驅動這個世界。

3 這個世界是人們互相彌補不足而得以成立的。

4 這個世界上不只有 5 種類型的人，而是更多。

題型解題訣竅　　　　　　　　　✔ 指示題　參考 28 頁

考點 正是因為有各式各樣的人存在，才成就了這個世界是指什麼情形？

關鍵 1. 畫線處之前為「やはり」，可知能從畫線處之前的敘述找到線索。

2. 前一段說道「組織存在不同類型的人，就不容易引發問題」。

3. 理解句意後回到選項找到最貼切的答案。

位置 畫線處前一段。

「やはり」とあるので、その前の段落を見る。

「五つのグループの全員が含まれるようにすると、その組織は安定する」とある。これは、異なるタイプが互いに補い合うということ。

《その他の選択肢》
1. 個性の強さについては述べていない。
2. 優秀であるか、普通であるかは問題にしていない。
4. すべての人を五つのグループに分けた方法である。

　　這句話前面是「やはり／果然」，所以要看前一個段落。

　　前一個段落提到「五つのグループの全員が含まれるようにすると、その組織は安定する／如果一個組織包含這5種類型的人，這個組織就會維持穩定」。這是指不同類型的人會互補。

《其他選項》

1. 文章中並沒有提到強烈的個性。

2. 這和是優秀的人或是平凡的人沒有關係。

4. 有方法可以把全部的人都分別歸類成這5種類型。

Grammar

1	ということ ⋯也就是說⋯、就表示⋯	ご意見がない<u>ということ</u>は、皆さん、賛成ということですね。 簡體句＋ということ 沒有意見的話，就表示大家都贊成了吧！
2	にしても 就算⋯，也⋯、即使⋯，也⋯	テストの直前<u>にしても</u>、全然休まないのは体に悪いと思います。 名詞＋にしても 就算是考試當前，完全不休息對身體是不好的。

問題 ⑫ 翻譯與題解

第 12 大題　以下的文章 A 與 B 分別針對選擇職業一事進行論述。請閱讀兩篇文章，然後從 1、2、3、4之中挑出最適合的選項回答問題。

A

職業選択の自由がなかった時代には、武士の子は武士になり、農家の子は農業に従事した。好き嫌いに関わらず、それが当たり前だったのである。

では、現代ではどうか。全く自由に職業を選べる。医者の息子が大工になろうが、その逆だろうが、その人それぞれの個性によって、自由になりたいものになることができる。

しかし、世の中を見てみると、意外に親と同じ職業を選んでいる人たちがいることに気づく。特に芸術家と呼ばれる職業にそれが多いように思われる。例えば歌手や俳優や伝統職人といわれる人たちである。それらの人たちは、やはり、音楽や芸能の先天的※1な才能を親から受け継いでいるからに違いない。

単字 ≫

≫ **職業** 職業

≫ **武士** 武士

≫ **好き嫌い** 好惡，喜好和厭惡；挑肥揀瘦，挑剔

≫ **芸能** （戲劇，電影，音樂，舞蹈等的總稱）演藝，文藝，文娛

≫ **才能** 才能，才幹

≫ **国会** 國會，議會

≫ **議員** （國會，地方議會的）議員

≫ **疑問** 疑問，疑惑

≫ **地域** 地位，職位，身分，級別

B

　職業の選択が全く自由であるにもか
かわらず、親と同じ職業についている人
が意外に多いのが政治家である。例えば
二世議員とよばれる人たちで、現在の日
本でいえば、国会議員や大臣たちに、親
の後を継いでいる人が多い。これにはい
つも疑問を感じる。

　政治家に先天的な能力などあるとは思
えないし、二世議員たちを見ても、それ
ほど政治家に向いている※2性格とも思え
ないからだ。

　考えてみると、日本の国会議員や大臣
は、国のための政治家とは言え、出身地
など、ある地域と強く結びついているか
らではないだろうか。お父さんの議員は
この県のために力を尽くして※3くれた。
だから息子や娘のあなたも我が県のため
に働いてくれるだろう、という期待が地
域の人たちにあって、二世議員を作って
いるのではないだろうか。それは、国会
議員の選び方として、ちょっと違うよう
な気がする。

※1　先天的：生まれたときから持っている

※2　〜に向いている：〜に合っている

※3　力を尽くす：精一杯努力する

>> 翻譯

A

在無法自由選擇職業的年代，武士的孩子就成為武士，農夫的孩子就務農。這是理所當然的事，無關乎個人的好惡。

然而現代又是如何呢？選擇職業完全自由，不管是醫生的兒子想去當工匠，或者相反的情況，全都按照當事人的想法，是完全可以自由選擇的。

然而，只要觀察這個世界就會發現，還是有許多人選擇了和父母相同的職業。而這種情形在藝術類的職業中尤其多，像是歌手、演員，或是傳統工藝的工匠。這些人肯定是因為繼承了父母在音樂或藝術方面的天分 ※1，才會走上這條路吧。

B

儘管職業選擇完全自由，但出乎意料地，在許多選擇和父母相同的職業的人當中，有不少人從政，例如被稱為「政二代」的那些人。說起來，現在日本的國會議員和大臣之中也有許多人繼承父母的衣缽。我對這點一直感到疑惑。

　　我既不認為政治家需要什麼天分，在看到這些政二代之後，也不覺得他們的性格適合 ※2 從政。

　　我想了想，這可能是因為日本的國會議員和大臣雖然是為國效力的政治家，但是他們與自己家鄉選區保有的地緣關係，卻比和國家的關係更為緊密。鄉親父老會對政治家的孩子懷有期待，認為：「你的爸爸是議員，並且為了這個縣市盡心盡力 ※3，因此你身為孩子，也會為我們的縣市努力吧。」於是造就了政二代。我覺得以這一點作為選舉國會議員的標準，似乎不太正確。

※1 天分：與生俱來的
※2 適合：適合做...
※3 盡心盡力：盡全力努力

もんだい

69 ＡとＢの文章は、どのような職業選択について述べているか。

1　ＡもＢも、ともに自分の興味のあることを優先させた選択

2　ＡもＢも、ともに周囲の期待に応えようとした選択

3　Ａは親とは違う道を目指した選択、Ｂは地域に支えられた選択

4　Ａは自分の力を活かした選択、Ｂは他に影響された選択

▶翻譯

[69] 文章 A 和 B 描述了什麼樣的職業選擇呢？

   1   A 和 B 都是描述以自己感興趣的事物為優先的選擇。

   2   A 和 B 都是描述回應周遭的期待而做的選擇。

   3   A 是描述與父母走上不同道路的選擇，B 是描述受到地方民眾支持的選擇。

   4   A 是描述充分發揮自身才能的選擇，B 是描述被他人影響的選擇。

題型解題訣竅　　　　　　　　　　　　　　✔ 細節題　參考 26 頁

考點 文章 A 和 B 描述了什麼樣的職業選擇呢？

關鍵 1. 從題目與選項的關鍵字為線索。

    2. 略讀整篇文章，判斷文章結構，進而掌握主旨與細節並尋找兩者的相同及相異之處。

    3. 刪除錯誤的選項，以幫助選出正確答案。

位置 A 的第 2 段和 B 的第 1 段。

題解 日文解題／解題中譯　　　　　　　　　　　　　　　　答案是 **4**

　　AもBも親と同じ職業を選んだ人たちについて述べている。Aは芸術家で、親から受け継いだ才能を生かして、Bは政治家で、出身地域の期待に応えて、と言っている。

　　A 和 B 都是描述選擇和父母相同職業的人。A 是藝術家，充分發揮繼承自父母的才能；B 是政治家，文章中提到不可辜負故鄉民眾的期待。

もんだい

70 親と同じ職業についている人について、ＡとＢの筆者はどのように考えているか。

1 ＡもＢも、ともに肯定的である。

2 ＡもＢも、ともに否定的である。

3 Ａは肯定的であるが、Ｂは否定的である。

4 Ａは否定的であるが、Ｂは肯定的である。

▶翻譯

[70] 針對與父母選擇了相同職業的人，文章Ａ和Ｂ的作者各有何看法呢？

1 Ａ和Ｂ都表示肯定。

2 Ａ和Ｂ都表示否定。

3 Ａ表示肯定，而Ｂ則表示否定。

4 Ａ表示否定，而Ｂ則表示肯定。

題型解題訣竅　　✔ 細節題＋主旨題　參考 26、24 頁

考點 針對與父母選擇了相同職業的人，文章Ａ和Ｂ的作者有何看法呢？

關鍵 1. 略讀文章後可知兩篇皆針對與父母選擇相同職業的人進行描寫。

2. 抓住中心段落在兩篇文章的最後一段。由此能準確的概括作者要告訴我們的觀點、論點、看法了。

3. 比較兩者的想法是相同或相異。

位置 兩篇文章的最後一段。

⑥　Ａは、親から先天的な才能を受け継いでいるからと述べており、肯定している。Ｂは、「先天的な能力などあるとは思えない…政治家に向いている性格とも思えない」と批判している。

　　Ａ認為孩子繼承了父母的才能，因此對子承父業持肯定看法。Ｂ則以「先天的な能力などあるとは思えない…政治家に向いている性格とも思えない／我不認為這些孩子有天分…也不認為他們的個性適合成為政治家」進行批判。

Grammar

1

〜にかかわらず

無論…與否…、
不管…都…、
儘管…也…

勝敗にかかわらず、参加することに意義がある。
└ 名詞＋にかかわらず
不論是優勝或落敗，參與的本身就具有意義。

熱があるにもかかわらず、学校に行った。
└ 動詞普通形＋にもかかわらず
雖然發燒，但還是去了學校。

2

によって（は）、により

依照…的不同而不同

状況により、臨機応変に対処してください。
└ 名詞＋により
請依照當下的狀況採取臨機應變。

就職活動知多少

在日本，學生們找工作有一套程序，甚至有一個專有名詞稱作「就職活動」。一般大學生想找工作，幾乎都必須在大三準備升大四的時間開始就職活動，除了要準備履歷外，還得經過兩三次面試。如果順利被錄取，大四畢業後就能無縫接軌的到公司上班，而提前取得的名額就稱作「內定」。

❶ 英語を活かせる仕事を探しています。（我正在找能夠發揮英文長才的工作。）

❷ 新卒ではないので、中途採用になります。（由於我不是剛畢業的新鮮人，公司是非固定舉辦招考員工的時期錄取我的。）

❸ もう履歴書を出しましたか。（您已經送出履歷表了嗎。）

❹ 採用試験には筆記と面接があります。（徵才考試內容包含筆試與面試。）

❺ 第一志望の会社から内定をもらいました。（已經得到第一志願公司的錄取了。）

日本企業每年通常只會舉辦1次「新卒採用」（錄取應屆畢業生）。錯過的話，就只能等到明年，但到時就會失去應屆畢業就職的優勢，因此大部分學生都會急於在大三時趕快取得內定。而已有工作經驗的人想要轉職則是用「中途採用」的方式，時間與程序依企業而定，沒有固定的舉辦形式。

問題 ⑬ 翻譯與題解

第 13 大題　請閱讀以下文章，然後從 1、2、3、4 之中選出最適合的選項回答問題。

　　このところ日本の若者が内向きになってきている。つまり、自分の家庭や国の外に出たがらない、という話を見聞きすることが多い。事実、海外旅行などへの関心も薄れ、また、家の外に出てスポーツなどをするよりも家でゲームをして過ごす若者が多くなっていると聞く。

　　大学進学にしても安全第一、親の家から通える大学を選ぶ者が多くなっているし、就職に際しても自分の住んでいる地方の公務員や企業に就職する者が多いということだ。

　　これは海外留学を目指す若者についても例外ではない。例えば 2008、9 年を見ると、アメリカへ留学する学生の数は中国の 3 分の 1、韓国の半分の 3 万人に過ぎず、その差は近年ますます大きくなっている。世界に出て活躍しようという夢があれば、たとえ家庭に経済的余裕がなくても何とかして自分の力で留学できるはずだが、そんな意欲的な若者が少なくなってきている。こんなことでは日本の将来が心配だ。日本の将来は、若者の肩にかかっているのだから。

　　いったい、若者はなぜ内向きになったのか。

単字》

» **関心** 關心，感興趣

» **公務** 公務，國家及行政機關的事務

» **企業** 企業；籌辦事業

» **目指す** 指向，以…為努力目標，瞄準

» **余裕** 富餘，剩餘；寬裕，充裕

» **少子化** 少子化

» **困難** 困難，困境；窮困

» **安易** 容易，輕而易舉；安逸，舒適，遊手好閒

» **真剣** 真刀，真劍；認真，正經

日本の社会は、今、確かに少子化や不況など数多くの問題に直面しているが、私はこれらの原因のほかに、パソコンやスマートフォンなどの電子機器の普及も原因の一つではないかと思っている。

これらの機器があれば、外に出かけて自分の体を動かして遊ぶより、家でゲームをやるほうが手軽だし、楽である。学校で研究課題を与えられても、自分で調べることをせず、インターネットからコピーして効率※1よく作成してしまう。つまり、電子機器の普及によって、自分の体、特に頭を使うことが少なくなったのだ。何か問題があっても、自分の頭で考え、解決しようとせず、パソコンやスマホで答えを出すことに慣らされてしまっている。それで何の不自由もないし、第一、楽なのだ。

このことは、物事を自分で追及したり判断したりせず、最後は誰かに頼ればいいという安易な考えにつながる、つまり物事に対し□□□□□な受け身の姿勢になってしまうことを意味する。中にいれば誰かが面倒を見てくれるし、まるで、暖かい日なた※2にいるように心地よい。なにもわざわざ外に出て困難に立ち向かう必要はない、若者たちはそう思うようになるのではないだろうか。こんな傾向が、若者

を内向きにしている原因の一つではないかと思う。

　では、この状況を切り開く方法、つまり、
若者をもっと前向きに元気にするにはどうすればいいのか。

　若者の一人一人が安易に機器などに頼らず、自分で考え、自分の力で問題を解決するように努力することだ。そのためには、社会や大人たちが若者の現状をもっと真剣に受け止めることから始めるべきではないだろうか。

※1　効率：使った労力に対する、得られた
　　　成果の割合
※2　日なた：日光の当たっている場所

▶▶翻譯

　　最近日本的年輕人變得越來越內向了。也就是說，年輕人不願走出原生家庭或國家，這類情形屢見不鮮。具體來說，年輕人對出國旅行不感興趣，並且比起出門運動，年輕人更傾向在家裡玩電玩遊戲。

　　許多年輕人選擇大學的標準也是「以舒適為優先」，他們選擇就讀可以從家裡通學的大學，找工作時也多半選擇擔任離家近的地方公務員或是進入附近的公司就業。

　　即使是以出國留學為目標的年輕人也不例外。舉例來說，2008年和2009年在美國留學的日本學生人數只有3萬人左右，僅佔中國的3分

之 1 ，甚至不到韓國的一半，近年來的留學人數差距有越來越大的趨勢。如果抱持著「活躍於世界舞台上」的夢想，即使家裡經濟不允許，應該也會想盡辦法靠自己的力量留學，但是有留學意願的年輕人越來越少了。從這一點來看，我對日本的未來感到憂心，因為這些年輕人肩負著日本的未來。

年輕人究竟為什麼會變得內向呢？

現今的日本社會確實面臨著少子化和經濟不景氣等諸多問題，但我認為除了這些原因之外，電腦和智慧型手機等電子產品的普及也是原因之一。

只要有這些電子產品，外出活動筋骨還不如在家裡玩遊戲來的方便，也樂得輕鬆。即使學校安排了研究課題也不必自己動手找資料，只要上網複製就能以高效率[1]完成作業。意思就是，因為電子產品的普及，我們越來越少活動身體，尤其是頭腦。我們已經習慣「就算遇到問題也不必動腦思考，只要按一按電腦或手機，答案就會出來了。」這沒造成什麼不便，最重要的是，這樣生活非常輕鬆。

不過這也意味著我們不會自己去追尋事物、判斷對錯，最終陷入「只要依賴別人就好」的天真想法，也就是對於事物抱持著消極的被動態度。待在「舒適圈」裡有人可以照應我，簡直就像待在和煦的陽光底下[2]一般舒服，又何必特地出去外面迎接挑戰呢？年輕人難道不是這樣想的嗎？我認為這種想法也是造成年輕人變得內向的原因之一。

那麼要怎麼突破現狀呢？說得明白點，要怎麼使年輕人勇於面對挑戰、變得更加積極呢？

我們應該努力使年輕人們不再依賴電子產品，自己動腦思考、靠自己的力量解決問題。為此，社會和長輩們應該從「正視年輕人的現狀」開始做起。

※1 効率：付出的勞力和所得成果的報酬率
※2 陽光底下：日光能照射到的地方

71 日本の若者が内向きになってきているとあるが、この例ではないものを次から選べ。

1 家の外で運動などをしたがらない。
2 安全な企業に就職する若者が多くなった。
3 大学や就職先も自分の住む地方で選ぶことが多い。
4 外国に旅行したり留学したりする若者が少なくなった。

▶翻譯

[71] 以下例子哪一個不能說明日本的年輕人變得越來越內向了？

1 不想走出家門運動。
2 越來越多年輕人選擇安全的企業任職。
3 大學或工作大多選擇離家近的地方。
4 到國外旅行或留學的年輕人變得越來越少了。

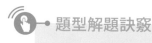 題型解題訣竅

✓ 正誤判斷題 參考 40 頁

考點 以下例子哪一個不能說明日本的年輕人變得越來越內向了？

關鍵 1. 詳細閱讀並理解問題句，注意問題是問不能的選項。

2. 由畫線處像前後搜尋，找到重點段落後，用選項的關鍵字比對。

3. 仔細比對選項和文中句子符合或不符合，將不符合的刪除，而選項 2 的「安全」與文章的意思不同，讀懂文意就能選出答案。

位置 解答的材料在某個段落裡。

題解 日文解題／解題中譯　　　　　　　　　　　　　　　　　答案是 **2**

6　「内向き」は自分の家や国から外へ出たがらないこと。内向きの若者が求めるのは「安全な企業」ではなく「自分の住んでいる地方の企業」。

　7行目「大学にしても安全第一」の「安全」は、慣れた親の家から通えるという意味の安全。

　　「内向き／保守、内向」是指不想離開自家或祖國。保守的年輕人追求的並非「安全な企業／有保障的公司」，而是「自分の住んでいる地方の企業／位在自己居住地區的公司」。

　　第 7 行「大学にしても安全第一／選擇大學也以位於舒適圈為前提」的「安全／安全」是 "可以從住慣了的父母家通勤往返" 的意思。

もんだい

72 □□□□に入る言葉として最も適したものを選べ。

1 経済的　　2 意欲的　　3 消極的　　4 積極的

翻譯

[72] 請選出最適合填入 ▢ 的選項？

　　1　經濟的。　2　意欲的。　　3　消極的。　　4　積極的。

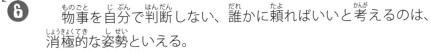

題型解題訣竅　　　✓ 填空題 （參考36頁）

考點 這題是意思判斷填空題。屬句中填空題。

關鍵 1. 根據前後句子之間的意思，可推出兩句間的邏輯關係，加以判斷。

　　　 2. 空格前的「つまり」是關鍵，表示填空句的句意需與前一句相同。

　　　 3. 選出有負面意義的選項3。

位置 空格前面一句話。

題解 日文解題／解題中譯　　　　　　　　　　　　　　　　答案是 **3**

　　物事を自分で判断しない、誰かに頼ればいいと考えるのは、消極的な姿勢といえる。

《その他の選択肢》

1.「経済的」はお金や費用に関すること。例・大学進学は、経済的な理由で諦めざるを得なかった。

2.「意欲的」は仕事などのやる気が強い様子。例・彼は、新商品を次々と提案し、商品開発に意欲的に取り組んだ。

4.「積極的」は物事をすすんでしようとする様子。例・彼女は授業中に質問したり、自分の意見を述べたり、とても積極的な生徒です。

不願自己判斷事情，總想著依靠別人就好，這就是消極的態度。

《其他選項》

1.「経済的／經濟因素」指有關於金錢或花費。例句：大学進学
は、経済的な理由で諦めざるを得なかった。（因為經濟因素而
不得不放棄了就讀大學。）

2.「意欲的／積極主動」指在工作等方面幹勁十足的樣子。例句：
彼は、新商品を次々と提案し、商品開発に意欲的に取り組ん
だ。（他不斷提出新商品的企劃，積極開發產品。）

4.「積極的／積極的」指主動做事的樣子。例句：彼女は授業中に
質問したり、自分の意見を述べたり、とても積極的な生徒で
す。（她經常在課堂上提問、闡述自己的意見，是位非常積極的
學生。）

もんだい

73 この文章で筆者が問題にしている<u>若者の現状</u>とはどのよう
なことか。

1 家の中に閉じこもりがちで、外でスポーツなどをしなくなっ
たこと。
└─文法③

2 経済的な不況の影響を受けて、海外に出ていけなくなった
こと。

3 日本の将来を託すのが心配な若者が増えたこと。

4 電子機器に頼りがちで、その悪影響が出てきていること。

▶翻譯

[73] 本文作者認為有問題的<u>年輕人的現狀</u>，是以下何種現象呢？

1 總是關在家中不出門，變得不外出做戶外運動了。

2 受到經濟不景氣的影響，而無法出國了。

3　越來越多年輕人對日本的未來感到憂心，不寄予厚望。

4　習慣依賴電子設備，衍伸出不良的影響。

題型解題訣竅　　　　　　　　　　　　　✓ **指示題** 　參考28頁

考點　本文作者認為有問題的<u>年輕人的現狀</u>，是以下何種現象呢？

關鍵　1. 從畫線處前得到提示。「努力使年輕人們不再依賴電子產品…」。

　　　2. 回到選項，找到最符合的答案。

位置　畫線處前面一句話。

題解　日文解題／解題中譯　　　　　　　　　　　　　答案是 **4**

　　21行目「いったい、若者はなぜ…」に対して、続けて「電子機器の普及も原因の一つではないか」と問題提起している。さらに50行目「では、…どうすればいいのか」に対して「若者の一人一人が安易な機器などに頼らず…」とあり、結論を導いている。筆者の言いたいことは、若者と電子機器の関係。

《その他の選択肢》

1. 筆者が問題にしているのは、若者が外でスポーツをしなくなったことではなく、その原因。

2. 16行目に「たとえ家庭に経済的余裕がなくても…」と言っている。

3. このような記述はない。

　　對於第21行的「いったい、若者はなぜ…／到底年輕人為什麼…」，下一段寫道「電子機器の普及も原因の一つではないか／電子設備的普及也是原因之一吧」。另外，針對第50行的「では、…どうすればいいのか／那麼…該怎麼做才好呢」，後面又寫「若者の一人一人が安易な機器などに頼らず…／每一位年輕人不要輕易

依賴機器等等…」進而整理出結論。作者要說的是年輕人和電子設備的關係。

《其他選項》

1. 作者認為的問題不是年輕人不去外面運動，而是其中的原因。

2. 第 16 行寫道「たとえ家庭に経済的余裕がなくても…／即使家裡經濟並不寬裕…」。

3. 文章中沒有提到相關內容。

Grammar

1 **にしても** 就算…，也…、即使…，也…	佐々木さんにしても悪気はなかったんですから、許してあげたらどうですか。 名詞＋にしても 其實佐佐木小姐也沒有惡意，不如原諒她吧。	
2 **にさいし（て／ては／ての）** 在…之際、當…的時候	ご利用に際しては、まず会員証を作る必要がございます。 名詞＋に際しては 在您使用的時候，必須先製作會員證。	
3 **がち** 經常，總是；容易…、往往會…、比較多	現代人は寝不足になりがちだ。 動詞ます形＋がち 現代人有睡眠不足的傾向。	

MEMO

問題 ⑭ 翻譯與題解

第 14 大題　下頁為圖書館的官方網站，請從 1、2、3、4 之中挑選出最適合的選項回答問題。

星川町図書館 HOME PAGE

インターネット予約の事前準備　仮パスワードから本パスワードへの変更　予約の手順、予約の取消しと変更の手順　貸出・予約状況の照会　パスワードを忘れたら

| address: | www2.hoshikawa.jp |

星川町図書館 HOME PAGE

星川町図書館へようこそ

インターネット予約の事前準備

インターネットで予約を行うには、利用者カードの番号とパスワード登録が必要です。

1. 利用者カードをお持ちの人

利用者カードをお持ちの人は、受付時に仮登録している仮パスワードをお好みのパスワードに変更してください。

2. 利用者カードをお持ちでない人

利用者カードをお持ちでない人は、図書館で利用者カードの申込書に記入して申し込んでください。
その受付時に仮パスワードを仮登録して、利用者カードを発行します。

仮パスワードから本パスワードへの変更

仮パスワードから本パスワードへの変更は、利用者のパソコン・携帯電話で行っていただきます。
パソコン・携帯電話からのパスワードの変更及びパスワードを必要とするサービスをご利用いただけるのは、図書館で仮パスワードを発行した日の翌日からです。

パソコンで行う場合 →こちらをクリック
携帯電話で行う場合　http://www2.hoshikawa.jp/
xxxv.html#yoyakub

單字》

» **記入** 填寫，寫入，記上

» **発行**（圖書、報紙、紙幣等）發行；發放，發售

» **記号** 符號，記號

» **管理** 管理，管轄；經營，保管

携帯電話ウェブサイトにアクセス後、利用者登録情報変更ボタンをクリックして案内に従ってください。└文法①

★使用できる文字は、半角で、数字・アルファベット大文字・小文字の４〜８桁です。記号は使用することはできません。

インターネット予約の手順

① 蔵書検索から予約したい資料を検索します。
② 検索結果一覧から書名をクリックし"予約カートへ入れる"をクリックします。
③ 利用者カードの番号と本パスワードを入力し、利用者認証ボタンをクリックします。
④ 受取場所・ご連絡方法を指定し、"予約を申し込みます"のボタンをクリックの上、"予約申し込みをお受けしました"の表示が出たら、予約完了です。
⑤ なお、インターネット予約には、若干時間がかかりますので、あらかじめご了承ください。
⑥ 予約された資料の貸出準備が整いましたら、図書館から連絡します。

インターネット予約の取消しと変更の手順

貸出・予約状況の照会の方法

パスワードを忘れたら

★利用者カードと本人確認ができるものを受付カウンターに提示してください。新たにパスワードをお知らせしますので、改めて本パスワードに変更してください。パスワードの管理は自分で行ってください。

星川町圖書館 HOME PAGE

網路預約注意事項　　將臨時密碼改為正式密碼　　預約方式和取消預約的程序　　借出、預約情形查詢　　忘記密碼

---

address:　www2.hoshikawa.jp

星川町圖書館 HOME PAGE

歡迎光臨星川町圖書館

網路預約注意事項

申請網路預約時，請登錄個人帳號及密碼。

1. 持有個人借閱證者
   持有個人借閱證者，辦理時請將臨時密碼更改為自己設定的正式密碼。

2. 未辦理個人借閱證者
   未辦理個人借閱證者，請至圖書館填寫借閱證申請表。
   館方受理申請時將暫時以臨時密碼登錄，並發行借閱證。

將臨時密碼改為正式密碼

　　請在個人電腦或手機上將臨時密碼改為正式密碼。
　　在電腦或手機上操作的更改密碼，或者其他需要密碼才能使用的服務，請於圖書館發行臨時密碼的隔天再行使用。

電腦版操作→請按此處
手機版操作　http://www2.hoshikawa.jp/xxxv.html#yoyakub
使用手機版登錄網站後，請依指引點選「更改個人資料」。

★密碼請用半形數字、英文大小寫共 4～8 個字。不可使用符號。

網路預約的使用方式

① 從藏書檢索欄搜尋您想要預約的圖書。
② 從搜尋結果一覽表中點選書名，並選擇「加入預約書單」。

使用手機版登錄網站後，請依指引點選「更改個人資料」。

★密碼請用半形數字、英文大小寫共 4～8 個字。不可使用符號。

網路預約的使用方式

① 從藏書檢索欄搜尋您想要預約的圖書。

② 從搜尋結果一覽表中點選書名，並選擇「加入預約書單」。

③ 輸入個人借閱證號碼及正式密碼後，點選「使用者認證」按鍵。

④ 選擇取書地點和聯絡方式後，點選「申請預約」按鍵。等出現「預約申請成功」字樣後，表示預約成功。

⑤ 網路預約需要作業時間，請多加包涵。

⑥ 預約圖書可供借閱時，圖書館會主動聯繫您。

取消預約的程序

借出、預約情形查詢

忘記密碼

★ 請向櫃檯出示個人借閱證和可識別本人的證件。櫃檯會告知您新的臨時密碼，請再次更改為正式密碼，並妥善保管您的密碼。

もんだい

74 山本さんは、初めてインターネットで図書館の本を予約する。まず初めにしなければならないことは何か。なお、図書館の利用者カードは持っているし、仮パスワードも登録してある。

1　図書館でインターネット予約のための図書館カードを申し込み、その時に受付でパスワードを登録する。

2　図書館のパソコンで、図書館カードを申し込んだときの仮パスワードを、自分の好きなパスワードに変更する。

3　図書館のカウンターで、図書館カードを申し込んだ時の仮パスワードを、自分の好きなパスワードに変更してもらう。

4　パソコンか携帯電話で、図書館カードを申し込んだときの仮パスワードを、自分の好きなパスワードに変更する。

▶翻譯

[74] 山本小姐第一次透過網路預借圖書館的書。她首先必須要做什麼呢？另外，她持有個人借閱證，並以臨時密碼登錄了。

1　到圖書館申請網路預約用的借閱證，並在櫃台輸入密碼。

2　在圖書館的電腦把申請借閱證時的臨時密碼改成自己喜歡的密碼。

3　在圖書館的櫃檯把申請借閱證時的臨時密碼改成自己喜歡的密碼。

4　用電腦或手機，把申請借閱證時的臨時密碼改成自己喜歡的密碼。

 題型解題訣竅　　　✔ 細節題　參考 26 頁

考點 第一次透過網路預借圖書館的書。她首先必須要做什麼呢？

關鍵 1. 細節項目是【what】なに（物・事）[做什麼事？]

　　　2. 從題目的關鍵詞去找答案，這裡的關鍵詞是「網路預約」、「借閱證」和「臨時密碼」。

　　　3. 題目沒有提及的段落可快速跳過。

　　　4. 從文章的「網路預約注意事項」可找到答案。

位置 「網路預約注意事項」的段落。

6

「インターネット予約の事前準備」の欄の1に「仮パスワード
をお好みのパスワードに変更してください」とある。さらに「仮
パスワードから本パスワードへの変更」の欄に「…変更は、利用
者のパソコン・携帯電話で」とある。

《その他の選択肢》

1 「利用者カード」は持っているので、間違い。

2 「図書館のパソコンで」が間違い。

3 「図書館のカウンターで」が間違い。

「インターネット予約の事前準備／網路預約的事前準備」欄位
中，第一項寫道「仮パスワードをお好みのパスワードに変更して
ください／請將臨時密碼更改為您的密碼」。另外，「仮パスワード
から本パスワードへの変更／由臨時密碼更改為您的密碼」欄位中
寫道「…変更は、利用者のパソコン・携帯電話で／從您的電腦或
手機進行更改」。

《その他の選択肢》

1. 因為山本小姐已經有「利用者カード／借閱證」了，所以不正確。

2.「図書館のパソコンで／在圖書館的電腦」不正確。

3.「図書館のカウンターで／在圖書館的櫃檯」不正確。

もんだい

75 予約した本を受け取るには、どうすればいいか。

1 ホームページにある「利用照会」で、受け取れる場所を確
認し、本を受け取りに行く。

2 図書館からの連絡を待つ。

3 予約をした日に、図書館のカウンターに行く。

4 予約をした翌日以降に、図書館カウンターに電話をする。

[75] 該如何領取預約書？

　1　從官網的「利用查詢」中確認取書的地點，並前往取書。

　2　等待圖書館的通知。

　3　於預約日前往圖書館的櫃台。

　4　預約的隔天起，可以打電話給圖書館櫃台。

題型解題訣竅　　　　　　　　　**✔ 細節題**　參考 26 頁

考點　該如何領取預約書？

關鍵　1. 考的是 【how】どうやって [怎麼做？]

　　　2. 從題目的關鍵詞「領取預約書」回文章找答案。

　　　3. 從文章的「網路預約的使用方式」找到「預約圖書可供借
　　　　閱時，圖書館會主動聯繫您」。

位置　「網路預約的使用方式」的段落。

題解 日文解題／解題中譯　　　　　　　　　　　　　　　答案是 **2**

　　「インターネット予約の手順」の欄の⑥に、「…貸出準備が整いましたら、図書館から連絡します」とある。

　　「インターネット予約の手順／網路預約的流程」欄位的⑥寫道「…貸出準備が整いましたら、図書館から連絡します／若已經可供借閱，圖書館將會聯繫您」。

Grammar

1

にしたがって、にしたがい

依照…、按照…

矢印にしたがって、進んでください。
　　　　└ 名詞＋にしたがって

請依照箭頭前進。

文法比一比

● にしたがって、にしたがい　隨著…，逐漸…

接續 {名詞；動詞辭書形} ＋にしたがって、にしたがい

說明 【跟隨】表示跟前項的變化相呼應，而發生後項。

例句 日本の生活に慣れるにしたがって、日本の習慣がわかるようになった／在逐漸適應日本的生活後，也愈來愈了解日本的風俗習慣了。

● ば～ほど　越…越…

接續 假定形＋ば＋{名詞；形容動詞詞幹な；[形容詞・動詞]辭書形} ＋ほど

說明 【平行】同一單詞重複使用，表示隨著前項事物的變化，後項也隨之相應地發生變化。

例句 話せば話すほど、お互いを理解できる／雙方越聊越能理解彼此。

哪裡不一樣呢？

いただきます

説明 「にしたがって」表跟隨，表示隨著前項的動作或作用，而產生變化；「ほど」表平行，表示隨著前項程度的提高，後項的程度也跟著提高。是「ば～ほど」的省略「ば」的形式。

● にかかわらず　無論…與否…、不管…都…、儘管…也…

接續 {名詞；[形容詞・動詞]辭書形；[形容詞・動詞]否定形} ＋にかかわらず

說明 【無關】表示前項不是後項事態成立的阻礙。接兩個表示對立的事物，表示跟這些無關，都不是問題，前接的詞多為意義相反的二字熟語，或同一用言的肯定與否定形式。

例句 送料は大きさに関わらず、全国どこでも 1000 円です／商品尺寸不分大小，寄至全國各地的運費均為 1000 圓。

● にもかかわらず　雖然…，但是…、儘管…，卻…、雖然…，卻…

接續 {名詞；形容動詞詞幹；[形容詞・動詞]普通形} ＋にもかかわらず

說明 【無關】表示逆接。後項事情常是跟前項相反或相矛盾的事態。也可以做接續詞使用。

例句 努力にもかかわらず、全然効果が出ない／儘管努力了，還是完全沒有看到效果。

にかかわらず【無關】

にもかかわらず【無關】

| 說明 | 「にかかわらず」表無關，表示與這些差異無關，不因這些差異，而有任何影響的意思；「にもかかわらず」表無關，表示前項跟後項是兩個與預料相反的事態。用於逆接。 |

たところが　可是…、然而…、沒想到…

接續 {動詞た形} ＋たところが

說明 【期待】這是一種逆接的用法。表示因某種目的作了某一動作，但結果與期待相反之意。後項經常是出乎意料之外的客觀事實。

例句 彼女と結婚すれば幸せになると思ったところが、そうではなかった／當初以為和她結婚就是幸福的起點，誰能想到竟是事與願違呢。

のに　雖然…、可是…

接續 {[名詞・形容動詞]な；[動詞・形容詞]普通形} ＋のに

說明 【逆接】表示逆接，用於後項結果違反前項的期待，含有說話者驚訝、懷疑、不滿、惋惜等語氣。

例句 小学１年生なのに、もう新聞が読める／才小學一年級而已，就已經會看報紙了。

たところが【期待】

のに【逆接】

| 說明 | 「たところが」表期待，表示帶著目的做前項，但結果卻跟預期相反；「のに」表逆接，前項是陳述事實，後項說明一個和此事相反的結果。 |

● ものだ　就是…、本來就該…、應該…

接續 {形容動詞詞幹な；形容詞・動詞辭書形} ＋ものではない。

説明 【事物之本質】表示對所謂真理、普遍事物，就其本來的性質，敘述理所當然的結果，或理應如此的態度。含有感慨的語氣。多用在提醒或忠告時。常轉為間接的命令或禁止。

例句 小さい子をいじめるものではない／不准欺負小孩子！

● べき、べきだ　必須…、應當…

接續 {動詞辭書形} ＋べき、べきだ

説明 【勸告】表示那樣做是應該的、正確的。常用在勸告、禁止及命令的場合。是一種比較客觀或原則的判斷，書面跟口語雙方都可以用，相當於「〜するのが当然だ」。

例句 これは、会社を辞めたい人がぜひ読むべき本だ／這是一本想要辭職的人必讀的書！

哪裡不一樣呢？

ものだ【事物的本質】	べき【勸告】

説明 「ものだ」表事物的本質，表示不是個人的見解，而是出於社會上普遍認可的一般常識、事理，給予對方提醒或説教，帶有這樣做是理所當然的心情；「べきだ」表勸告，表示説話人從道德、常識或社會上一般的理念出發，主張「做…是正確的」。

● というものだ　也就是…、就是…

接續 {名詞；形容動詞詞幹；動詞辭書形} ＋というものだ

説明 【主張】表示對事物做出看法或批判，表達「真的是這樣，的確是這樣」的意思。是一種斷定説法，不會有過去式或否定形的活用變化。

例句 女性ばかり家事をするのは、不公平というものです／把家事統統推給女人一手包辦，實在太不公平了！

● ということだ　聽説…、據説…

接續 {簡體句} ＋ということだ

説明 【結論】明確地表示自己的意見、想法之意，也就是對前面的內容加以解釋，或根據前項得到的某種結論。

例句 芸能人に夢中になるなんて、君もまだまだ若いということだ／竟然會迷戀藝人，表示你還年輕啦！

哪裡不一樣呢？

【主張】というものだ

【結論】ということだ

説明 「というものだ」表主張，表示說話者針對某個行為，提出自己的感想或評論；「ということだ」表結論，是說話人根據前項的信息或狀態，得到某種結論或總結說話內容。

にて、でもって　用⋯

接續 {名詞} ＋にて、でもって

説明 【強調手段】「でもって」是由格助詞「で」跟「もって」所構成，用來加強「で」的詞意，表示方法、手段跟原因，主要用在文章上。

例句 お金でもって解決できることばかりではない／金錢不能擺平一切。

によって（は）、により　根據⋯

接續 {名詞} ＋によって（は）、により

説明 【手段】表示事態所依據的方法、方式、手段。

例句 成績によって、クラス分けする／根據成績分班。

哪裡不一樣呢？

【強調手段】でもって

クラス分け

【手段】によって

説明 「でもって」表強調手段，表示方法、手段跟原因等；「によって」也表手段，表示動作主體所依據的方法、方式、手段。

問題 ⑩ 翻譯與題解

第 10 大題　請閱讀以下 (1) 至 (4) 的文章，然後從 1、2、3、4 之中挑出最適合的選項回答問題。

（1）

　　日本には、「大和言葉」という、昔から日本にあった言葉がある。例えば、「たそがれ」などという言葉もその一つである。辺りが薄暗くなって、人の見分けがつかない夕方のころを指す。もともと、「たそ（＝誰だろう）、かれ（＝彼は）」からできた言葉である。「たそがれどき、川のほとり^{※1}を散歩した。」というように使う。「夕方薄暗くなって人の姿もよくわからないころに…」と言うより、日本語としての美しさもあり、ぐっと趣^{※2}がある。周りの景色まで浮かんでくる感じがする。新しい言葉を取り入れることも大事だが、一方、昔からある言葉を守り、子孫に伝えていくことも大切である。

※1　ほとり：近いところ、そば

※2　趣：味わい。おもしろみ

55 筆者はなぜ、昔からある言葉を守り、子孫に伝えていくべきだと考えているか。

1　昔からある言葉には、多くの意味があるから。

2　昔からある言葉のほうが、日本語として味わいがあるから。

單字 》

» **薄暗い** 微暗的，陰暗的

» **浮かぶ** 漂，浮起；想起，浮現，露出；(佛) 超度；出頭，擺脫困難

» **取り入れる** 收穫，收割；收進，拿入；採用，引進，採納

» **一方** 一個方向；一個角度；一面，同時；(兩個中的) 一個；只顧，愈來愈…；從另一方面說

3 昔からある言葉は、新しい言葉より簡単
で使いやすいから。
4 新しい言葉を使うと、相手に失礼な印象
を与えてしまうことがあるから。

>> 翻譯

　　日本從以前就有「雅語」的說法，例如「た
そがれ（黃昏）」這樣的詞語也是其中之一。意
思是「傍晚時四周昏暗下來，無法辨清人影」，
這是從「たそ（＝誰だろう／誰呢）、かれ（＝
彼は／他是）」轉變而來的詞語。舉例來說，我
們可以這樣使用：「たそがれどき、川のほと
りを散歩した（黃昏時刻，我在河畔邊[※1] 散步
了）」。比起「夕方薄暗くなって人の姿もよく
わからないころに…（當傍晚天色暗了下來，看
不清別人的時候…）」，「たそがれ」的說法更
有日語的美感，聽起來格外雅緻[※2]，彷彿連周圍
的景色都浮現在眼前了。雖然引進新的語言也很
重要，但於此同時，<u>保存流傳至今的語言並傳承
給下一代</u>，也是非常重要的事。

※1 邊：附近、身邊

※2 雅緻：趣味、旨趣

[55] 作者為什麼認為應該要保存流傳至今的語言
並傳承給下一代？

1 流傳至今的語言蘊含許多意思。
2 流傳至今的語言比較有日語的韻味。
3 流傳至今的語言比新的語言使用更為簡單。
4 使用新的語言會給對方失禮的感覺。

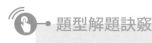

題型解題訣竅 ✓ 因果關係題 參考30頁

考點 作者為什麼認為應該要保存流傳至今的語言並傳承給下一代？

關鍵 1. 直接在文章裡找到畫底線的詞組，往前後搜尋。

2. 雖然沒有因果關係詞，但往前看可找到古今用法的對比例子，提到傳承至今的語言「更有日語的美感，聽起來格外雅緻」。

3. 回到選項找到與之相符的答案。

位置 由底線之前的內容找到答案。

題解 日文解題／解題中譯 答案是 **2**

⑥　5行目「たそがれどき、…」が昔からある言葉の例、7行目「夕方薄暗くなって…」が新しい言葉の例。筆者は二つを比べて、「（昔からある言葉）の方が…ぐっと趣がある」と言っている。

《その他の選択肢》

　1「多くの意味がある」、3「簡単」、4「失礼な印象」のような表現は本文にない。

第5行的「たそがれどき、…／暮藹時分，…」是舉出舊時用詞的例子，第7行的「夕方薄暗くなって…／傍晚天色漸暗…」則是舉出現今用詞的例子。作者比較兩者，然後寫道「（昔からある言葉）の方が…ぐっと趣がある／前者 (舊時用詞) …的意境優美多了」。

《其他選項》

選項1「多くの意味がある／有多種涵義」、選項3「簡単／簡單」、選項4「失礼な印象／沒禮貌的印象」的內容，文章中都沒有提到。

Grammar

1

ように
如同…

私が発音する<u>ように</u>、後について言ってみてください。
_{動詞辞書形+ように}

請模仿我的發音，跟著說一遍。

2

として、としては
以…身分、作為…

専門家<u>として</u>、一言意見を述べたいと思います。
_{名詞+として}

我想以專家的身分，說一下我的意見。

3

〜いっぽう（で）
在…的同時，還…、
一方面…，一方面…、
另一方面…

短期的な計画を立てる<u>一方</u>で、長期的な構想も持つべきだ。
_{動詞辞書形+一方（で）}

一方面擬定短期計畫，另一方面也該做長期的規畫。

MEMO

大和言葉也就是相對於漢語和外來語的「和語」，和語的語感是「日常、親密、溫馨」的，尤其有許多講述自然、節氣、花草等意象十分美麗的話語。而在話裡使用大量的和語，會給人溫柔的印象。日常中經常會用到的和語例如：有難い（感謝）、心を打つ（打動人心）、待ち望む（期盼）等等。

(2)

　アメリカの海洋大気局※の調べによると、2015年、地球の1～7月の平均気温が14.65度と、1880年以降で最も高かったということである。この夏、日本でも厳しい暑さが続いたが、地球全体でも気温が高くなる地球温暖化が進んでいるのである。

　南アメリカのペルー沖で、海面の温度が高くなるエルニーニョ現象が続いているので、大気の流れや気圧に変化が出て、世界的に高温になったのが原因だとみられる。このため、エジプトでは8月中に100人の人が暑さのために死亡したほか、インドやパキスタンでも3,000人以上の人が亡くなった。また、アルプスの山では、氷河が異常な速さで溶けていると言われている。

※　海洋大気局：世界各地の気候のデータを集めている組織

56 2015年、1～7月の地球の平均気温について、正しくないものを選べ。

1　アメリカの海洋大気局が調べた記録である。

2　7月の平均気温が14.65度で、最も高かった。

3　1～7月の平均気温が1880年以来最も高かった。

單字》

» **大気** 大氣；空氣

» **全体** 全身，整個身體；全體，總體；根本，本來；究竟，到底

» **温暖** 溫暖

» **気圧** 氣壓；(壓力單位) 大氣壓

» **異常** 異常，反常，不尋常

4　世界的に高温になった原因は、南米ペルー沖でのエルニーニョ現象だと考えられる。

▶▶翻譯

　　根據美國海洋大氣局[※]的調查，2015 年 1 至 7 月地球的平均溫度為 14.65 度，創下 1880 年以來的新高。今年夏天，日本持續炎熱高溫，地球總體氣溫也逐漸攀高，地球暖化的情況益發嚴重。

　　在南美洲的秘魯海域，由於海面溫度升高，聖嬰現象持續發生，大氣的流動和氣壓也產生了變化，這是公認的全球溫度飆升的原因。因此，埃及光是八月份就有一百人死於酷熱，印度和巴基斯坦也有三千多人死亡。另外在阿爾卑斯山山上，冰河亦以異常的速度融化當中。

※ 海洋大氣局：蒐集世界各地氣候數據的組織

[56] 關於 2015 年 1～7 月地球的平均溫度，下列何者不正確？

1　是美國的海洋大氣局調查的紀錄。
2　7 月的平均溫度是 14.65 度，為歷年來最高。
3　1～7 月的平均溫度是 1880 年來最高。
4　全球溫度飆升的原因，可能是南美洲祕魯海域的聖嬰現象所造成的。

 題型解題訣竅　　　　　　　　　✔ 正誤判斷題　參考 40 頁

考點 關於 2015 年 1～7 月地球的平均溫度，下列何者不正確？

關鍵 1. 詳細閱讀並理解問題句，注意本題要選出錯誤的選項。

2. 先看選項並圈上關鍵詞，再一邊閱讀文章一邊找需要的答案。

3. 選項 2 的「7 月的平均溫度」是文章沒有提及的內容。

位置 解答的材料在某個段落裡。

題解 日文解題／解題中譯　　　　　　　　　　　　　答案是 **2**

 本文には「1～7月の平均気温」とあり、「7月」ではない。

　文章中寫道「1～7月の平均気温／1月到7月的平均溫度」，由此可知不是「7月／7月」。

Grammar

1

**によると、
によれば**

據…、據…說、
根據…報導…

ニュースによると、全国でインフルエンザが流行
し始めたらしい。
　　　　　　　名詞+によると

根據新聞報導，全國各地似乎開始出現流感大流行。

MEMO
_____

_____

_____

_____

（3）

　ある新聞に、英国人は屋外が好きだという記事があった。そして、その理由として、タバコが挙げられていた。日本には建物の中にも喫煙室というものがあるが、英国では、室内は完全禁煙だそうである。したがって、愛煙家は戸外に出るほかはないのだ。<u>道路でタバコを吸いながら歩く人をよく見かける</u>[文法①]そうで、見ていると、吸い殻はそのまま道路にポイと※1 投げ捨てているということだ[文法②]。この行為はもちろん英国でも違法※2 なのだが、なんと、吸い殻集めを仕事にしている人がいて、吸い殻だらけのきたない道路は、いつの間にかきれいになるそうである。

※1　ポイと：吸殻を投げ捨てる様子

※2　違法：法律に違反すること

57 英国では、道路でタバコを吸いながら歩く人をよく見かけるとあるが、なぜか。

1　英国人は屋外が好きだから

2　英国には屋内にタバコを吸う場所がないから

3　英国では、道路にタバコを投げ捨ててもいいから

4　吸い殻集めを仕事にしている人がいるから

單字 》

» **屋外** 戸外

» **殻** 外皮，外殻

» **違反** 違反，違犯

▶▶翻譯

　　某篇報導指出，英國人喜歡待在室外，並且以舉出抽菸作為例子。雖然日本的建築物中設有吸菸室，但在英國，室內是完全禁菸的，因此老菸槍只能到室外吸菸。<u>據說在英國的路上經常可以看見邊走邊吸菸的人</u>，倘若進一步觀察，可以發現滿地都是隨手亂扔^{※1} 的菸蒂。這種行為在英國當然也是違法^{※2} 的，不過英國相關單位安排了專人負責清掃菸蒂，因此原本滿地菸蒂的髒亂道路，在不知不覺間又變回光鮮亮麗的模樣了。

※1 隨手亂扔：亂扔菸蒂的樣子

※2 違法：違反法律

[57] 為什麼在英國，<u>路上經常可以看見邊走邊抽菸的人</u>？

　　1　英國人喜歡待在室外。

　　2　在英國室內是完全禁菸的。

　　3　在英國可以於道路上隨手亂扔菸蒂。

　　4　在英國有以收集菸蒂為業的人。

🖐 **題型解題訣竅**

✓ **因果關係題**　參考 30 頁

考點　為什麼在英國，<u>路上經常可以看見邊走邊抽菸的人</u>？

關鍵　1. 直接在文章裡找到畫底線的詞組，往前後搜尋。

　　　2. 前一段提到英國人喜歡待在室外，並以吸煙的例子說明其原因。

　　　3. 畫出重點「その理由として」，知道原因就在附近。

　　　4. 仔細閱讀後，回到選項找到與之相符的答案。

位置　由底線之前的內容找到答案。

6

　　4行目に「室内は完全禁煙だそうである」「したがって、愛煙家は戸外に出るほかはない」とある。「ほかない」は「他に方法がない」という意味。

《その他の選択肢》

1. 屋外が好きなのは、室内が完全禁煙だから。室内で吸えないために道路で吸っていると考えられる。

3・4.道路で吸うための理由ではない。

　　第4行寫道「室内は完全禁煙だそうである／因為據說室內是全面禁菸的」、「したがって、愛煙家は戸外に出るほかはない／因此，癮君子只好到戶外（吸菸）」。「ほかない／別無他法」是「他に方法がない／除此之外沒有別的辦法」的意思。

《其他選項》

1. 喜歡室外是因為室內完全禁菸。因為室內不能吸菸，所以可以推測出會在路上吸菸。

4・3. 都不是在路上吸菸的理由。

Grammar

1

ほか（は）ない
只有…、只好…、
只得…

仕事はきついが、この会社で頑張るほかはない。
　　　　　　　　　　　　動詞辞書形＋ほか（は）ない
雖然工作很辛苦，但也只能在這家公司繼續熬下去。

2

〜まま
…著

このままでは両国の関係は悪化するばかりだ。
　　　この＋まま
再這樣下去的話，兩國的關係只會更加惡化。

(4)

電子書籍が登場してから、紙に印刷された出版物との共存が模索されている※1。紙派・電子派とも、それぞれ主張はあるようだ。

紙の本にはその本独特の個性がある。使われている紙の質や文字の種類・大きさ、ページをめくる※2時の手触りなど、紙でなければ味わえない魅力は多い。しかし、電子書籍の便利さも見逃せない。旅先で読書をしたり調べ物をしたりしたい時など、紙の本を何冊も持っていくことはできないが、電子書籍なら機器を一つ持っていけばよい。それに、画面が明るいので、暗いところでも読みやすいし、文字の拡大が簡単にできるのは、目が悪い人や高齢者には助かる機能だ。このように、それぞれの長所を理解して臨機応変※3に使うことこそ、今、必要とされているのであろう。

※1　共存を模索する：共に存在する方法を探す

※2　めくる：次のページにする

※3　臨機応変：変化に応じてその時々に合うように

　　　文法①

58 電子書籍と紙の本について、筆者はどう考えているか。

1　紙の本にも長所はあるが、便利さの点で、これからは電子書籍の時代になるだろう

2　電子書籍には多くの長所もあるが、短所もあるので、やはり紙の本の方が使いやすい

3　特徴をよく知ったうえで、それぞれを使い分けることが求められている

4　どちらにも長所、短所があり、今後の進歩が期待される

>> 翻譯

　　自從電子書問世以來，我們一直在思考電子書與紙本出版品的共存[※1]方式。紙本愛好者和電子書愛好者各自強調不同的優點。

　　紙本書籍可以窺見該書特有的性格。包括使用的紙質、文字的大小與形式和翻頁[※2]時的觸感等等，紙本書籍擁有許多紙張所獨具的魅力。然而，電子書的便利性也不容忽視。在旅途中我們無法攜帶太多書籍，想閱讀或查資料的時候，只要手持一台電子書閱讀器，就能完美解決一切問題。而且閱讀器的畫面可以調亮，即使在陰暗的地方也可以輕鬆閱讀，要放大文字也很容易，這對於視力不佳的讀者和年長者更是一大福音。如此理解雙方的長處，並視情況隨機應用[※3]，正是我們目前應當秉持的態度。

※1 共存：尋找共存的方法
※2 翻頁：翻至下一頁

※3 隨機應用：根據變化而進行應對

[58] 關於電子書和紙本書，作者的想法是如何？

1 雖然紙本書也有其優點，但以便利性來說，往後大概會是電子書的時代。

2 電子書雖然有諸多優點，但也有缺點，還是紙本書更易於閱讀。

3 應清楚了解兩者的特徵，並分別用於合適的使用場合。

4 兩者都各有其優缺點，期待今後還能更為進步。

 題型解題訣竅　　　　　✅ 主旨題 〔參考 24 頁〕

考點 關於電子書和紙本書，作者的想法是如何？

關鍵 1. 閱讀整篇文章，掌握文章結構。

2. 作者分別介紹兩者的特色，並於最後一句總結說出自己的想法。

3. 仔細閱讀後回到選項，選出與之相符的答案。

位置 最後一段落，往往都是主旨所在的地方。

題解 日文解題／解題中譯　　　　　　　　　　　　　　答案是 **3**

 最後（さいご）の文（ぶん）に「それぞれの長所（ちょうしょ）を理解（りかい）して臨機応変（りんきおうへん）に使（つか）うこと」とある。

《その他（ほか）の選択肢（せんたくし）》

1・2. 本文（ほんぶん）では紙（かみ）の本（ほん）と電子書籍（でんししょせき）のそれぞれの長所（ちょうしょ）を述（の）べており、どちらの方（かた）がいいということは言（い）っていない。

4. 紙（かみ）の本（ほん）と電子書籍（でんししょせき）の使（つか）い分（わ）けの必要性（ひつようせい）について述（の）べている文（ぶん）。「今後（こんご）の進歩（しんぽ）」については触（ふ）れていない。

文章最後寫道「それぞれの長所を理解して臨機応変に使うこと／理解各自的優點，臨機應變地應用」。

《其他選項》

1.・2. 文章中分別敘述了紙本書籍和電子書的優點，不過並沒有說哪種比較好。

4. 這篇文章敘述了靈活運用紙本書籍和電子書的必要性。但是並沒有提到關於「今後の進步／今後的進步」。

Grammar

1

ように

為了…而…

後ろの席まで聞こえる<u>ように</u>、大きな声で話した。
　　　　　　　　　　└─ 動詞辭書形+ように

提高了音量，讓坐在後方座位的人也能聽得見。

MEMO

電子書輕薄小巧，僅 200g 左右的重量，卻能容納龐大的書籍量。除了攜帶方便和節省空間之外，閱讀的感受也十分舒適不刺眼，需要時還能放大觀看，近來越來越被市場所接受。想用電子書讀日文書，亞馬遜的 Kindle 可說是最方便的選擇之一，註冊亞馬遜帳號，就能購買想要的日文書。

(5)

　舞台の演出家※1が言っていた。演技上、俳優の意外な一面を期待する場合でも、その人の普段まったくもっていない部分は、たとえそれが演技の上でもうまく出てこないそうだ。普段が面白くない人は舞台でも面白くなれないし、いい意味で裏がある※2人は、そういう役もうまく演じられるのだ。どんなに立派な俳優でも、その人の中にその部分がほんの少しもなければ、やはり演じることは難しい。同時に、いろいろな役を見事にこなす演技派※3と呼ばれる俳優は、それだけ人間のいろいろな面を自身の中に持っているということになるのだろう。

※1　演出家：演技や装置など、全体を考えてまとめる役割の人

※2　裏がある：表面には出ない性格や特徴がある

※3　演技派：演技がうまいと言われている人たち

59　演技派と呼ばれる俳優とはどんな人のことだと筆者は考えているか。

1　演出家の期待以上の演技ができる人
2　面白い役を、面白く演じることができる人
3　自分の中にいろいろな部分を持っている人
4　いろいろな人とうまく付き合える人

単字》

» 演技（演員的）演技，表演；做戲

» 普段　平常，平日

» 役　職務，官職；責任，任務；（負責的）職位；角色；使用，作用

» 人間　人，人類；人品，為人；（文）人間，社會，世上

» 自身　自己，本人；本身

» 装置　裝置，配備，安裝；舞台裝置

» 役割　分配任務（的人）；（分配的）任務，角色，作用

▶▶ 翻譯

　　某位舞台導演 ※1 說過，如果在表演中期待某個演員表現出令人意外的一面，但這一面是他平時完全沒有的特質，那麼就算他演技再好，也無法好好發揮。平常不風趣的人在舞台上也無法搞笑，只有擁有與角色相同的隱藏性格 ※2 的人，才能完美的詮釋角色。無論是多麼出色的演員，如果他內心沒有一丁點角色的特質，也很難飾演那個角色。由此可見，在這些被評價為「能夠完美詮釋任何角色」的<u>演技派 ※3</u> 演員心裡，必然擁有各種各樣的心理面向吧。

※1 舞台導演：全面規劃表演與舞台布景等的人

※2 隱藏性格：擁有沒有外顯出的個性或特質

※3 演技派：被觀眾評價為演技很好的人

[59] 作者認為<u>被評價為演技派的演員</u>是什麼樣的人呢？

1　演技超出導演期待的人。

2　可以詼諧演出風趣腳色的人。

3　心裡擁有各種各樣的心理面向的人。

4　和各種各樣的人都合得來的人。

題型解題訣竅　　　✔ 細節題　　參考 26 頁

考點 作者認為<u>被評價為演技派的演員</u>是什麼樣的人呢？

關鍵 1. 細節項目是 【who】だれ（人物）[什麼樣的人？]

　　　 2. 問題形式：～どんな～か。

　　　 3. 從畫線處往前後搜尋。

　　　 4. 後一句提到「擁有各種各樣的心理面向」，回到選項選出與之相符的答案。

位置 由底線之後的內容找到答案。

6 続けて「それだけ人間のいろいろな面を自身の中に持っているということになる」と言っている。これは３の内容と同じ。

底線部分後面接「それだけ人間のいろいろな面を自身の中に持っているということになる／讓人類的各種面向存於自己心中」。這和選項３的內容相同。

Grammar

1

～たとえ～ても

即使…也…、
無論…也…

たとえ給料が今の２倍でも、そんな仕事はしたくない。
たとえ＋名詞＋でも

就算給我現在的兩倍薪水，我也不想做那種工作。

MEMO

問題 ⑪ 翻譯與題解

第 11 大題　請閱讀以下 (1) 至 (3) 的文章，然後從 1、2、3、4 之中挑出最適合的選項回答問題。

(1)

　　あるイギリスの電気製品メーカーの社長が言っていた。「日本の消費者は世界一厳しいので、日本人の意見を取り入れて開発しておけば、どの国でも通用する」と。しかしこれは、日本の消費者を褒めているだけではなく、そこには

□ もこめられているように思う。

　　例えば、掃除機について考えてみる。日本人の多くは、使うときにコード※1を引っ張り出し、使い終わったらコードは本体内にしまうタイプに慣れているだろう。しかし海外製品では、コードを収納する機能がないものが多い。使う時にはまた出すのだから、出しっぱなし※2でいい、という考えなのだ。メーカー側にとっても、コードを収納する機能をつけるとなると、それだけスペースや部品が必要となり、本体が大きくなったり重くなったりするため、そこまで重要とは考えていない。しかし、<u>コード収納がない製品は日本ではとても不人気だった</u>とのこと。掃除機を収納する時には、コードが出ていないすっきりした状態でしまいたいのが日本人なのだ。

└─文法①

單字》

» **取り入れる** 收穫，收割；收進，拿入；採用，引進，採納

» **引っ張る**（用力）拉；拉上，拉緊；強拉走；引誘；拖長；拖延；拉（電線等）；（棒球向左面或右面）打球

» **収納** 收納，收藏

» **発想** 構想，主意；表達，表現；（音樂）表現

» **主義** 主義，信條；作風，行動方針

» **器具** 器具，用具，器械

» **コンセント**【consent】電線插座

　　また掃除機とは、ゴミを吸い取って本体の中の一か所にまとめて入れる機械だが、そのゴミスペースへのこだわり※3 に、国民性ともいえる違いがあって興味深い。日本人は、そこさえも、洗えたり掃除できたりすることを重要視する人が多いそうだ。ゴミをためる場所であるから、よごれるのが当たり前で、洗ってもまたすぐによごれるのだから、それほどきれいにしておく必要はない。きれいにするのは掃除をする場所であって、掃除機そのものではない。性能に違いがないのなら、そのままでいいではないか、というのが海外メーカーの発想である。

　　この違いはどこから来るのだろうか。日本人が必要以上に完璧主義※4 なのか、細かいことにうるさいだけなのか、気になるところである。

※1　コード：電気器具をコンセントにつなぐ線

※2　出しっぱなし：出したまま

※3　こだわり：小さいことを気にすること
　　　強く思って譲らないこと

※4　完璧主義：完全でないと許せない主義

▶翻譯

　　英國某家電器製造商的總經理說過，「日本的消費者是世界上最嚴格的，因此只要採納日本人的

意見來開發商品，無論到哪個國家都能吃得開」。不過，這句話可不然是對日本消費者的讚美，我認為其中也包含了對日本消費者的諷刺。

　　我們不妨以吸塵器為例。多數日本人使用吸塵器時的習慣是先把電線[※1]拉出來，使用完畢再把電線收回吸塵器內部。但是國外的吸塵器大多沒有收納電線的功能，因為外國人認為「反正用的時候還是要拉出來，所以直接放著[※2]就好了」；至於製造商則是認為，如果加入收納電線的功能，還需要額外的空間和其他零件，吸塵器本身也會變得更大且更重，此外也不認為這項功能有這麼重要。可是，無法收納電線的吸塵器在日本很不受消費者歡迎。日本人希望在收起吸塵器時電線不要外露，能夠維持整潔的狀態。

　　另外，所謂吸塵器，就是一台將吸入的垃圾暫時儲存在內部某處的機器，日本人對於這個儲存垃圾的空間十分講究[※3]，這也可以說是國民性的差異，值得玩味。據說有許多日本人很重視這個部分，認為這裡也需要好好清洗。然而國外的製造商則認為，畢竟是存放垃圾的部分，會髒也是正常的，就算清洗也很快就髒了，沒必要弄得那麼乾淨。真正應該保持清潔的是要打掃的地方，並不是吸塵器本身。只要不影響吸塵器本身的功能，那麼維持原樣就好了。

　　為什麼會形成這種差別？究其原因，到底是日本人過於奉行完美主義[※4]，還是日本人的吹毛求疵？我感到非常好奇。

※1 電線：連接電器和插頭的電線
※2 直接放著：任憑物品裸露在外
※3 講究：在意小細節、堅持主張不肯讓步
※4 完美主義：無法忍受不完美

もんだい

60 文章中の □ に入る言葉を次から選べ。

1 冗談

2 感想

3 親切

4 皮肉

▶▶**翻譯**

[60] 適合填入文章中 □ 的為下列何者？

1 玩笑。

2 感想。

3 親切。

4 諷刺。

題型解題訣竅
✔ 填空題 參考 36 頁

考點 這題是意思判斷填空題。屬句中填空題。

關鍵 1. 根據前後句子之間的意思，可推出兩句間的邏輯關係，加以判斷。

2. 一邊帶入一邊刪除不可能的選項。無法判斷時，先掌握作者意圖。

3. 略讀文章，從最後一段可明確看出作者的想法，認為日本人的完美主義似乎有些過頭了。可知第一句並不只是稱讚，還帶有諷刺的意味。

位置 最後一段。

6

「しかしこれは、…褒めているだけではなく」とあり、□には「褒める」と対立する意味のことばが入ると予想できる。

「皮肉」は、相手の弱点などを、意地悪く間接的な表現で指摘すること。

また「～をこめる（込める）」に当てはまることばとしても、「皮肉」が適当。

因為文中提到「しかしこれは、…褒めているだけではなく／然而這句話，…並非表示稱讚」，所以可以推測□中應填入和「褒める／稱讚」相反意思的詞語。

「皮肉／諷刺」是間接指出對方的缺點的意思，是帶有惡意的表達方式。

另外，可以搭配「～をこめる（込める）／帶有～」的詞語是「皮肉／諷詞」。

もんだい

61 コード収納がない製品は日本ではとても不人気だったのはなぜか。

1 日本人は、コード収納部分がよごれるのをいやがるから。

2 日本人は、コードを掃除機の中に入れてすっきりとしまいたがるから。

3 日本人は、コードを掃除機本体の中にしまうのを面倒だと思うから。

4 日本人は、コード収納がない掃除機を使い慣れているから。

翻 譯

[61] 為什麼<u>無法收納電線的吸塵器在日本很不受消費者歡迎呢</u>？

　1　日本人不喜歡把收納電線的部分弄髒。

　2　日本人喜歡把電線收納進吸塵器中，維持整潔的狀態。

　3　日本人認為把電線收進吸塵中太麻煩了。

　4　日本人習慣使用沒有電線收納功能的吸塵器。

題型解題訣竅　　　　　　　　　　　　✔ 因果關係題　參考 30 頁

考點　為什麼無法收納電線的吸塵器在日本很不受消費者歡迎呢？

關鍵　1. 直接在文章裡找到畫底線的詞組，往前後搜尋。

　　　　2. 雖然沒有明確的因果關係詞，但由句子邏輯可知後方敘述
　　　　　 為此作出解釋。

　　　　3. 回到選項找到與之相符的答案。

位置　由底線之後的內容找到答案。

題解　日文解題／解題中譯　　　　　　　　　　　　　　　答案是 **2**

　　続く文「掃除機を収納する時には…」で説明されている。文末
の「～（な）のだ」は理由や状況を説明するときの言い方。

　　畫線部分後面接著說明「掃除機を収納する時には…／收納吸塵
器時…」。這個段落最後的「～（な）のだ／這就是…」是說明原
因或情況的說法。

62 この違いとは、何か。

1 日本人のこだわりと海外メーカーの発想の違い。

2 日本人のこだわりと外国人のこだわりの違い。

3 日本人の好みと海外メーカーの経済事情。

4 掃除機に対する日本人の潔癖性と、海外メーカーの言い訳。

▶▶翻譯

[62] 這種差別指的是什麼？

　　1　日本人的講究和海外廠商的構思差異。

　　2　日本人的講究和外國人的講究差異。

　　3　日本人的喜好和外國廠商的經濟狀況。

　　4　日本人對吸塵器的潔癖和海外廠商的藉口。

　題型解題訣竅　　指示題　參考28頁

考點 這種差別指的是什麼？

關鍵 1. 指示詞「この」是替換曾經敘述過的事物時→答案在指示詞之前。

　　2. 這一題答案在「この」的前一段。

　　3. 指示的內容是一個「長文」。

位置 「これ」的前一段。

6

　　ひとつ前の段落を見る。段落の前半は日本人の「ゴミスペースへのこだわり」について、段落の後半「ゴミをためる場所であるから…」は「海外メーカーの発想」について述べている。

《その他の選択肢》

2. 本文では「外国人のこだわり」については、述べていない。
3. 「海外メーカーの経済事情」については述べていない。
4. 海外メーカーは、日本人の求めるさまざまな機能を必要ないと考えている。日本人とは発想が違うのであって、できないと言い訳しているわけでなはい。

　　首先請看上一段。前半段是針對日本人「ゴミスペースへのこだわり／對存放垃圾的空間的講究」進行說明，後半段的「ゴミをためる場所であるから…／因為有囤積垃圾的空間…」則是敘述「海外メーカーの発想／海外廠商的主意」。

《其他選項》

2. 文中並沒有針對「外国人のこだわり／外國人的講究」進行敘述。
3. 文中並沒有針對「海外メーカーの経済事情／海外廠商的經濟狀況」進行敘述。
4. 海外廠商認為日本人所追求的 "多功能" 並非必要。這是因為外國人和日本人的想法不同，並不是海外廠商為 "無法做到" 而找的藉口。

Grammar

1

っぱなしで、
っぱなしだ、
っぱなしの

一直…、總是…

今の仕事は朝から晩まで立ちっ放しで辛い。

╰ 動詞ます形＋っ放しで

目前的工作得從早到晚站一整天，好難受。

（2）

　電車に乗って外出した時のことである。たまたま一つ空いていた優先席に座っていた私の前に、駅で乗り込んできた高齢の女性が立った。日本に留学して２年目で、優先席のことを知っていたので、立ってその女性に席を譲ろうとした。すると、その人は、小さな声で「次の駅で降りるので大丈夫」と言ったのだ。それで、それ以上はすすめず、私はそのまま座席に座っていた。しかし、その後、次の駅でその人が降りるまで、とても困ってしまった。優先席に座っている自分の前に高齢の女性が立っている。席を譲ろうとしたけれど断られたのだから、私は責められる立場ではない。しかし、周りの乗客の手前、なんとも居心地※1が悪い。みんなに非難※2されているような感じがするのだ。「あの女の子、お年寄りに席も譲らないで、…外国人は何にも知らないのねぇ」という声が聞こえるような気がするのだ。どうしようもなく、私は読んでいる本に視線を落として、周りの人達も彼女の方も見ないようにしていた。

　さて、次の駅にそろそろ着く頃、このまま下を向いていようかどうしようか、私は、また悩んでしまった。すると、降りる時にその女性がポンと軽く私の肩に触れて言ったのだ。周りの

單字 》

» 外出 出門，外出

» 責める 責備，責問；苛責，折磨，摧殘；嚴加催討；馴服馬匹

» 触れる 接觸，觸摸（身體）；涉及，提到；感觸到；抵觸，觸犯；通知

» すっきり 舒暢，暢快，輕鬆；流暢，通暢；乾淨整潔，俐落

272

人達にも聞こえるような声で、「ありがとね」
と。

　このひとことで、私はすっきりと救われた気
がした。「いいえ、どういたしまして」と答えて、
私たちは気持ちよく電車の外と内の人となった。

　実際には席に座らなくても、席を譲ろうとし
たことに対してお礼が言える人。簡単なひとこ
とを言えるかどうかで、相手も自分もほっとす
る。周りの空気も変わる。たったこれだけのこ
となのに、その日は１日なんだか気分がよかっ
た。

※１　居心地：その場所にいて感じる気持ち
※２　非難：責めること

▶▶翻譯

　　這件事發生在某次我搭乘電車外出的時候。
當時我坐在空著的博愛座上，列車靠站後，有一
位年長的女士上了車，正好站在我的面前。那是
我在日本留學的第 2 年，知道日本有「博愛座」
的制度，便起身讓座給那位女士。那位女士見狀，
小聲的對我說：「沒關係，我下一站就要下車了」。
我聽了之後便不再讓座，繼續坐在位子上。然而
從這一刻起，直到那名女士在下一站下車之前，
我一直感到侷促不安──自己坐的博愛座前面站著
一位年長女士。我想讓座但被拒絕了，因此錯不
在我，可是周圍乘客的目光讓我很不自在 ※1。我
感覺大家彷彿都在譴責 ※2 我，總覺得好像聽見有

人說：「那個女孩子不肯讓座給老人家，…外國人真是不懂事啊」。我沒辦法，只好將視線移到正在閱讀的書籍上，盡量不去看周遭的人，也不看那位女士。

　　終於即將抵達下一站了，我又開始煩惱到底該繼續低著頭呢還是該怎麼做呢。結果，那位女士臨下車前，輕輕拍了拍我的肩膀，並用周圍的人也能聽見的音量對我說「謝謝妳喔」。

　　這句話拯救了我。我回答：「哪裡，不客氣」。就這樣，分別置身於車廂內外兩個不同世界的我們，同樣隨之放下了心中那塊大石。

　　這位女士是一位「即使沒有接受讓座，也還是會對讓座者表示感謝」的人。只要說出這簡簡單單的一句話，就能讓雙方都鬆一口氣，也能緩和周圍的氣氛。如此小小的舉動，可以讓大家擁有一整天的好心情。

※1 感受：在當下所感受到的心情
※2 譴責：責備

もんだい

63 居心地が悪いのは、なぜか。

1 席を譲ろうとしたのに、高齢の女性に断られたから。

2 高齢の女性に席を譲ったほうがいいかどうか、迷っていたから。

3 高齢の女性と目を合わせるのがためらわれたから。

4 優先席で席を譲らないことを、乗客に責められているように感じたから。

▶▶翻譯

[63] 為什麼讓我很不自在呢？

1　因為想讓座但被拒絕了。

2　因為在猶豫要不要讓座給年長的女士。

3　因為心中遲疑不安，不敢與年長女士視線相對。

4　因為坐博愛座卻不讓位，好像感覺到乘客們的譴責。

 題型解題訣竅　　　　　　　　　**ⓥ 因果關係題**　參考30頁

考點　為什麼讓我很不自在呢？

關鍵　1. 在文章裡找到畫底線的詞組，往前後搜尋。

　　　2. 從前後句的邏輯可知，作者在下一句道出了原因。

　　　3. 仔細閱讀選項並對照，選出最相近的敘述。

位置　由底線之後的內容找到答案。

題解　日文解題／解題中譯　　　　　　　　　　　　答案是 **4**

 すぐ後に「みんなに非難されているような感じがするのだ」と
ある。

　畫線部分的下一句寫道「みんなに非難されているような感じが
するのだ／有種被大家指責的感覺」。

64 高齢の女性は、どんなことに対してお礼を言ったのか。

1 筆者が席を譲ってくれたこと。

2 筆者が席を譲ろうとしたこと。

3 筆者が知らない自分としゃべってくれたこと。

4 筆者が次の駅まで本を読んでいてくれたこと。

>> 翻 譯

[64] 年長的女性為了什麼事道謝呢？

1 作者讓位。

2 作者想要讓位。

3 作者和陌生的自己進行對話。

4 作者在抵達下一站前讀書給自己聽。

題型解題訣竅

細節題 參考26頁

考點 年長的女性為了什麼事道謝呢？

關鍵 1. 細節項目是【what】なに (物・事) [什麼事？]

2. 問題形式：～どんな～か。

3. 這題從題目與選項的關鍵詞的提示去找答案，是一種簡明有效的辦法。

4. 道謝的後一段提到女士是一位「即使沒有接受讓座，也還是會對讓座者表示感謝」的人。

位置 最後一段的第一句。

題解 日文解題／解題中譯

答案是 **2**

高齢の女性は、筆者が席を譲ろうとしたことに対してお礼を言ったと考えられる。

《その他の選択肢》

1. 女性に断られたので、筆者は席を譲っていない。
3. 譲ろうとして声をかけた以外は話していないので、当てはまらない。
4. お礼を言うことではない。

　可以推測年邁女性對於作者想讓位表達了感謝之意。

《其他選項》

1. 因為女士拒絕了，所以作者並沒有讓位。

3. 兩人除了"讓位"之外並沒有其他對話，所以不正確。

4. 這並不是道謝的話。

もんだい

65 簡単なひとこととは、ここではどの言葉か。

　1　「どうぞ。」

　2　「次の駅で降りるので大丈夫。」

　3　「ありがとね。」

　4　「いいえ、どういたしまして。」

▶▶翻譯

[65] 這裡的這簡簡單單的一句話，指的是哪句話？

　1　「請。」

　2　「沒關係，我下一站就要下車了。」

　3　「謝謝妳喔。」

　4　「哪裡，不客氣。」

題型解題訣竅

指示題 參考28頁

考點 這裡的這簡簡單單的一句話，指的是哪句話？

關鍵 1.「簡単なひとこと」是指前面出現過的某句話。

2. 從畫線處後方得到提示，這句話讓作者鬆了一口氣。

3. 從選項回畫線處之前的段落尋找，選出最符合的答案。

位置 畫線處的前兩段。

題解 日文解題／解題中譯　　　　　　　　　　　　　　答案是 **3**

6

筆者は、女性の「ありがとうね」のひとことで、「救われた気がした」と言っている。

　　因為女士的「ありがとうね／謝謝你呢」這一句話，而使作者「救われた気がした／感覺鬆了一口氣」。

Grammar

1

〜まま

就這樣…、依舊

そのまま、置いといてください。

その＋まま

請這樣放著就可以了。

MEMO

在日本讓座其實很簡單，您可以說「どうぞ座ってください」（請坐）或「よかったらどうぞ」（您不介意的話，請坐），當對方不好意思接受，您可以說「大丈夫です。すぐ降ります」（沒關係，我下一站下車），或許就能化解被拒絕的尷尬情況了。

不可以隨便坐的「優先席」

在日本關東地區的地鐵中都設有老弱孕殘用的「優先席」（博愛座），但事實上，日本許多老年人即使一把年紀，身體依舊硬朗，上了車也寧願站著，因此優先席就經常坐滿了上班族和年輕人。為了解決此問題，北海道札幌的地鐵將告示由「優先席」改為「專用席」，換個名字，就讓身障者等需要座位的民眾更容易入座，竟使乘坐率高達93.4%。

以下延伸學習幾種表達感謝和不客氣的說法：

① まあ、やさしい！（哎呀，您真是太貼心了。）

② お気遣いありがとう。（感謝您的關懷。）

③ お心遣いありがとう。（感謝您的細心。）

④ ご親切にどうもありがとう。（您真親切，謝謝。）

⑤ 気にしないで。（請不要在意。）

下次到札幌搭乘地鐵，除了可以觀察看看「專用席」的告示之外，也要小心如果不是對象人士，隨意坐上去的話可能會遭到其他乘客責備的目光。但由於札幌地鐵的路線從南到北不會超過半小時，因此不找位置坐的人也不在少數。

279

（3）

日本では、旅行に行くと、近所の人や友人、会社の同僚などにおみやげを買ってくることが多い。

　「みやげ」は「土産」と書くことからわかるように、もともと「その土地の産物」という意味である。昔は、交通機関も少なく、遠い所に行くこと自体が珍しく、また、困難なことも多かったので、遠くへ行った人は、その土地の珍しい産物を「みやげ」として持ち帰っていた。しかし、今は、誰でも気軽に旅行をするし、どこの土地にどんな産物があるかという情報もみんな知っている。したがって、どこに行っても珍しいものはない。
文法①

　にも関わらず、おみやげの習慣はなくならない。それどころか、今では、当たり前の決まりのようになっている。おみやげをもらった人は、自分が旅行に行った時もおみやげを買わなければと思い込む。そして、義務としてのおみやげ選びのために思いのほか時間をとられることになる。せっかく行った旅先で、おみやげ選びに貴重な時間を使うのは、もったいないし、ひどく面倒だ。そのうえ、海外だと帰りの荷物が多くなるのも心配だ。
文法②
文法③

單字》

» **同僚** 同事，同僚
» **土地** 土地，耕地；土壤，土質；某地區，當地；地面；地區
» **義務** 義務
» **折角** 特意地；好不容易；盡力，努力，拼命的
» **貴重** 貴重，寶貴，珍貴
» **自宅** 自己家，自己的住宅
» **記念** 紀念

280

　　この面倒をなくすために、日本の旅行会社
25 では、うまいことを考え出した。それは、旅
行者が海外に行く前に、日本にいながらにして
パンフレットで外国のお土産を選んでもらい、
帰国する頃、それをその人の自宅に送り届ける
のである。

30 　　確かに、これを利用すればおみやげに関す
る悩みは解決する。しかし、こんなことまでし
て、おみやげって必要なのだろうか。その辺を
考え直してみるべきではないだろうか。

　　旅行に行ったら、何よりもいろいろな経験
35 をして見聞※を広めることに時間を使いたい。
自分のために好きなものや記念の品を買うのは
いいが、義務や習慣として人のためにおみや
げを買う習慣そのものを、そろそろやめてもい
いのではないかと思う。

※　見聞：見たり聞いたりして得る知識

≫翻譯

　　在日本，多數人旅行時都會買伴手禮回來送
給鄰居、朋友或同事。

　　從「みやげ」的漢字「土產」可知，這個詞
原本是「當地的產物」的意思。以前交通還不發
達，出遠門是很難得也很不容易的，所以出遠門
的人都會買當地的特有名產當作「伴手禮」帶回
來。然而現在，大家想去哪裡都可以輕鬆成行，

也很清楚什麼地方有什麼名產。因此，去任何地方旅行都不稀奇了。

儘管這樣，送禮的習俗並沒有消失。不僅如此，現在送禮已經變成理所當然的事，而收到禮物的人也覺得自己去旅行時同樣需要買禮物回送才行。就這樣，買禮物成為義務，必須額外花費時間挑選禮物。難得來一趟旅行，卻把寶貴的時間花在挑選禮物上，不但浪費時間還麻煩得很。而且如果是出國旅行，回國時行李還會增加，這點也很令人煩惱。

為了解決這個麻煩，日本的旅行社提出了一個好點子。就是在旅客出國前，先在國內（日本）瀏覽外國伴手禮的宣傳冊子、選購伴手禮，這些伴手禮將在旅客回國後送至旅客的住處。

的確，只要利用這項服務就可以解決關於伴手禮的煩惱；但是為了區區伴手禮，真有必要做到這種程度嗎？我們應該重新思考伴手禮的意義。

去旅行最重要的就是增廣見聞[※]，應該把時間用在體驗各種事物上。我們可以買喜歡的東西或紀念品送給自己，至於出於義務或習慣而買禮物送給他人，我想，是時候該戒除這種習慣了。

※ 見聞：透過實際看到或聽到的事物獲得知識

もんだい

66 「おみやげ」とは、もともとどんな物だったか。

1 お世話になった近所の人に配る物

2 その土地でしか買えない高価な物

3 どこの土地に行っても買える物

4 旅行をした土地の珍しい産物

▶ 翻譯

[66]「土產」原本是指什麼樣的物品呢？

1 送給附近照顧自己的人的物品。

2 只有在當地才買得到的高額物品。

3 不管到哪裡都買得到的物品。

4 旅行目的地當地的珍貴產品。

 題型解題訣竅　　　　 細節題　參考 26 頁

考點 「土產」原本是指什麼樣的物品呢？

關鍵 1. 要考的是 【what】なに（物・事）[是什麼樣的物品？]

2. 問題形式：〜どんな〜か

3. 從關鍵詞的提示去找答案，是一種簡明有效的辦法。這裡是「もともと」。

4. 透過關鍵詞找到答案句，這裡的答案句是「その土地の珍しい産物を『みやげ』として持ち帰っていた」。

5. 再經過簡化句子的結構，來推敲答案。

位置 第 2 段。

6

8行目に「遠くへ行った人は、その土地の珍しい産物を…」とある。

《その他の選択肢》

2.「高価な」が間違い。

第8行寫道「遠くへ行った人は、その土地の珍しい産物を…／出遠門的人，(會買)當地出產的產物…」。

《其他選項》

2.「高価な／昂貴的」不正確。

もんだい

67 うまいことについて、筆者はどのように考えているか。

1 貴重なこと

2 意味のある上手なこと

3 意味のない馬鹿げたこと

4 面倒なこと

》翻譯

[67] 關於好點子，作者有什麼想法呢？

1 是很珍貴的事。

2 有意義且聰明的事。

3 沒有意義又愚蠢的事。

4 麻煩的事。

題型解題訣竅

✔ 細節題 參考 26 頁

考點 該如何領取預約書？

關鍵 1. 考的是【how】どのように [怎麼想？]

2. 在文章裡找到畫底線的詞組，往前後搜尋。

3. 下一段可找到作者的想法。「必要なのだろうか」呼應選項中的「意味のない」。

位置 倒數第 2 段。

題解 日文解題／解題中譯
答案是 ③

　筆者はこの旅行会社の企画に対して、批判的である。「こんなことまでして、おみやげって必要なのだろうか」と言っている。
《その他の選択肢》

1・2. 評価しているので、間違い。

4. 旅行者にとって便利な（面倒をなくすための）ものなので間違い。

　作者在批評這家旅行社的企劃。文中寫道「こんなことまでして、おみやげって必要なのだろうか／做到這種程度，還需要伴手禮嗎」。

《其他選項》

1・2. 都是對此企劃的正面評價，所以不正確。

4. 對觀光客而言，這項服務非常便利 (可以省麻煩)，所以不正確。

68 筆者は、旅行で大切なのは何だと述べているか。

1 自分のために見聞を広めること

2 記念になるおみやげを買うこと

3 自分のために好きなものを買うこと

4 その土地にしかない食べ物を食べること

▶▶翻譯

[68] 作者認為旅行最重要的是什麼呢？

1 為自己增廣見聞。

2 購買可以當作紀念的土產。

3 買喜歡的東西送給自己。

4 品嘗當地特有的食物。

題型解題訣竅　　　　　　　　　　　✔ 主旨題 （參考24頁）

考點 作者認為旅行最重要的是什麼呢？

關鍵 1. 略讀整篇文章，掌握文章結構。

2. 最後一段開頭「何よりも」之後就是旅行最重要的事。

3. 理解文句後選出最符合的選項。

位置 最後一段落，往往是主旨所在的地方。

題解 日文解題／解題中譯　　　　　　　　　　　　答案是 **1**

最後の段落に「何よりもいろいろな経験をして見聞を広めることに時間を使いたい」とある。

　最後一段提到「何よりもいろいろな経験をして見聞を広めることに時間を使いたい／最重要的是想利用時間體驗各式各樣事物，增廣見聞」。

Grammar

1

したがって

隨著…、逐漸…

季^き節^{せつ}の変^{へん}化^かにしたがって、町^{まち}の色^{いろ}も変^かわってゆく。

名詞＋にしたがって

隨著季節的變化，街景也逐漸改變了。

2

～にもかかわらず

雖然…，但是…、
儘管…，卻…、
雖然…，卻…

周^{まわ}りの反^{はん}対^{たい}にもかかわらず、会^{かい}社^{しゃ}をやめた。

名詞＋にもかかわらず

他不顧周圍的反對，辭掉工作了。

3

～どころか

哪裡還…、非但…、
簡直…

腰^{こし}が痛^{いた}くて、勉^{べん}強^{きょう}どころか、横^{よこ}になるのも辛^{つら}いんだ。

名詞＋どころか

腰實在痛得受不了，別說唸書了，就連躺著休息都覺得痛苦。

MEMO

義務性的購買伴手禮雖然累人，不過日本各地的伴手禮選擇琳瑯滿目，且總能與當地的特色、特產完美結合，逛伴手禮店也能順便了解當地有名的產物。此外日本各地也喜歡創造吉祥物，並結合水壺、毛巾、Ｔ恤等各種實用商品，既實用又兼具紀念價值。

表示原因的關鍵詞

N2 閱讀中，讀懂句型或接續詞經常是掌握文章方向的重要關鍵。以下舉出幾個常考詞和兩題問題，小試身手一下吧！

> ### ことだから
> 因為是…，所以…

> ### あまり（に）
> 由於過度…

> ### ことから
> 因為…

> ### だけに
> 正因為…，所以…

> ### それで
> 因此

> ### ばかりに
> 就因為…

> ### したがって
> 因此

> ### だって
> 因為（表示將自身行為正當化的理由）

Practice

練習 請填入正確的詞語

❶ 父の死を聞いて、驚きの（　　　）言葉を失った。

　1. ばかりに　　　2. あまり　　　3. だけに

❷ 顔がそっくりな（　　　）、双子だと分かった。

　1. ことだから　　2. ことから　　3. 以上

もんだい 12 問題 ⑫ 翻譯與題解

第12大題　以下的文章A與B分別針對育兒進行論述。請閱讀兩篇文章，
然後從1、2、3、4之中挑出最適合的選項回答問題。

A

　　ファミリーレストランの中で、それぞれ
5、6歳の幼児を連れた若いお母さんたちが
食事をしていた。お母さんたちはおしゃべ
りに夢中。子供たちはというと、レストラ
ンの中を走り回ったり、大声を上げたり、
我が物顔^{※1}で暴れまわっていた。

　　そのとき、一人で食事をしていた中年
の女性がさっと立ち上がり、子供たちに
向かって言った。「静かにしなさい。こ
こはみんながお食事をするところです
よ。」それを聞いていた4人のお母さん
たちは「すみません」の一言もなく、「さ
あ、帰りましょう。騒ぐとまたおばちゃ
んに怒られるわよ。」と言うと、子供た
ちの手を引き、中年の女性の顔をにらむ
ようにして、レストランを出ていった。

　　少子化が問題になっている現代、子育
て中の母親を、周囲は温かい目で見守
らなければならないが、母親たちも社会
人としてのマナーを守って子供を育てる
ことが大切である。

單字》

» 上げる 舉起，
抬起，揚起，懸
掛；（從船上）
卸貨；增加；升
遷；送入；表示
做完；表示自謙

» 立ち上がる
站起，起來；升
起，冒起；重
振，恢復；著
手，開始行動

» 睨む 瞪著眼
看，怒目而視；
盯著，注視，仔
細觀察；估計，
揣測，意料；盯
上

» 周囲 周圍，四
周；周圍的人，
環境

» 明らか 顯然，
清楚，明確；明
亮

» 穏やか 平穩；
溫和，安詳；穩
定

B

　若い母親が赤ちゃんを乗せたベビーカーを抱えてバスに乗ってきた。その日、バスは少し混んでいたので、乗客たちは、明らかに迷惑そうな顔をしながらも何も言わず、少しずつ詰め合ってベビーカーが入る場所を空けた。赤ちゃんのお母さんは、申しわけなさそうに小さくなって、ときどき、周囲の人たちに小声で「すみません」と謝っている。

　その時、そばにいた女性が赤ちゃんを見て、「まあ、かわいい」と声を上げた。周りにいた人達も思わず赤ちゃんを見た。赤ちゃんは、周りの人達を見上げてにこにこ笑っている。とたんに、険悪※2だったバス_{文法①}の中の空気が穏やかなものに変わったような気がした。赤ちゃんのお母さんも、ホッとしたような顔をしている。

　少子化が問題になっている現代におい_{文法②}て最も大切なことは、子供を育てているお母さんたちを、周囲が温かい目で見守ることではないだろうか。

※1　我が物顔：自分のものだというような
　　　遠慮のない様子

290

※2　險惡：人の気持ちなどが険しく悪いこと
<small>けんあく　ひと　き も　　　　　けわ　　わる</small>

>>翻譯

A

　　在家庭餐廳裡，有一群帶著 5、6 歲小孩子的年輕媽媽們正在用餐。媽媽們專注聊天，小孩子們就在餐廳裡跑來跑去、大聲吵鬧、旁若無人[※1] 的胡鬧。

　　這時，有一名正在用餐的中年女士突然站了起來，對小孩子們說：「請安靜一點。餐廳是大家用餐的地方（不是玩鬧的地方）」。聽見這句話，4 位母親連一句「對不起」都沒有，只是對孩子說：「好了我們回家吧，繼續吵鬧的話阿姨又要發火了。」然後拉起孩子的手，瞪了那名中年女士一眼，走出了餐廳。

　　在少子化問題加劇的現代，雖然周遭的人們應該以溫暖的心去守護養育孩子的母親，但重要的是，身為母親也應遵守社會人士的禮貌，好好地教養孩子。

B

　　有一名年輕媽媽推著嬰兒車搭上了巴士。這天巴士有點擁擠，其他乘客們雖然明顯露出了厭煩的表情，但沒有人開口抱怨。大家稍微擠一擠，挪出一個空間來放嬰兒車。嬰兒的母親似乎覺得很抱歉，時不時向周圍的乘客小聲的說「不好意思」。

這時，站在一旁的女性乘客看見了小嬰兒，說道：「啊，好可愛」。周圍的人也跟著不由自主地看向小嬰兒。小嬰兒抬頭看著周圍的人群，開心的笑了起來。巴士裡緊張 ※2 的氣氛倏地緩和下來，嬰兒的母親也露出鬆了一口氣的表情。

　　在少子化問題逐漸加劇的現代，最重要的是，周圍的人們應該以溫暖的心守護養育孩子的母親。

※1 旁若無人：大模大樣
※2 險惡：造成他人心情惡劣

もんだい

69　ＡとＢのどちらの文章でも問題にしているのは、どんなことか。

1　子供を育てる上で大切なのはどんなことか。

2　少子化問題を解決するにあたり、大切なことは何か。

3　小さい子供をどのように叱ったらよいか。

4　社会の中で子供を育てることの難しさ。

▶ 翻譯

[69] 下列何者是文章Ａ和Ｂ中都提及的問題？

　　1　養育孩子不可忽視的事情為何？

　　2　解決少子化問題，重要的是什麼事情？

　　3　要如何責罵幼小的孩童？

　　4　面對這個社會，教養孩子的難處。

題型解題訣竅

細節題 參考 26 頁

考點 下列何者是文章 A 和 B 中都提及的問題？

關鍵 1. 細節項目是 【what】なに (物・事) [做什麼事？]

2. 問題形式：～どんな～か。

3. 略讀兩篇文章，掌握文章結構。

4. 兩篇文章的最後一段，分別講述了想探討的問題。

位置 最後一段落。

題解 日文解題／解題中譯　　　　　　　　　　　　　　答案是 **2**

Ａ の最後の段落には「少子化が問題になっている現代、…ことが大切である」、Ｂ の最後の段落には「少子化が問題になっている現代において最も大切なことは、…」とある。

《その他の選択肢》

1. Ａ、Ｂ どちらも子供の育て方を述べた文ではない。

3. Ｂ に子供を叱るべき場面はない。

4. Ｂ は「難しさ」について述べていない。

Ａ 的最後一段寫道「少子化が問題になっている現代、…ことが大切である／現在少子化已經成為社會問題，…很重要」，Ｂ 的最後一段寫道「少子化が問題になっている現代において最も大切なことは、…／現在少子化已經成為社會問題，最重要的是…」。

《其他選項》

1. Ａ 和 Ｂ 都不是敘述教育孩子方法的文章。

3. Ｂ 並不是需要斥責孩子的情形。

4. Ｂ 並沒有提到「難しさ／困難」。

70 ＡとＢの筆者は、若い母親や周囲の人に対して、どう感じ
ているか。

1　ＡもＢも、若い母親に問題があると感じている。

2　ＡもＢも、周囲の人に問題があると感じている。

3　Ａは若い母親と周囲の人の両方に問題があると感じており、
Ｂはどちらにも問題はないと感じている。

4　Ａは若い母親に問題があると感じており、Ｂは母親と子供を
温かい目で見ることの大切さを感じている。

▶▶ 翻 譯

[70] 文章Ａ和Ｂ的作者，對於年輕媽媽和對周遭人們的態度有何感
想？

1　Ａ和Ｂ都認為問題在於年輕的媽媽。

2　Ａ和Ｂ都認為問題在於周遭的人們。

3　Ａ認為年輕媽媽和周遭的人們兩邊都有問題，Ｂ認為兩邊都
沒有問題。

4　Ａ認為問題在於年輕媽媽，Ｂ則感受到溫暖守護母親和孩子
的重要性。

🖰 題型解題訣竅　　　✓ 細節題＋主旨題 （參考 26、24 頁）

考點 文章Ａ和Ｂ的作者，對於年輕媽媽和對周遭人們的態度有何感
想？

關鍵 1. 考的是寫這篇文章的人的看法。

2. 從關鍵詞、詞組給的提示去找答案。但因為試問作者的感
想，因此要找出中心段落。

3. 文章的最後一段可見作者的想法。

位置 最後一段落，往往是主旨所在的地方。

6 　Ａの最後の文に「母親たちも社会人としてのマナーを守って」とあり、これが筆者の言いたいこと。Ｂは最後の文で「最も大切なことは、子供を育てているお母さんたちを、周囲が温かい目で見守ること」だと言っている。

Ａ的最後一句寫道「母親たちも社会人としてのマナーを守って／媽媽們也要遵守社會人士應有的禮儀」，這是作者想表達的事。而Ｂ也在最後寫道「最も大切なことは、子供を育てているお母さんたちを、周囲が温かい目で見守ること／最重要的是，周圍的人們也用溫暖的目光守護著養育孩子的母親們」。

Grammar

| 1 | たとたん（に）
剛…就…、
剎那就… | その子供は、座ったとたんに寝てしまった。
└ 動詞た形＋とたんに
那個孩子才剛坐下就睡著了。 |
| 2 | において、においては、においても、における
在…、在…時候、
在…方面 | 我が社においては、有能な社員はどんどん出世します。
└ 名詞＋においては
在本公司，有才能的職員都會順利升遷的。 |

MEMO

在日本不可不知的餐廳禮儀

由於文化的不同，在日本拉麵店、餐廳吃飯也有一些需要注意的禮儀。例如，拍拉麵等食物的照片最好能速戰速決；如果去大排長龍的店家吃飯，吃完後應速速離開，讓後面等待的人可以早點用餐；不要毫無遮掩的打飽嗝…等，一舉一動都不能只考慮到自己，而是要為身邊的人著想。

以下延伸學習幾種餐廳裡常用到的說法：

❶ ステーキの焼き加減はどのようにいたしますか。（請問您的牛排要幾分熟呢？）

❷ ミディアムでお願いします。（麻煩煎成五分熟（medium）。）

❸ たまごはどのようにいたしますか。（請問您餐點裡的蛋希望用什麼方式烹調呢？）

❹ スクランブルエッグにします。（我要炒蛋。）

❺ かしこまりました。（我已經記下您點的餐了。）

第一次前往日本還要注意，到居酒屋只要點餐，店家大都會附上幾盤小菜，稱作「お通し／おとおし（有料小菜）」，意思是服務生一端上桌，就會跟您收取這盤小菜的費用，也就是說招待小菜其實是要收費的。因此，這些小菜即使不吃還是必須付費的，您可以想成是餐廳的服務費，有些店家會將費用寫在門口，擔心的話也可以事先詢問。

問題 ⑬ 翻譯與題解

第 13 大題 　請閱讀以下文章，然後從 1、2、3、4 之中選出最適合的選項回答問題。

最近、電車やバスの中で携帯電話やスマートフォンに夢中な人が多い。それも眼の前の2、3人ではない。ひどい時は一車両内の半分以上の人が、周りのことなど関係ないかのように画面をじっと見ている。

先日の夕方のことである。その日、私は都心まで出かけ、駅のホームで帰りの電車を待っていた。私の右隣りの列には、学校帰りの鞄を抱えた3、4人の高校生が大声で話しながら並んでいた。しばらくして電車が来た。私はこんなうるさい学生達と一緒に乗るのはいやだなと思ったが、次の電車までは時間があるので待つのも面倒だと思い電車に乗り込んだ。

車内は結構混んでいた。席はないかと探したが空いておらず、私はしょうがなく立つことになった。改めて車内を見渡すと、先ほどの学生達はいつの間にか皆しっかりと座席を確保しているではないか。

彼等は席に座るとすぐに一斉にスマートフォンをポケットから取り出し、操作を始めた。お互いにしゃべるでもなく指を動かし、画面を見ている。真剣そのものだ。

Part 3

1
2
3

問題 ⑬ 翻譯與題解

單字 ≫

» **都心** 市中心
» **一斉に** 一齊，一同
» **操作** 操作（機器等），駕駛；（設法）安排，（背後）操縱
» **行動** 行動，行為
» **転ぶ** 跌倒，倒下；滾轉；趨勢發展，事態變化

周りを見ると若者だけではない。車内の多くの人がスマートフォンを動かしている。どの人も他人のことなど気にもせず、ただ自分だけの世界に入ってしまっているようだ。聞こえてくるのは、ただガタン，ゴトンという電車の音だけ。以前は、車内は色々な人の話し声で賑やかだったのに、全く様子が変わってしまった。どうしたというのだ。これが今の若者なのか。これは駄目だ、日本の将来が心配になった。

　　ガタンと音がして電車が止まった。停車駅だ。ドアが開くと何人かの乗客が勢いよく乗り込んできた。そしてその人達の最後に、重そうな荷物を抱えた白髪頭の老人がいた。老人は少しふらふらしながらなんとかつり革※につかまろうとしたが、うまくいかない。すると少し離れた席にいたあの学生達が一斉に立ちあがったのだ。そしてその老人に「こちらの席にどうぞ」と言うではないか。私は驚いた。先ほどまで他人のことなど全く関心がないように見えた学生達がそんな行動を取るなんて。

　　老人は何度も「ありがとう。」と礼を言いながら、ほっとした様子で席に座った。席を譲った学生達は互いに顔を見合わせにこりとしたが、立ったまま、またすぐに自分のスマートフォンに眼を向けた。

298

私はこれを見て、少しほっとした。これな
50 ら日本の若者達にも、まだまだ期待が持てそう
だと思うと、うれしくなった。そして相変わら
ずスマートフォンに夢中の学生達が、なんだ
か素敵に見えて来たのだった。

※　つり革：電車で立つときに、転ばないた
　　めにつかまる道具

▶▶翻譯

　　最近在電車或巴士裡，沉迷於智慧型手機的
人很多。不只是我眼前的２、３個人，嚴重的時
候，整節車廂內一半以上的乘客都死死的盯著手
機螢幕，一副天塌下來也與我無關的模樣。

　　前幾天的傍晚發生了一件事。那天我去了市
中心一趟，回程時在車站月台上等待電車。在我
右手邊的隊伍中，有３、４名剛下課、揹著學校
書包的高中生正在大聲說話。不久後電車到站
了，我雖不想和這群吵鬧的學生一起搭車，但距
離下一班車還有好一段時間，要再等車也很累，
我索性搭上了這般電車。

　　車廂裡非常擁擠。我往車廂裡看了看，但沒
有找到空位，只好站著。再掃視車廂內部一圈，
發現剛才那群學生居然已經一個個迅速找到座位
坐下了。

　　他們一坐到位子上就不約而同地從口袋裡掏
出手機，開始滑了起來。他們緊盯著手機螢幕，
彼此都不說話，只是一個勁的動手指，表情看起
來非常認真。

　　我看一看周圍的乘客，不只是年輕人，車廂

內多數人都在滑手機。大家都不管旁人，就像是陷入了自己的世界裡一樣。能聽見只有電車「咚咚、咚咚」的行駛聲。以前車廂內總有形形色色的人的交談聲，十分熱鬧，而現在已經完全變了樣。為什麼會這樣呢？這就是現在的年輕人嗎？這樣太糟糕了，我為日本的將來感到擔憂。

　　伴隨著「咚」的一聲，電車在月台側邊停了下來，車門一開，好幾個乘客一窩蜂地上了車。走在這群人最後的是一名白髮蒼蒼的老人，他手上的行李看起來很重。老人搖搖晃晃地試圖抓住吊環※，但卻無法如願。這時，在距離老人有點遠的地方，那群學生同時站起來並對老人說「請坐這個位子」。我感到非常驚訝，剛才看起來對旁人漠不關心的學生們居然會有這樣的舉動！

　　老人對他們連連道了幾聲「謝謝」，鬆了一口氣似的坐到位子上。讓座的學生們互看了幾眼，微微地笑了。他們就這麼站著，馬上又將視線移到自己的手機。

　　我看了到這一幕後，稍微放心了。一想到日本的年輕人還是值得期許的，心情就好了起來。雖然那群學生依然沉迷於智慧型手機，卻顯得十分優秀出色。

※ 吊環：為了不在電車上摔倒而抓扶的工具

もんだい

71 筆者が日本の将来が心配になったのは、どんな様子を見たからか。

1　半数以上の乗客が携帯やスマートフォンを使っている様子。

2　高校生が大声でおしゃべりをしている様子。

3　全ての乗客が無言で自分の世界に入り込んでいる様子。

4　いち早く座席を確保し、スマートフォンに夢中になっている若者の様子。

▶▶翻譯

[71] 作者是看到了什麼情景，才為日本的將來感到擔憂？

　　1　一半以上的乘客都在使用手機和電話的情景。

　　2　高中生大聲說話的情景。

　　3　所有乘客沉默的陷入自己的世界的情景。

　　4　飛快搶到座位，便忘我地滑起手機的年輕人們。

題型解題訣竅　　**✔ 細節題**　參考 26 頁

考點　作者是看到了什麼情景，才為日本的將來感到擔憂？

關鍵　1. 考的是 【what】なに（事）[什麼情景？]

　　　　2. 問題形式：～どんな～か。

　　　　3. 直接在文章裡找到畫底線的詞組，往前後搜尋。

　　　　4. 前兩句提到「現在的年輕人」，再往前一段可找到另作者不滿的年輕人的舉止。

位置　畫線處的前一段。

6

前の文に「これが今の若者なのか」とある。

「これ」が指すのは、20行目「彼らは席に座るとすぐに…操作を始めた」こと。筆者は、周りを観察しながらも、この若者たちに注意を向け続けている。

ここで筆者は日本の将来を心配しており、その対象は若者と考えられる。

前文提到「これが今の若者なのか／這就是現在的年輕人嗎」。

「これ／這種事」指的是第20行的「彼らは席に座るとすぐに…操作を始めた／他們一坐到座位上就馬上開始玩起…」。作者一邊觀察周圍，一邊持續關注這些年輕人。

這裡寫到作者擔心日本的未來，而其擔憂的對象就是年輕人。

もんだい

72　「日本の将来が心配になった」気持ちは、後にどのように変わったか。

1　日本は将来おおいに発展するに違いない。
2　日本を背負う若者たちに望みをかけてもよさそうだ。
3　将来、スマートフォンなど不要になりそうだ。
4　日本の将来は若者たちに任せる必要はなさそうだ。

▶翻譯

[72]「為日本的將來感到擔憂」的心情，隨後又轉變為下列何者？

1　日本的將來一定會有飛躍的發展。
2　對於背負日本未來的年輕人們可以寄予厚望。

3　將來可能不需要手機等。

4　日本的將來沒有必要託付給年輕人。

題型解題訣竅

✔ 細節題　參考 26 頁

考點「為日本的將來感到擔憂」的心情，隨後又轉變為下列何者？

關鍵 1. 要考的是 【what】なに（事）[是什麼樣的？]

　　2. 問的是「隨後」的轉變，因此往後面的段落找答案。

　　3. 倒數第 2 段為舉例，作者轉變後的想法則位在最後一段。
　　　掌握文章結構，有助於節省時間。

位置 最後一段。

題解　日文解題／解題中譯　　　　　　　　　　　　　答案是 ❷

6
　　学生達が老人に席を譲る様子を見て、筆者は驚いた、とある。最後の段落に筆者の変化した気持ちが述べられている。

　　「まだまだ期待が持てそうだ」とは、2の「望みをかけてもよさそうだ」と同じ。

《その他の選択肢》

1.「まだまだ期待がもてそうだ」とあるが、これは、おおいに発展するに違いない、というほどの強い期待ではない。

3. 筆者の気持ちの変化と、学生達のスマートフォンの使い方とは関係がない。

4. 筆者は日本の将来を若者達に任せたいと願っている。

　　文中寫道作者看見學生們讓座給老人，感到很驚訝。最後一段描寫作者的心情轉變。

　　文中寫道「まだまだ期待が持てそうだ／還是值得期待的」，和選項 2「望みをかけてもよさそうだ／可以寄予期待」意思相同。

《其他選項》

1. 雖然文中寫道「まだまだ期待がもてそうだ／還是值得期待的」這並不是指〝一定會有飛躍的發展〞，這句話並沒有這麼強烈的期待。

3. 作者的心情轉變和學生的智慧型手機的使用方法沒有關係。

4. 作者期望能把日本的將來交給年輕人。

もんだい

73 スマートフォンに夢中の学生達が、なんだか素敵に見えて来たのはなぜか。

1 スマートフォンに夢中でも、きちんと挨拶することができるから。

2 スマートフォンに代わる便利な機器を発明することができそうだから。

3 やるべき時にはきちんとやれることがわかったから。

4 何事にも夢中になれることがわかったから。

>> 翻譯

[73] 為什麼雖然那群學生沉迷於智慧型手機，卻顯得十分優秀出色呢？

1 因為他們雖然沉迷於手機，仍會確實打招呼。

2 因為他們可能會發明出取代手機的方便機器。

3 因為知道他們在必要時會做好該做的事。

4 因為他們對任何事都可以全心投入。

✔ 因果關係題 參考 30 頁

考點 為什麼雖然那群學生沉迷於智慧型手機，卻顯得十分優秀出色呢？

關鍵 1. 從底線的文字往前後文尋找。

2. 前一段雖無明顯的因果關係詞，但從前後文來看，此段敘述為作者改變想法的關鍵。

3. 閱讀後回到選項，選出最相符的答案。

位置 由底線之前的內容找到答案。

題解 日文解題／解題中譯　　　　　　　　　　　　　　　　　答案是 **3**

6

　　筆者は、電車の中でスマートフォンに夢中の学生達を見て、日本の将来が心配になったが、学生達が老人に席を譲るのを見て、うれしくなった。周りに関心がないように見えた学生達が、必要な時には他人のために行動できることが分かったから、と考えられる。

《その他の選択肢》

1. 「挨拶」が間違い。

2. スマートフォンの話ではない。

4. 学生達はスマートフォンに夢中になっていたが、老人が電車に乗ってきた際には、それに気づいて席を譲ることができた。「何事にも夢中に」なっていたという話ではない。「何事にも」は、全てのことに、という意味。

　　作者看到在電車裡沉迷於智慧型手機的學生們，不禁擔心起日本的未來。但在看到學生們讓座給老人之後感到很高興。這是因為看似毫不關心周圍的學生們，在必要時也會為他人著想並採取行動。

《其他選項》

1.「挨拶／招呼」不正確。

2. 並不是在談論智慧型手機。

4. 雖然學生們沉迷於智慧型手機，但老人上車時，學生們也注意到了並且讓座。所以這並不是在說學生們「何事にも夢中に／著迷於任何事」。

「何事にも／任何事」是 "全部的事情" 的意思。

Grammar

1	~まま …著	子供が遊びに行ったまま、まだ帰って来ないんです。 <small>動詞た形＋まま</small> 小孩就這樣去玩了，還沒回到家。
2	べき、べきだ 必須…、應當…	学生は、勉強していろいろなことを吸収するべきだ。 <small>動詞辞書形＋べきだ</small> 學生應該好好學習，以吸收各種知識。

MEMO

問題 ⑭ 翻譯與題解

第 14 大題　下頁為貨運公司的官方網站，請從 1、2、3、4 之中挑選出最適合的選項回答問題。

---

address: | http://www.pengin.co.jp

ペンギン運輸
宅配便の出し方

● **営業所へのお持ち込み**

お客様のご利用しやすい、最寄りの宅配便営業所よりお荷物を送ることができます。一部商品を除くペンギン運輸の全ての商品がご利用いただけます。お持ち込みいただきますと、お荷物 1 個につき 100 円を割引きさせていただきます。

➡ お近くの営業所は、ドライバー・営業所検索へ

● **取扱店・コンビニエンスストアへのお持ち込み**

お近くの取扱店とコンビニエンスストアよりお荷物を送ることができます。看板・旗のあるお店でご利用ください。お持ち込みいただきますと、お荷物 1 個につき 100 円を割引きさせていただきます。

※ 一部店舗では、このサービスのお取り扱いはしておりません。

※ コンビニエンスストアではクール宅配便 ※1 はご利用いただけません。
ご利用いただけるサービスは、宅配便発払い・着払い、ゴルフ・スキー宅配便、空港宅配便、往復宅配便、複数口宅配便、ペンギン便発払い・着払いです。（一部サービスのお取り扱いができない店がございます。）

➡ 宅配便をお取り扱いしている主なコンビニエンスストア様は、、**こちら**

單字》

» **営業** 営業，經商

» **看板** 招牌；牌子，幌子；（店舖）關門，停止營業時間

» **往復** 往返，來往；通行量

◉ 集荷^{※2} サービス

インターネットで、またはお電話でお申し込みいただければ、ご自宅まで担当セールスドライバーが、お荷物を受け取りにうかがいます。お気軽にご利用ください。

➡ インターネットでの集荷お申し込みは、**こちら**
➡ お電話での集荷お申し込みは、**こちら**

☞ 料金の精算方法

運賃や料金のお支払いには、現金のほかにペンギンメンバー割引・電子マネー・回数券もご利用いただけます。

※ クレジットカードでお支払いいただくことはできません

ペンギンメンバーズ会員（登録無料）のお客様は、ペンギンメンバーズ電子マネーカードにチャージしてご利用いただけるペンギン運輸の電子マネー「ペンギンメンバー割」が便利でオトクです。

「ペンギンメンバー割」で宅配便運賃をお支払いいただくと、運賃が10%割引となります。

電子マネー　ペンギンメンバーズ電子マネーカード以外にご利用可能な電子マネーは、**こちら**

※1　クール宅配便：生ものを送るための宅配便
※2　集荷：荷物を集めること

>> 翻譯

企鵝貨運
寄送貨物的方式

● 臨櫃辦理

您可以將貨物攜至附近任何一處營業據點,除了某些特殊項目以外,企鵝貨運可以為您提供一切服務。若您親自攜帶貨物來辦理,每樣貨物可折扣 100 圓。

➡ 搜尋附近的營業據點,請點選　快遞員·營業據點一覽

● 至代辦處、便利商店辦理

您也可以將貨物攜至附近的代辦處或便利商店,只要有本公司的招牌或旗幟的店家都可以使用本服務。若您親自攜帶貨物來辦理,每樣貨物可折扣 100 圓。

※ 某些店家無法提供本服務。

※ 便利商店無法使用生鮮宅配[*1] 服務。
適用服務範圍如下:寄貨時付款或貨到付款、寄送高爾夫球具或滑雪器材、機場快遞、來回件快遞、多點寄送、企鵝貨運的寄貨時付款或貨到付款。(某些店家無法提供部分服務)。

➡ 可使用宅配服務的便利商店詳見此處

● 集貨[*2] 服務

請使用網路或電話申請,將有專人到府收件。歡迎多加利用。

➡ 網路申請集貨請點這裡
➡ 電話申請集貨請點這裡

☞ 收費方式

運費和費用除了以現金付款之外,也可以使用企鵝會員回饋金、電子錢包或回數券支付。
※ 恕不接受信用卡付款

申辦企鵝會員(免費申辦)後可使用企鵝會員專屬錢包賺取「企鵝會員回饋金」,輕鬆付款又划算!

使用「企鵝會員回饋金」支付運費可享 9 折優惠。

電子錢包 除企鵝會員專屬錢包之外,可使用的電子錢包詳見此處。

※1 生鮮宅配服務:運送生鮮貨物的快遞

※2 集貨:收集貨物

74 ジェンさんは、友達に荷物を送りたいが、車も自転車もないし、重いので一人で持つこともできない。どんな方法で送ればいいか。

1　運送業者に頼んで近くのコンビニに運ぶ。
2　取扱店に持って行く。
3　集荷サービスを利用する。
4　近くのコンビニエンスストアの店員に来てもらう。

[74] Jane 小姐想送包裹給友人，但她既沒有汽車也沒有自行車，包裹非常重也無法一個人搬運。她該怎麼送才好呢？

1　請貨運業者幫忙送到附近的便利商店。
2　拿到代辦處。
3　選用集貨服務。
4　請附近便利商店的店員到府服務。

題型解題訣竅　　　✔ 細節題　參考26頁

考點 她該怎麼送才好呢？

關鍵 1. 先快速瀏覽整頁說明，掌握大概的內容。
2. 從題目給的提示去找答案，題目的關鍵是無法一個人搬運。
3. 帶著題目找答案，可知有3種方案，唯一能來家裡取件的只有「集貨服務」。

位置 「集貨服務」的段落。

6

「集荷サービス」の欄を見ると、「ご自宅まで…お荷物を受け取りにうかがいます」とある。

《その他の選択肢》

1・2. できないので間違い。

4. コンビニエンスストアの店員が荷物を取りに来るというサービスはない。（コンビニエンスストアは、持ち込みのみ。）

請見「集荷サービス／收貨服務」的欄位，欄中寫道「ご自宅まで…お荷物を受け取りにうかがいます／我們將到府上…收取貨物」。

《其他選項》

1・2. 因為題目中說無法做到，所以不正確。

4. 並沒有讓便利商店的店員來收取貨物的服務。(只能親自帶去便利商店)

もんだい

75 横山さんは、なるべく安く荷物を送りたいと思っている。送料 1,200 円の物を送る場合、一番安くなる方法はどれか。

1 近くの営業所に自分で荷物を持って行って現金で払う。

2 近くのコンビニエンスストアに持って行ってクレジットカードで払う。

3 ペンギンメンバーズ電子マネーカードにチャージし、荷物を家に取りに来てもらって電子マネーで払う。

4 ペンギンメンバーズ電子マネーカードにチャージして、近くのコンビニか営業所に持って行き、電子マネーで払う。

[75] 橫山先生想以最便宜的方式寄送，如果他寄送包裹的費用為 1200 圓，以下何種方式最便宜呢？

1 自己將包裹拿到鄰近的營業據點，以現金支付。

2 拿到附近的便利商店，以信用卡支付。

3 儲值企鵝會員專屬錢包，用集貨服務並以電子支付。

4 儲值企鵝會員專屬錢包，並自己將包裹送到便利商店或營業據點，以電子支付。

題型解題訣竅　　　　　　　　　　　✔ 細節題　參考 26 頁

考點 以下何種方式最便宜呢？

關鍵 1. 上一題以快速瀏覽過內容了。

2. 從題目的關鍵詞去找答案。由於問的是何者最便宜，可直接看到「收費方式」。

3. 刪除 1、2 後，選項 3 與 4 的差異可再由關鍵字回文章尋找。

位置 「收費方式」和「寄送貨物的方式」的段落。

題解 日文解題／解題中譯　　　　　　　　　　　　　　　答案是 ④

「料金の精算方法」の欄、下の「ペンギンメンバーズ会員…」のところを見る。電子マネー「ペンギンメンバー割」で支払うと 10% 割引とある。

「営業所へのお持ち込み」「取扱店・コンビニエンスストアへのお持ち込み」を見ると、1個につき 100 円割引とある。

請看「料金の精算方法／費用計算方式」欄位下方的「ペンギンメンバーズ会員…／企鵝會員…」。用電子貨幣「ペンギンメンバー割／企鵝會員幣」支付的話可以打 9 折。

　　請見「営業所へのお持ち込み／帶到服務處」、「取扱店・コンビニエンスストアへのお持ち込み／帶到門市、便利商店」，每一件貨物可以折減 100 圓。

MEMO

外國人在日本生活總有許多行李，時不時也需要寄送物品給家人、朋友等，如果行李沉重，家附近又沒有郵局，其實可以利用郵局的「集貨服務」。建議先到郵局拿取填寫單填寫好，再上網申請 7 天內的收件時段，最後只要等待郵差先生來收件即可。不用一個人為了寄件而大包小包的奔波，真是旅居者及留學生們的一大福音。

這些字跟您想的不一樣

日文中的許多漢字都源自於中國,有些字隨著時間的推移而改變了用法,有些字的意思則原本就和中文的用法不同。以下舉出幾個例子,他們的正確用法您都猜對了嗎:

請選擇正確的用法

❶ 破天荒
<small>は てんこう</small>

1. 形容人沒有常識

2. 指沒有人做過的事

這個字在日本經常被誤用成「沒有常識」或「大膽豪放」的意思,是連日本人都會搞錯的詞語之一,但其實它正確的用法在中日文都是指「從來沒有人做過的事」。

❷ ご自愛
<small>じ あい</small>

1. 愛護自己的身體健康

2. 要保持廉潔的品行與節操

中文的自愛是指在品性、節操方面的自重,如果在書信中看到「ご自愛ください」,是被責備了嗎?在日文,自愛是叫對方要保重身體的意思喔!例如:寒くなりますから、ご自愛ください/天氣轉涼,請您保重身體。

❷ 小春日和
<small>こ はるびより</small>

1. 春暖花開的日子

2. 初冬時的晴天

看到這個詞語,是否立刻想到溫暖和煦的春天呢?這個字的正確意思是「晚秋、初冬裡溫暖和煦的好天氣」,因為日本人將農曆 10 月稱為「小春」,這時雖然氣溫已相當低,但高壓籠罩下天氣穩定,而有此說法,和春天一點關係也沒有呢!當然,這個詞在北海道和沖繩就不太適用了。

解答 **❶** 2 **❷** 1 **❸** 2

文法比一比

● **まま（に）** 任人擺佈、唯命是從

接續 {動詞辭書形；動詞被動形} ＋まま（に）

說明【意志】表示沒有自己的主觀判斷，被動的任憑他人擺佈的樣子。後項大多是消極的內容。一般用「られるまま（に）」的形式。

例句 彼は社長に命令されるままに、土日も出勤している／他遵循總經理的命令，週六日照樣上班。

● **なり** 任憑…、順著

接續 {名詞} ＋なり

說明【意志】表示沒有自己的主見，在某條件下，聽從擺佈，唯命是從。

例句 男の人は結婚すると、嫁の言いなりになる／男人結婚之後，對老婆大多是言聽計從的。

哪裡不一樣呢？

まま（に）【意志】

なり【意志】

說明「まま（に）」表意志，表示處在被動的立場，自己沒有主觀的判斷。後項多是消極的表現方式；「なり」也表意志，表示不違背、順從前項的意思。

● **どころか** 哪裡還…、非但…、簡直…

接續 {名詞；形容動詞詞幹な；[形容詞・動詞] 普通形} ＋どころか

說明【程度的比較】表示從根本上推翻前項，並且在後項提出跟前項程度相差很遠，表示程度不止是這樣，而是程度更深的後項。

例句 学費どころか、毎月の家賃も苦労して払っている／別說學費了，就連每個月的房租都得費盡辛苦才能付得出來。

● **ばかりか、ばかりでなく** 豈止…，連…也…、不僅…而且…

接續 {名詞；形容動詞詞幹な；[形容詞・動詞] 普通形} ＋ばかりか、ばかりでなく

說明【附加】表示除了前項的情況之外，還有後項的情況，語意跟「だけでなく～も～」相同，後項也常會出現「も、さえ」等詞。

例句 彼は、失恋したばかりか、会社さえくびになってしまいました／他不但失戀了，而且工作也被革職了。

說明	「どころか」表程度的比較，表示「並不是如此，而是…」後項是跟預料相反的、令人驚訝的內容；「ばかりでなく」表附加，表示「本來光前項就夠了，可是還有後項」，含有前項跟後項都…的意思，強調後項的意思。好壞事都可以用。

しだい　馬上…、一…立即、…後立即…

接續　{動詞ます形}＋次第

說明　【時間前後】表示某動作剛一做完，就立即採取下一步的行動，也就是一旦實現了前項，就立刻進行後項，前項為期待實現的事情。後項不用過去式，而是用委託或願望等表達方式。

例句　定員になり次第、締め切らせていただきます／一達到人數限額，就停止招募。

たとたん（に）　剛…就…、剎那就…

接續　{動詞た形}＋とたん（に）

說明　【時間前後】表示前項動作和變化完成的一瞬間，發生了後項的動作和變化。由於說話人當場看到後項的動作和變化，因此伴有意外的語感，相當於「したら、その瞬間に」。

例句　発車したとたんに、タイヤがパンクした／才剛發車，輪胎就爆胎了。

說明	「しだい」表時間前後，表示「一旦實現了某事，就立刻…」前項是說話跟聽話人都期待的事情。前面要接動詞連用形。由於後項是即將要做的事情，所以句末不用過去式；「とたんに」也表時間前後，表示前項動作完成瞬間，幾乎同時發生了後項的動作。兩件事之間幾乎沒有時間間隔。後項大多是說話人親身經歷過的，且意料之外的事情，句末只能用過去式。

- **どころではない**　哪裡還能…、不是…的時候

  接續　{名詞; 動詞辭書形} ＋どころではない

  說明　【否定】表示沒有餘裕做某事，強調目前處於緊張、困難的狀態，沒有金錢、時間或精力去進行某事。

  例句　風邪（かぜ）でのどが痛（いた）くて、カラオケ大会（たいかい）どころではなかった／染上感冒喉嚨痛得要命，這個節骨眼哪能去參加卡拉 OK 比賽呢？

- **より（ほか）ない、ほか（しかたが）ない**　只有…、除了…之外沒有…

  接續　{名詞; 動詞辭書形} ＋より（ほか）ない；{動詞辭書形} ＋ほか（しかたが）ない

  說明　【讓步】後面伴隨著否定，表示這是唯一解決問題的辦法，相當於「ほかない」、「ほかはない」，另外還有「よりほかにない」、「よりほかはない」的說法。

  例句　病気（びょうき）を早（はや）く治（なお）すためには、入院（にゅういん）するよりほかはない／為了要早點治癒，只能住院了。

哪裡不一樣呢？

說明　「どころではない」表否定，在此強調沒有餘力或錢財去做，遠遠達不到某程度；「よりほかない」表讓步，意為「只好」，表示除此之外沒有其他辦法。

- **にあたって、にあたり**　在…的時候、當…之時、當…之際、在…之前

  接續　{名詞; 動詞辭書形} ＋にあたって、にあたり

  說明　【時點】表示某一行動，已經到了事情重要的階段。它有複合格助詞的作用。一般用在致詞或感謝致意的書信中。一般用在新事態將要開始的情況。含有説話人對這一行動下定決心，積極的態度。

  例句　新規店（しんきてん）のオープンにあたり、一言（ひとこと）お祝（いわ）いをのべさせていただきます／此次適逢新店開幕，容小弟敬致恭賀之意。

- **において、においては、においても、における**　在…、在…時候、在…方面

  接續　{名詞} ＋において、においては、においても、における

  說明　【場面‧場合】表示動作或作用的時間、地點、範圍、狀況等。是書面語。口語一般用「で」表示。

例句 我が社においては、有能な社員はどんどん昇進します／在本公司，有才能的職員都會順利升遷的。

哪裡不一樣呢？

にあたり
【時點】

においては
【場面・場合】

説明 「にあたって」表時點，表示在做前項某件特別、重要的事情之前，要進行後項；「において」表場面或場合，表示事態發生的時間、地點、狀況，一般用在新事態將要開始的情況。也表示跟某一領域有關的場合。

か〜ないかのうちに　剛剛…就…、一…（馬上）就…

接續 {動詞辭書形}＋か＋{動詞否定形}＋ないかのうちに

説明 【時間前後】表示前一個動作才剛開始，在似完非完之間，第二個動作緊接著又開始了。描寫的是現實中實際已經發生的事情。

例句 子供は、「おやすみ」と言うか言わないかのうちに、寝てしまった／孩子一聲「晚安」的話音剛落，就馬上呼呼大睡了。

たとたん（に）　剛…就…、剎那就…

接續 {動詞た形}＋とたん(に)

説明 【時間前後】表示前項動作和變化完成的一瞬間，發生了後項的動作和變化。由於說話人當場看到後項的動作和變化，因此伴有意外的語感，相當於「したら、その瞬間に」。

例句 二人は、出会ったとたんに恋に落ちた／兩人一見鍾情。

哪裡不一樣呢？

か〜ないかのうちに
【時間前後】
おやす〜

たとたん（に）
【時間前後】

説明 「か〜ないかのうちに」表時間前後，表示前項動作才剛開始，後項動作就緊接著開始，或前後項動作幾乎同時發生；「とたんに」也表時間前後，表示前項動作完全結束後，馬上發生後項的動作。

絕對合格 33

絕對合格 全攻略！

新制日檢 **N2** 必背必出閱讀 (25K)

發行人	林德勝
著者	吉松由美・田中陽子・西村惠子・山田社日檢題庫小組
出版發行	山田社文化事業有限公司
	地址　臺北市大安區安和路一段112巷17號7樓
	電話　02-2755-7622　02-2755-7628
	傳真　02-2700-1887
郵政劃撥	19867160號　大原文化事業有限公司
總經銷	聯合發行股份有限公司
	地址　新北市新店區寶橋路235巷6弄6號2樓
	電話　02-2917-8022
	傳真　02-2915-6275
印刷	上鎰數位科技印刷有限公司
法律顧問	林長振法律事務所　林長振律師
定價	新台幣375元
初版	2022年 05 月

© ISBN : 978-986-246-682-7
2022, Shan Tian She Culture Co. , Ltd.